KB115773

조
선
선비
,

일
상의

사
물
들에게

말을

걸
다

초판 1쇄 인쇄 2009년 10월 20일
　　　2쇄 인쇄 2017년 　2월 10일

지은이 기 준
옮긴이 남현희
펴낸이 조윤숙
펴낸곳 문자향
신고번호 제300-2001-48호
주소 서울 양천구 목동서로 186 성우네트빌 201호
전화 02-303-3491
팩스 02-303-3492
이메일 munjahyang@korea.com

값 8,500원

ISBN 978-89-90535-40-5　04810
　　　978-89-90535-33-7(세트)

?잘못된 책은 본사나 구입하신 서점에서 교환해 드립니다.

조선
선비,
일상의
사물들에게
말을
걸다

기준 지음
남현희 옮김

문자향

역자 서문

내가 그의 이름을 불러 주기 전에는
그는 다만
하나의 몸짓에 지나지 않았다.
내가 그의 이름을 불러 주었을 때
그는 나에게로 와서
꽃이 되었다

- 김춘수, 「꽃」 중에서

우리 삶은 늘 이런저런 사물들과 함께한다. 그러나 늘 함께하고 있는 까닭에, 그 사물의 존재를 잊고 살아가기 일쑤다. 때로는 눈으로 보아도 눈에 들어오지 않는다. 때로는 귀로 들어도 귀에 들어오지 않는다. 사물들은 그렇게 우리 곁에서 끊임없이 몸짓을 하고 말을 하지만, 우리는 그걸 깨닫지 못하고 무심하게 마주하곤 한다.

이름을 부르는 것은 어떤 존재에 고유성을 부여하는 작업이다. 이름을 붙임으로써, 나의 집은 다른 집들과 다른 특별한 그 무엇이 된다. 나의 방도, 창문도, 뜰도, 물병도, 밥그릇도, 숟가락도, 책상도, 의자도, 옷도, 이불도, 신발도…. 그 순간 오래도록 내 곁에서 무심히 마주하던 일상의 사물들은 새로운 생명력으로 꽃을 피운다.

이 책(원제는 「육십명六十銘」)에 나오는 예순 가지의 사물들도, 기준奇遵(1492~1521)의 명명命名 과정을 거침으로써, 그의 마음을 닮은 꽃이 되었다.

이름을 붙이니, 새로울 것 없는 사물이 새로운 것으로 되었고, 낯 익은 사물이 낯선 것으로 되었다. 새롭고 낯서니 관심이 끌리고, 그 관심을 짧은 글에 담았다. 그 글이 비록 짧지만, 그 속에는 사물의 본질을 꿰뚫는 깊은 성찰이 담겨 있다. 여기에 역자의 췌언贅言을 보태어 한 권의 책으로 엮었다.

오늘도 여전히 우리 곁에서 끊임없는 몸짓으로 말을 거는, 그 '꽃' 하나쯤은 저마다 알아보았으면 하는 마음으로 이 책을 세상에 선보인다.

고재당觚哉堂에서
남현희 쓰다.

육십명서
| 六十銘序 |

　이미 사물의 이름을 짓고 기록하였으되, 한갓 기록할 뿐이라면 마음을 경계시킬 수 없으니, 다시 이어서 명문銘文을 짓고 아침저녁으로 옛 성현의 도를 완상하리라. 탕湯 임금은 욕조에다 명문을 지어서 스스로 새롭게 하였고,[1] 주나라 무왕은 욕조 · 세숫대야 · 안석 · 지팡이에다 명문을 지어서 스스로 경계하였다.[2]

　성인聖人은 덕이 성대하고 도가 높아 마땅히 바깥에서 유입되는 것을 기다리지 않고도 내면에 아름다움이 충만한데도 이와 같이 잊지 않으려 하였으니, 어찌 마음을 붙잡아 두고 있는지 놓아 버렸는지에 따라 두려워해야 할 바가 있지 않으랴! 그렇다면 덕이 나태한 자는 뜻을 근면하게 하지 않을 수 없고, 도가 낮은 자는 배움을 독실하게 하지 않을 수 없다. 독실하게 하고 근면하게 하는 것이 비록 변변찮은 명문에 있는 것은 아니지만, 명문을 지어 사물에 새겨 놓고 적절할 때 반드시 경계하다 보면 학문에 일조가 되리니, 폐기할 수 없는 것이다.

　나는 죽을죄를 지은 사람으로서 제 몸조차 돌보지 못하면서, 어느 겨를에 옛사람의 학문을 배우랴! 우선 죄를 뉘우치고 몸을 반성함으로써 만에 하나라도 타고난 본성에 이른다면, 아마도 평소의 뜻을 저버리지 않을 것이니, 어찌 그 경계가 절실하지 않으랴!

그래서 어떤 것은 명실상부하게 명문을 짓고, 어떤 것은 다른 데 가탁하여 명문을 짓고, 어떤 것은 마음속으로 미루어 짐작하여 명문을 짓고, 어떤 것은 의義를 드러내어 명문을 지었다. 비록 공졸工拙(잘 되고 못 됨)이 한결같지는 않겠으나 나에게 절실하지 않은 게 없으며, 그 감응이 많기 때문에 접촉하는 사물을 버려두지 않고, 그 근심이 다급하기 때문에 얻은 말을 가리지 않는다.

진실로 이치로써 본다면 모두 혼미함을 깨우쳐 계도해 줄 것이니, 날마다 사용하고 마주 대하는 사이에 눈으로 보고 귀로 들으며 손으로 잡고 발로 걷다 보면 하나쯤은 깨달음이 있을 것이다. 그러한즉 어둠 속으로 달아나고 술에 의탁하여 스스로를 해치는 자와 비교해 보면 어찌 작은 보탬이 없으랴!

『중용』에, "도는 잠시라도 떠날 수 없는 것이니, 떠날 수 있다면 도가 아니다" 하였으니, 도는 항구불변한 것이다. 사물 가운데 절실하여 절대로 떠날 수 없는 것으로, 집과 의복과 음식과 일용품만한 게 없다. 집과 의복과 음식과 일용품이 떠날 수 없는 것임은 알면서, 도가 떠날 수 없는 것임을 몰라서야 되겠는가?

나는 하늘로부터 버림받고 사람으로부터 단절되어 외로이 만 리 밖에 갇혀 있으니, 부모와 형제와 붕우와 처자와 친지와 노비와는 접촉할 수 없고, 접촉하는 것은 다만 집과 의복과 음식과 일용품뿐이다. 그렇다면 힘을 다하더라도 저기(부모·형제·붕우·처자·친지·노비)에는 미칠 수 없으리니, 장차 여기(집·의복·음식·일용품)에 힘쓰지 않으랴! 그러나 사물에는 크고 작은 게 있고, 도에는 정밀하고 거친 게 있다. 따라서 한 귀퉁이를 들어 주면 그것으로 나머지 세

귀퉁이를 반증하는 것[3]과, 한 가지 근본으로 만 가지 이치를 꿰는 것은 '진성盡性'[4]에 달려 있으니, 어찌 소홀할 수 있으랴!

1. "탕 임금의 반명에 이르기를, '진실로 어느 날 새로워졌거든, 나날이 새롭게 하고, 또 날로 새롭게 하라' 하였다.(『대학』)

2. 『대대례기』「무왕천조武王踐祚」편에, 무왕이 일상으로 사용하는 기물에 명문을 새겨 두고 스스로 경계하였다는 내용과 그 명문이 보인다.

3. "마음속으로 통하려고 노력하지 않으면 열어 주지 않으며, 애태워하지 않으면 말해 주지 않되, 한 귀퉁이를 들어 주었는데도 이것으로 나머지 세 귀퉁이를 반증하지 못하면 다시 더 일러 주지 않는다."(『논어』「술이」)

4. 진성盡性이란, 잠재적 본성을 확충시켜 완전한 상태를 실현해 가는 것을 말한다. "오직 천하의 지극히 성실한 사람이라야 능히 자기의 성性을 다할 수 있으니, 자기의 성을 다하면 능히 다른 사람의 성을 다할 것이요, 다른 사람의 성을 다하면 능히 사물의 성을 다할 것이요, 사물의 성을 다하면 천지의 화육化育을 도울 것이요, 천지의 화육을 도우면 천지와 더불어 참여하게 될 것이다."(『중용』)

차례

육십명 六十銘

도道라는 것은,
잠시라도 떠날 수 없는 것이니,
떠날 수 있다면 도가 아니다.
－『중용』

01

가시나무 울타리_**절망 속에 심는 희망**

| 총리 | 叢籬 |

덕을 닦는 어진 이가

어찌 악에 연루되랴!

기미를 살피는 지혜로운 이는

재앙의 기미를 멀리한다

어질지 못하고 지혜롭지 못하다면

험한 가시나무 숲속에 갇히더라도

오랫동안 벗어나지 못하리라

어찌하면 이것을 고칠까?

마음을 새롭게 하는 데

날마다 더욱더 힘쓸 뿐

| 名 | 物 | 記 |

거처하는 집을 둘러싼 울타리는 '총리叢籬'이니, 『주역』감괘坎卦의 '총극叢棘'에서 따온 것이다.

仁者脩德 孰累惡 智者見幾 超禍機 不仁不智 宜叢棘
之寘 三歲之陷 厥改伊何 新乃心 惟日加

총(叢) : 빽빽하다 / 리(籬) : 울타리 / 총극(叢棘) : 빽빽한 가시나무 숲 / 치(寘) : 두다

·🌸·

중종 14년(1519) 기묘년 11월 15일, 중종은 의금부에 음밀히 전교
를 내렸다. 조광조·김정·김식·김구·윤자임·박세희·박훈·
기준 등을 추고하라고! 바로 이 전교와 함께 우리 역사에서 '기묘
사화' 라 일컫는 선비들의 참화가 시작되었다.

그때 기준은 평소와 다름없이 홍문관에서 숙직하고 있었다. 그
러다가 아무런 영문도 모른 채 느닷없이 의금부에 투옥된 것이다.
얼마 후 얼토당토않은 죄목으로 추고를 받았다. 어떠한 해명도 소
용이 없었다. 끝내는 충청도 아산으로 유배되고야 말았다.

이듬해에는 다시 함경도 온성으로 유배지를 옮겨 그곳에 위리안
치圍籬安置되었다. 위리안치란, 죄인이 달아나거나 외부인과 접촉
하지 못하도록, 거처하는 집을 가시나무 울타리로 둘러막는 것을
말한다. 그것으로도 모자랐던지, 조정에서는 다시 배소配所의 가
옥을 더욱 비좁게 하고, 울타리를 더욱 높고 빽빽하게 하라는 지시
를 내렸다. 관용을 베풀면 그 고을에 죄를 묻겠다는 엄포와 함께!
온성 부사는 겁을 먹었다. 부랴부랴 허름하고 작은 가옥을 골라 겹
겹이 울타리를 둘러서 그곳에 가두었다. 이 배소의 실상을 그린

16

「위리기圍籬記」에는 그 모양이 이렇게 묘사되어 있다.

"높은 기둥을 세우고, 두텁게 울타리를 두르고, 자잘한 가시나무를 쌓았다. 안팎으로 날카로운 가시가 교차되어 있고, 견고하여 털 끝만큼도 흔들리지 않으며, 빽빽하여 바늘 들어갈 틈도 없다. 둘레는 오십 척 가량이요, 높이는 무려 너덧 장丈이나 된다. 처마와는 겨우 지척 거리에 있고, 처마 위로 솟아 나온 게 3분의 2가 넘는다. 이 때문에 햇빛이 들지 않아 하늘을 보면 마치 우물 속에 있는 듯하니, 비록 대낮이라도 황혼 무렵 같다.

울타리 남쪽에는 작은 구멍을 뚫어, 음식을 반입하는 통로를 내었다. 바깥으로 네 면에는 작은 막사를 지어 경비 초소를 두었다. 제도가 엄밀하고 모두 물샐 틈 없어, 지난번 것과 비교해 보면 몇 갑절이나 더하다. 바라보니 빽빽한 게 험준한 산의 숲속과도 같아, 그 속에 사람의 거처가 있는지 전혀 헤아릴 수 없을 정도이다. 시쳇말로 '산 무덤'이라 할 것이다."

바늘 하나 들어갈 틈이 없고, 햇빛도 제대로 들지 않는 집이었다. '산 무덤'과도 같은 그 집을, 높고 빽빽하게 둘러싼 가시나무 울타리에 기준은 총리叢籬란 이름을 붙였다. '총'이란, 빽빽한 숲을 뜻하며, 『주역』의 '총극叢棘'에서 의미를 빌어 온 것이다.

"동아줄로 묶어서, 빽빽한 가시나무 숲속에 가둬 두되, 3년이 되어도 벗어나지 못하니, 흉하다.(係用徽纆, 寘于叢棘, 三歲不得, 凶.)"

―『주역』 감괘坎卦

감괘(䷜)는 두 감괘(☵)가 겹쳐진 형상이라, '습감괘習坎卦'라고도 한다. 습習은 '거듭'의 뜻이요, 감坎은 구덩이같이 험난한 곳에 빠진다는 뜻이다. 거듭하여 구덩이에 빠지는 형상이니, 감괘는 더없이 험난한 상황을 비유한다. 그런 험난함에 빠져 '3년이 되어도 벗어나지 못한다' 하였으니, 곤경에 빠져서 오래도록 벗어나지 못하는 것이다. 이쯤 되면 사람들은 대개 실의에 빠져 자포자기하곤 한다. 그러나 뜻이 있는 사람이라면 다르다. 어려운 상황에 처하면 처할수록, 고초를 겪으면 겪을수록, 심지를 굳게 가다듬고 마음을 새롭게 갈고닦는 데 더욱 힘을 쓴다

 이 글을 쓸 당시 그는 이미 죽음에서 벗어나지 못하리라는 걸 예감하고 있었다. 그럼에도 의연하게 마음을 새롭게 하는 데 힘쓰려 하였다. 살고 죽는 것은 운명에 내맡기고, 얼마 남지 않은 자기의 삶에 최선을 다하려 하였다. 스피노자 같은 사람은 '내일 지구의 종말이 온다 해도 나는 오늘 한 그루의 사과나무를 심겠다' 하였다. 지구의 종말을 앞두고서도 사과나무를 심겠다는 것이나, 자기의 죽음을 앞두고서도 마음을 새롭게 하는 데 더욱 힘쓰겠다는 것은, 모두 절망 속에서도 희망을 심는 것이니, 오직 자기의 삶에 성실한 사람만이 실천할 수 있다.

02 | 울타리 나무_홀로 선다는 것
| 입주 | 立株 |

타고난 자질이 곧으니

먹줄이 필요 없다

높아도 위태롭지 않으며

제 자리에 무리지어 서 있다

군자는 그것을 본받아

우뚝하게 홀로 선다

| 名 | 物 | 記 |

울타리를 이루는 나무는 '입주立株'이니, 우뚝하니 세워져 있기 때문이다.

天質之直 不待繩墨 高而無危 據以衆植 君子象之 挺
焉自立

립(立) : 서다 / 주(株) : 주목株木, 즉 가지와 잎이 없는 나무, 여기서는 울타리를 이루
고 있는 가시나무를 가리킨다 / 승묵(繩墨) : 먹줄 / 거(據) : 할거割據하다, 여기서는
각각의 가시나무들이 그 자리를 지키며 서 있다는 뜻 / 식(植) : 심다, 세우다 / 정
(挺) : 빼어나다, 우뚝하다

울타리를 이루고 있는 가시나무들의 이름은 입주立株이다. '입'
이란, 곧고 바르게 선다는 뜻이다. 이 나무들은 타고난 자질이 곧
아, 먹줄로 재어서 곧게 바로잡을 필요도 없다. 먹줄이란 먹을 묻
혀서 곧은 줄을 치는 데 쓰는 도구이다. '곧은' 줄을 치는 도구이
기 때문에, 먹줄은 옛 글에서 곧고 바른 법도나 도리를 뜻하는 말
로 쓰이기도 한다. 타고난 자질이 본디부터 곧아 먹줄로 바로잡을
필요 없는 나무들이니, '입주'는 법도와 도리를 곧게 지키는 사람
의 상징이 된다.

이 나무들은 지붕 위로 솟을 만큼 높다랗게 우뚝 서 있어도 기울
어지거나 쓰러지는 위태로움이 없고, 각자가 제 자리를 지키면서
무리지어 서 있다. 사람으로 비유하면, 지위가 높아도 사사로운 욕
망 따위에 흔들려 위태로워지지 않으면서도, 자기의 본분과 역할
을 저버리지 않고 제 자리를 굳게 지키며 자립하는 군자라 하겠다.

사람이 만약 '홀로 서고자(自立)' 한다면, 먼저 확고한 뜻(의지, 志)

20

을 세우고 있어야 한다. 뜻이 약하면 다른 것에 기대려는 마음이 생기고, 작은 유혹에도 번번이 동요되며, 어려움을 만나면 쉽게 포기하거나 좌절한다. 그래서 뜻이 약한 사람은 결코 홀로 설 수 없다. 뜻이란, 내 마음의 주체적 작용을 이른다. 세상의 만물이 주변의 영향으로 움직이고 흔들리는 것이야, 내가 어떻게 할 수 있는 게 아니다. 그러나 내 마음의 주체적 작용인 뜻만은 확고부동해야 한다. 그래야 세태에 따라 욕망에 따라 이리저리 흔들리지 않고 굳건하게 홀로 설 수 있다.

옛사람들은 뜻을 확고하게 세우는 입지立志를 모든 행위의 출발점으로 무척이나 강조하였다. '홀로 선다' 는 것도 결국에는 뜻이 확고하게 세워졌다는 의미이다. 공자는 "서른 살에 자립하였다(三十而立)" 하였는데, 그 이전(열다섯 살)에 먼저 학문에 뜻을 두었다(志于學).

뜻(志)이란 마음(心)이 가는(之) 것이다. '志(뜻 지)' 자의 자형은 '之(갈 지)' 와 '心(마음 심)' 이 결합된 글자이다. 그래서 『설문해자』에서는 '志' 의 의미를 '마음이 가는 것(心之所之)' 이라 풀이하였다. 마음이 간다 함은 마음이 어떤 것을 지향한다는 의미요, 마음이 지향한다 함은 마음을 한 가지에 집중한다는 의미이다. 그리고 마음이 한 가지에 집중되어 있어야만, 뜻은 확고하게 세워질 수 있다. 이 글을 쓸 당시 기준의 나이도 서른이었으니, 공자가 자립했다던 바로 그 나이였다.

홀로 선다는 것은 혼자 외톨이가 된다는 게 아니다. 울타리를 이루는 가시나무들이, 가시나무와 가시나무로 둘러싸인 속에서 우뚝하게 서 있는 것처럼, 사람이 사람과 사람으로 둘러싸인 세상 속에서 법도와 도리를 곧게 지키며, 스스로 자기의 삶을 성실하고 당당하게 살아가는 것이다. 곧 사회적 관계 속에서 주체 의식을 가진 하나의 개체로서 올곧게 살아가는 것이다.

울타리 구멍_욕망의 근원

| 질욕혈 | 窒慾穴 |

감응이 있어서 욕망이 움직이고

근원이 있어서 욕망이 흘러나오니

지엽을 제지한다 하여도

뿌리는 잠재되어 있는 법

명철한 사람은 잘 살펴서

욕망이 일어나지 않게 하고

기미가 나타나기 전에 막아

구멍을 막듯이 욕망을 막는다

| 名 | 物 | 記 |

울타리의 구멍은 '질욕지혈窒慾之穴'이니, 엄밀하게 막혀 있기 때문이다.

其動也有感 其流也有源 制之於末 容或藏根 明者善察

不事已發 先微而防 如穴斯窒

━|六|十|銘|

질(窒) : 막다 / 욕(慾) : 욕심, 욕망 / 혈(穴) : 구멍 / 이발(已發) : 성리학의 한 개념으로, 마음이 외물에 저촉되어 욕망 따위의 감정이 일어난 상태를 가리킨다 / 미(微) : 기미(어떤 일이 일어날 조짐)

·◦❁◦·

울타리 구멍의 이름은 질욕혈窒慾穴이다. '질욕'이란, 욕망을 막는다는 뜻이다. 「위리기」에 따르면, 울타리에 가시나무를 두텁게 둘러 바늘 들어갈 틈도 없다 하였다. 그만큼 그곳은 외부 세계와 철저하게 격리된 공간이었다. 외부와 연결된 유일한 통로라고는 음식을 반입하려고 울타리 남쪽으로 낸 작은 구멍밖에 없었다. 바로 이 구멍을 '질욕혈'이라 한 듯하다. 아니면 가시나무로 켜켜이 둘러싸여 바늘 들어갈 틈도 없는, 구멍 없는 구멍을 역설적으로 말한 것인지도 모르겠다. 다만 욕망과 연관지어 생각해 보면, 음식을 들이는 구멍으로 보는 게 좋을 듯하다. 음식에 대한 욕망은 사람의 가장 원초적인 욕망이기 때문이다. 어떻게 보든 여기서 구멍을 엄밀하게 막는다 함은, 마음속에서 일어나는 욕망을 철저하게 막는 것을 상징한다.

예로부터 사람이 기본적으로 지니고 있는 일곱 감정을, '칠정七情'이라 하였다. 칠정은 기쁨·노여움·슬픔·즐거움·사랑(또는 두려움)·미움·욕망을 이른다. 성리학에서는 이러한 칠정이 나타나지 않는 상태를, 순수하고 지극히 선하여 인성人性이 보존된 완전한 경지로 설명한다. 그러나 사람이 세상을 살아가다 보면, 마음이 어떤 사물이나 현상에 저촉되지 않을 수 없고, 그 반응으로 칠정이 생겨나게 마련이다. 그럴 때에는 그것이 선善의 상태를 유지하도록, 사회적 기준에 맞도록, 노력을 게을리 해서는 안 된다. 그것을 『중용』에서는 이렇게 설명한다.

"기쁨 · 노여움 · 슬픔 · 즐거움의 감정이 아직 발현되지 않은 것을 '중中'이라 하고, 발현되어 모두 다 절도에 맞는 것을 '화和'라 한다."

칠정 가운데서도 가장 다스리기 어려운 것은, 욕망이다. 그래서 욕망을 '오욕五慾'이라 하여, 다시 다섯 가지로 나누기도 한다. 곧 재물욕 · 색욕 · 식욕 · 명예욕 · 수면욕이다. 이 가운데 사람들은 어느 것 하나 쉽게 버리질 못한다. 그래서 마음속에는 늘 이런저런 욕망들이 가득 차 있어, 호시탐탐 비집고 나올 틈을 노리고 있다. 그 욕망은 그대로 내버려 두어서는 안 될 터이다. 욕망이란, 근심의 원인이요, 갈등의 원인이요, 다툼의 원인이며, 심하게는 파멸의 원인이 되기 때문이다.

그렇다면 욕망에서 벗어나려면 어찌 해야 하는가? 욕망의 싹이 트는 기미를 잘 살펴서, 욕망의 감정이 뚫고 나올 틈을 아예 주지 말아야 한다. 엄밀하게 빈틈없이 막혀 있는 울타리의 구멍처럼! 명철한 사람이라면 그렇게 한다.

04 집 _ 대장부의 집
|광거와 | 廣居窩 |

드넓은 그 건물이요

툭 트인 그 문이라

집으로서 아름다움이

넉넉하게 쌓여 있다

편안하고 편안한 거처는

넓고 넓은 하늘과 같나니

모름지기 마루에 올라야만

방 안을 엿볼 수 있으리라

|名|物|記|

집은 '광거지와廣居之窩' 니, 그 좁음을 싫어하기 때문이다.

廓其宇 洞其門 宮室之美 蓄積之殷 安安而居 浩浩其
天 堂須升矣 室可窺焉

■ |六|十|銘|

광(廣) : 넓다 / 거(居) : 거처하다 / 와(窩) : 움집, 굴 / 확(廓) : 넓다, 크다 / 통(洞) : 막
힘없이 툭 트이다 / 은(殷) : 넉넉하다 / 규(窺) : 엿보다

.⚜.

"천하의 넓은 집(廣居)에 거처하며, 천하의 바른 자리에 서며, 천
하의 큰 도리를 행한다. 뜻을 얻으면 백성과 함께 도를 행하고, 뜻
을 얻지 못하면 홀로 그 도를 행한다. 부귀가 마음을 방탕하게 하지
못하며, 빈천이 절개를 변하게 하지 못하며, 위엄과 무력이 지조를
굽히게 하지 못한다. 이것을 일러 '대장부'라 한다."

−『맹자』「등문공 하」

맹자의 이 말에서 의미를 취하여, 집의 이름을 광거와廣居窩라
하였다. '광거'란, 넓은 거처를 뜻한다. 유배지의 방 한 칸, 부엌
한 칸짜리 집이, 어찌 넓으랴! '窩(움집 와)'란 글자가 시사하듯, 그
집은 햇빛도 제대로 들지 않아 움집이나 토굴 같은 허름하고 작은
집이었다. 그럼에도 '넓다' 하였으니, 여기서 말하는 집은 마음의
집을 이른다. 마음이 좁으면 고대광실도 좁게 여겨지는 법이요, 마
음이 넓으면 초가삼간도 넓게 여겨지는 법이다.

넓은 마음의 집, 그것은 곧 대장부의 집이다. 대장부는 물리적인

집의 크기에 연연하지 않는다. 오직 마음의 집만은 넓고 큰 것을 추구한다. 마음의 집이 넓으면, 지금 살고 있는 집이 좁고 누추한 건 전혀 문제 될 게 없다. 그런 곳에 살아도 충분히 안온함을 즐길 수 있다. 그런 까닭에 억지로 애쓰지 않더라도, 선하게 타고난 본성을 자연스럽게 지키며 살아간다.

"성인은 본성대로 하는 분인지라, 넓고 넓음이 하늘과 같으니(浩浩其天), 털끝만큼을 보태지 않아도, 모든 선善이 충분히 갖춰져 있다."
　　　　　　　　　　　　　　　　　　－주희朱熹,「소학제사小學題辭」

대장부라면 사는 집이 비좁다고 불평하지 않는다. 사람의 크기는 결코 집의 크기가 결정하지 않는 법, 오직 마음이 크고 넓은 사람만이 큰 사람이 될 수 있다. 요 임금이 사는 궁전의 섬돌은 석 자에 불과했지만, 위대한 성인으로 칭송받는다. 하늘같이 넓디넓은 마음을 가졌으며, 타고난 본성을 지켰기 때문이다. 진 시황제의 아방궁은 끝도 보이지 않을 만큼 넓었으나, 2,000년이 지난 지금까지 폭군의 대명사로 남아 있다. 한 사람도 받아들이지 못하는 좁은 마음을 가졌으며, 타고난 본성을 어겼기 때문이다.

유배객이 사는 집이니 그보다 더 누추하고 초라할 수는 없겠다. 그러나 마음의 집만은 넓디넓어, 집으로서 갖춰야 할 모든 게 넉넉히 갖춰져 있다. 건물은 드넓고, 문은 툭 트여 있으며, 방과 마루도 높직하다. 그래서 그 방 안을 들여다보려면 반드시 마루에 먼저 올라야만 하는 게다.

'승당입실升堂入室'이라 하였으니, 마루에 올라야만 방으로 들어

갈 수 있다는 뜻이다. 공자가 한 이 말을, 후학들은 학문의 단계를 비유하는 것으로 풀이한다.

공자가 말했다.

"유由(자로의 이름)의 살벌한 비파 가락을, 어찌 내 문에서 연주하는 가?"

이 말을 듣고 다른 제자들이 자로를 공경하지 않자, 공자가 타이 르며 말하였다.

"유는 마루에는 올랐고, 아직 방에는 들어가지 못한 것이다(升堂 矣, 未入於室也)."   -「논어」 「선진」

'마루에 올랐다' 함은, 비록 높은 경지에는 이르렀으나 아직 정 밀하지 못하다는 뜻이다. '방에 들어갔다' 함은, 정밀하게 갈고 닦 아 완숙한 경지에 이르렀다는 뜻이다. 마루에 올라야만 방 안으로 들어갈 수 있듯, 학문도 일정한 단계를 거쳐야만 비로소 완숙한 경 지에 이를 수 있는 법이다. 물론 그게 어디 학문뿐이랴! 세상의 모 든 일이 어느 것 하나 그렇지 않은 게 없다.

05 부엌 _ 변혁의 공간

| 천선조 | 遷善竈 |

금金과 목木은 조건이요

수水와 화火는 작용이다

상생하고 상극하여

세상 만물 변혁된다

강한 건 부드럽게 하고

날것은 익게 한다

변혁하되 선善하지 않다면

그 변혁을 어디에 쓰랴!

| 名 | 物 | 記 |

부엌은 '천선지조遷善之竈' 니, 능히 변혁할 수 있기 때문이다.

金木爲需 水火爲用 相生相息 變革萬種 剛乃柔 生乃
熟 革而不善 何用革

천(遷) : 옮기다 / 선(善) : 착하다 / 조(竈) : 부엌 / 수(需) : 구하다, 바라다 / 상식(相
息) : 상극相剋 / 만종(萬種) : 아주 많은 양, 세상의 모든 것 / 혁(革) : 고치다

집 건물 안쪽으로 방 같은 공간이 세 칸 있다. 그 서쪽을 둘로 나
누어서 하나는 부엌(竈)으로 삼고, 하나는 방(室)으로 삼았다. 그 부
엌의 이름을 천선조遷善竈라 하였다. '천선'이란, 개과천선改過遷
善, 곧 잘못된 것을 고쳐서 좋은 방향으로 옮겨 간다는 뜻이다.

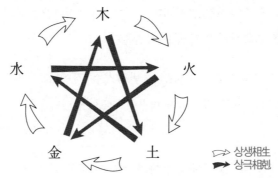

상생相生 : 木生火, 火生土, 土生金, 金生水, 水生木
나무는 불을 낳고, 불은 흙을 낳고, 흙은 금을 낳고, 금은 물을
낳고, 물은 나무를 낳는다.

상극相剋 : 木剋土, 土剋水, 水剋火, 火剋金, 金剋木
나무는 흙을 이기고, 흙은 물을 이기고, 물은 불을 이기고, 불은
금을 이기고, 금은 나무를 이긴다.

상생과 상극의 기본적인 원리이다. 그 가운데 '나무는 불을 낳고(木生火), 금은 물을 낳는다(金生水)' 하였다. 성냥 따위의 불을 일으키는 도구가 발명되기 이전에는, 나무를 비벼서 불을 일으켰다. 그래서 목생화木生火이다. 또한 맑은 물은 바위 틈으로 솟구쳐 나오며, 돌은 오행에서 금金에 속한다. 그래서 금생수金生水이다. 이러한 관점에서 볼 때, 목木과 금金은 화火와 수水를 일으키는 조건이며, 목木과 금金이 일정한 조건에 이르면 그 작용으로 화火와 수水가 생겨난다.

부엌에는 쇠로 만든 솥도 있고, 불을 때는 아궁이도 있다. 그리고 아궁이에 불을 때려면 나무도 있어야 하고, 솥에 음식을 조리하려면 물도 있어야 한다. 따라서 부엌은 목木 · 금金 · 화火 · 수水가 고루 갖추어진 공간이며, 이들의 상호작용으로 음식 재료의 성질을 변화시켜 먹기 좋도록 만든다.

"솥의 용도는 물건을 변혁하는 것이니, 날고기를 변화시켜 익게 하고, 단단한 것을 바꾸어 부드럽게 한다."

−『이천역전伊川易傳』정괘鼎卦

딱딱한 쌀을 물과 함께 솥에 넣어 불을 때면 부드러운 밥으로 변화되고, 날고기를 솥에 넣어 삶거나 불에 구우면 익은 고기로 변화된다. 그러나 변화가 꼭 좋은(善) 쪽으로만 이루어지는 건 아니다. 예컨대, 요리할 때 물과 불을 적절하게 조절하지 못하면, 자칫 그 음식이 타 버리거나 설익을 수가 있다. 그렇게 되면 차라리 변화시키지 않은 것만 못하게 된다.

　사람이라고 다를 바 없다. 자기를 변화시키되, 잘못된 점을 고쳐서 좋은 방향으로 변화시켜야지, 지금보다 더 나쁜(不善) 상태로 변화시켜서는 안 될 일이다. 그러니 변혁하되 선하지 않다면, 그런 변혁은 차라리 없느니만 못한 게다.

06

방 _ 혼자 있는 공간

| 암실 | 暗室 |

어찌 은미하다 하여 드러나지 않으랴!

어찌 숨긴다고 하여 나타나지 않으랴!

어둠 속이라 하여 게으름 피지 말며

밝은 곳이라 하여 부지런 떨지 말라

도道는 두 가지로 작용하지 않나니

마음은 한 가지 선善에 근본을 두라

하늘을 어찌 속일 수 있으랴!

너의 행락行樂을 지켜보느니라

| 名 | 物 | 記 |

방은 '암실暗室'이니, 밤에 휴식하는 곳이다.

> 孰微不著 孰隱不顯 毋冥而怠 毋昭而勉 道非二用 心
> 本一善 天豈可欺 及爾游衍
>
> ■|六|十|銘|

암(暗) : 어둡다 / 실(室) : 방 / 저(著) : 드러나다 / 현(顯) : 나타나다 / 명(冥) : 어둡다
/ 태(怠) : 게으르다 / 소(昭) : 밝다 / 면(勉) : 힘쓰다, 부지런하다 / 유연(游衍) : 행락,
놀고 즐기다, 제멋대로 하다

· ❀ ·

　부엌 곁에 있는 방의 이름은 암실暗室이다. '암실'이란, 어두운
방을 뜻한다. 이 앞에다 '불기不欺' 두 글자를 덧붙이면 그 의미가
더욱 분명해진다. '불기암실不欺暗室'이란, 어두운 방에 홀로 있을
때에도 자기를 속이지 않는다는 뜻이다.

　　네가 방에 있는 것을 보니　　　　　　　　　　　　相在爾室
　　여전히 옥루에 부끄럽지 않도다　　　　　　　　尙不愧于屋漏

　　　　　　　　　　　　　　　　　　　　　　　　-「시경」「억抑」

　옥루屋漏란, 방의 서북쪽 모퉁이를 뜻하며, 깊고 은밀한 곳을 비
유하는 말이다. 아무도 없는 방 안에 홀로 있을 때 사람은 나태해
지기 쉽다. 가시나무로 빈틈없이 둘러싸여 외부와 철저히 격리된
울타리 속에는, 그 자신 이외에는 아무도 없다. 더구나 방이라면
그 속에서도 더 깊고 은밀한 곳이다. 허니 그런 곳에서라면 무슨
짓을 하건 주변의 시선은 전혀 아랑곳하지 않아도 된다. 그러나 그
런 곳에서도 내 마음은 나의 일거수일투족을 늘 지켜보고 있다. 그

런 까닭에 내 몸이 부끄러운 짓을 저지르면, 내 마음이 부끄러움을 느끼게 마련이다.

자기에게 성실한 사람은 마음속의 한 점 부끄러움도 결코 용납하지 못한다. 부끄러움을 부끄러워할 줄 알기에, 언제 어디서건 부끄러운 짓을 하지 않으려 한다. 물론 어둡고 은밀한 방에 홀로 있을 때라고 예외일 수는 없다. 이것이 바로 옛 선비들이 수신修身의 출발점으로 삼았던, 신독慎獨이다. 신독이란, 홀로 있을 때를 삼간다는 말이다.

"숨기는 것보다 더 잘 드러나는 게 없고, 은미한 것보다 더 잘 나타나는 게 없다. 그러므로 군자는 홀로 있을 때를 삼간다(慎其獨也)."
– 「중용」

군자는 다른 사람이 없는 어두운 데 혼자 있더라도 게으름을 부리지 않으며, 다른 사람이 지켜보는 밝은 곳에 있다 하여 부지런한 척 야단 떨지 않는다. 도道를 추구하는 군자의 마음은 언제 어디서건 달라지지 않고 늘 한결같다. 밝은 데 있든 어두운 데 있든, 남의 시선은 일체 의식하지 않고 천성적으로 타고난 본래의 선한 마음을 한결같이 유지하는 데 힘쓸 뿐이다.

사람을 속일 수는 있어도, 하늘을 속일 수는 없다. 남의 눈을 속일 수는 있어도, 제 마음을 속일 수는 없다. 마음을 천군天君이라 하였으니, 마음도 곧 하늘이다. 그 하늘이 늘 우리를 지켜보고 있으니, 하늘을 어찌 속일 수 있으랴!

하늘은 밝고도 밝아   昊天曰旦
너의 행락을 지켜보나니   及爾游衍

                                          －『시경』「판板」

07 온돌 _ 존재의 본질
| 정사돌 | 靜俟堗 |

흙에서 재질을 받아들여

그 본체를 보존하고 있으며

불에서 공을 받아들여

그 공을 돕는 게 용도이다

부동不動으로 외물에 순응하되

외물에 부림을 당하지 않으니

불을 계속 때지 않더라도

온돌은 관여하지 않는다

| 名 | 物 | 記 |

온돌은 '정사지돌靜俟之堗'이니, 안정되고 묵중하며 불을 받아들이는 용도이기 때문이다.

受質于土 存其體 受功于火 用以濟 應以不動 不物於
物 火之不繼 非與於堗

정(靜) : 고요하다 / 사(俟) : 기다리다 / 돌(堗) : 온돌, 구들 / 제(濟) : 돕다 / 불물어물
(不物於物) : 『장자』 「산목山木」에, "외물을 부리지, 외물의 부림을 받지 않는다(物物,
而不物于物)" 하였다 / 여(與) : 관여하다, 참여하다

온돌은 우리 한옥만이 가지는 독특한 난방 시설이다. 아궁이에
불을 때어 열을 가하면, 그 열기가 방바닥 아래의 고래를 따라 이
동하면서 방바닥을 데움으로써 실내를 따뜻하게 한다. 온돌의 기
본적인 구조는 불을 지피는 아궁이, 불기운을 전달하는 고래, 불기
운을 방 안으로 들이는 구들장, 연기를 바깥으로 배출하는 굴뚝으
로 되어 있다.

고래는 방고래 또는 구들고래라고도 하며, 아궁이에서 굴뚝까지
도랑 모양으로 축조하여 연기가 흘러나가게 한 곳을 이른다. 고래
를 만들 때는 연기가 골고루 지나가도록 아궁이에서 굴뚝 쪽으로
갈수록 약간 높게 만들며, 그 종류는 나란히고래 · 선자고래 · 허튼
고래 등이 있다.

고래의 위는 얇고 넓은 돌로 덮는데, 이것을 구들장이라 한다.
구들장을 놓을 때는, 불기운이 강한 아랫목은 두꺼운 구들장을 얹
어서 지나치게 빨리 뜨거워지는 것을 막고, 불기운이 약한 윗목은
얇은 구들장을 얹어서 열기가 조금이라도 더 전달되도록 한다. 그

조선 선비, 일상의 사물들에게 말을 걸다 **39**

리고 그 위에는 진흙을 발라서 방바닥을 평평하게 한다. 그 밖에도 온돌에는 부넘기, 개자리, 바람막이 등이 있다.

온돌에 이와 같은 갖가지 장치가 있는 것은, 모두 '불'의 기운을 효과적으로 전달하기 위함이다.

불의 발견과 함께 인류의 문명은 본격적으로 발달하기 시작하였다. 불을 사용하면서부터 어둠을 물리쳤고, 음식을 먹기 좋게 익혀 먹었고, 따뜻하게 생활할 수 있게 되었으며, 생활에 필요한 갖가지 도구를 개발할 수 있었다. 그렇게 불은 문명의 상징이 되었고, 사람의 삶에서 중요한 부분을 차지하게 되었다.

온돌은 불의 공이 잘 발현되게 하는 도구이다. 아궁이에 불을 지필 때 생성되는 온기를 받아들였다가 다시 그 온기를 방으로 전해 줌으로써, 사람이 따뜻하고 안락한 생활을 할 수 있도록 돕는다. 그래서 사람들은 구들의 온기를 기다리고 집착하고 의지하여, 때마다 불을 때며 온기가 식으면 또다시 불을 지핀다.

그러나 온돌은 불을 때건 때지 않건, 그런 데는 연연하지도 않고 관여하지도 않는다. 불을 때도 그 자리에 떡 버티고 있으며, 불을 때지 않더라도 그 자리를 떠나는 법이 없다. 사람은 어떠한가? 인심조석변人心朝夕變이라 했으니, 아침저녁으로 달라지는 게 사람의 마음이다. 저한테 이익이 된다 싶으면 재빠르게 달려가고, 조금이라도 이익이 없으면 썰물처럼 빠지는 게 세상의 인심이다.

온돌은 다르다. 이익을 좇아 이리저리 가볍게 옮겨 다니지 않고, 언제나 흔들림 없이 그 자리를 묵중하게 지킨다. 때가 오지 않는다고 안달복달 애태우지 않으며, 자연스레 때가 무르익을 때까지 조용히 기다린다. 그래서 온돌의 이름을 정사돌靜俟埃이라 하였다. '정사'란, '회처정사晦處靜俟'의 의미로, 고요한 곳에 숨어 살면서 조용히 때를 기다린다는 말이다.

온돌은 오는 것을 막지도 않고, 지난 것을 좇지도 않는다. 그래서 연기를 순순히 받아들였다가는, 다시 순순히 바깥으로 내보낸다. 온돌에게 다가오는 것은 그저 다가오는 것이요, 지나가는 것은 그저 지나가는 것일 뿐이다. 이처럼 외부의 자극에 집착하지 않고 연연하지 않으니, '물래순응物來順應(사물이 오면 순순히 응대함)'의 미덕을 갖춘 셈이다.

그런 까닭에 애타게 기다리지도 않고, 이런저런 유혹에 이끌려 다니지도 않는다. 외물에 얽매여 자기의 본체를 잃지 않는 것이다. 이런 경지를 장자는, "외물을 부리지, 외물의 부림을 받지 않는다"(『장자』「산목山木」) 하였다. 도연명 같은 사람은 제 마음이 제 몸의 부림을 당하는 것조차 슬퍼하여, 「귀거래사」를 읊으며 은둔의 길을 택하였다.

온돌은 온돌 자체로 존재한다. 불을 때고 있을 때도 온돌이요, 불을 때지 않을 때도 온돌이다. 나도 나 자체로 존재한다. 외물과 접촉하고 있을 때도 나요, 외물과 접촉하지 않을 때도 나다. 나는 그 누구의 간섭도 받지 않고, 그 어떤 것에도 의지하지 않는, 주체적이고 독립적인 존재이다. 독립적 존재이기 때문에, 나는, 외물을 부리지 외물의 부림을 받지 않는다. 나는 나다. 울타리 속에 갇혀 있어도 나요, 울타리 밖에 나가 있어도 나다.

08

선반 _ **겸손하라, 마지막까지**
| 유종판 | 有終板 |

윗자리에 있어도 교만하지 않아서

제 몸을 보존하고

아래로 임하여 받아들이니

그 공이 성대하다

스스로 타락에 빠지지 말고

유종의 미를 거둘지어다

| 名 | 物 | 記 |

서쪽에 걸려 있는 선반은 '유종지판有終之板'이니, 물건을 담고 있어도 떨어
지지 않기 때문이다.

居上不驕 保其躬 臨下有受 昌厥功 毋自墮 以有終

■ | 六 | 十 | 銘 | ■

유(有) : 있다 / 종(終) : 마치다 / 판(板) : 널빤지, 여기서는 '선반'의 의미 / 교(驕) : 교
만하다 / 궁(躬) : 몸 / 거상불교보기궁(居上不驕保其躬) :『효경』에, "윗자리에 있으면
서 교만하지 않으면 지위가 높아도 위태롭지 않고, 절제하고 법도를 삼가면 가득 차
도 넘치지 않으니, 높아도 위태롭지 않음은 존귀한 지위를 오래도록 지키는 방법이고,
가득 차도 넘치지 않음은 부유한 재산을 오래도록 지키는 방법이다(在上不驕, 高而不
危, 制節謹度, 滿而不溢, 高而不危, 所以長守貴, 滿而不溢, 所以長守富)" 하였다. / 임하
(臨下) : 위에서 아래로 임하다 / 궐(厥) : 그 / 타(墮) : 떨어지다

· ❀ ·

선반은 아래에서 물건을 받아들여 자기 위에 올려놓는다. 사람
으로 말하면, 윗자리에 있으면서도 아랫사람을 잘 포용하는 사람
이다. 또한 선반은 벽 위의 높은 곳에 걸려 있음에도 아래로 떨어
지지 않는다. 사람으로 말하면, 높은 자리에 올라도 제 몸을 실추
시키지 않고 잘 보존하는 사람이다.

윗자리에 올라도 제 몸을 실추시키지 않고, 아랫사람을 잘 감싸
고 포용하니, 이런 사람은 겸손을 실천하여 끝까지 지키는 사람이
다. 그래서 선반의 이름을 유종판有終板이라 하였다. '유종'이란,
끝마침(또는 끝까지 지킴)이 있다는 뜻이다.

'유종'이란 말은『주역』에 여러 차례 나오는데, 이 글과 관련해
서는 겸괘謙卦(䷎)의 '유종'을 주목할 만하다. 겸괘는 지산겸地山謙
이라 하여, 땅을 상징하는 곤괘坤卦(☷)가 위에 있고, 산을 상징하는
간괘艮卦(☶)가 아래에 있는 형상이다. 이런 형상을 두고 송나라 때

의 학자 정이程頤는, "산은 높고 큰 물건인데 땅 아래에 있는 것은 겸의 상象이요, 숭고한 덕으로 낮은 곳의 아래에 처하는 것은 겸의 뜻이다" 하고 풀이하였다. 이 겸괘는 이렇게 시작한다.

"겸은 형통하니, 군자는 끝 마 침 이 있 다 .(謙亨, 君子有終.)"

겸손한 군자는 덕을 가지고 있으면서도 있는 체하지 않는다. 타고난 천명天命을 즐겨서 이기적 욕망 때문에 다투지도 않는다. 늘 겸양으로 자처하여, 자랑을 일삼지 않고 겸손을 편안히 여기며, 종신토록 그 겸손을 자기 몸으로 굳게 실천한다. 그래서 스스로를 낮추어도 사람들이 더욱 존중해 주고, 스스로를 숨겨도 공덕이 더욱 밝게 드러나, 언제 어디서든 형통할 수 있다.

오만한 소인은 그렇게 하지 못한다. 일시적으로 겸손한 척할 수는 있어도, 종신토록 겸손을 실천하지는 못한다. 욕망이 일어나면 그때마다 다투고, 공덕이 조금이라도 있으면 그때마다 자랑을 떠벌린다. 그래서 소인은 겉으로는 비록 겸손에 힘쓰는 듯이 보일지라도, 겸손을 편안하게 실천하면서 끝까지 굳게 지켜 내지 못한다.

겸괘의 단전彖傳에서는 '겸'에 대해 이렇게 설명한다.

"하늘의 도는 가득 찬 것을 이지러지게 하고 겸손한 것을 더해 주며, 땅의 도는 가득 찬 것을 변하게 하고 겸손한 데로 흐르며, 귀신은 가득 찬 것을 해치고 겸손한 것에 복을 주며, 사람의 도는 가득 찬 것을 싫어하고 겸손한 것을 좋아한다."

『서경』에서는 "가득 차면 손실이 있고, 겸손하면 이익을 얻는다" 하였다. 달도 차면 기울게 마련이요, 물성즉쇠物盛則衰이니, 무슨 사물이든 지극한 데에 이르면 반드시 쇠퇴한다. 사람의 욕망도 마찬가지! 억지로 가득 채우려 하면 할수록, 더 큰 손실을 당하게 마련이다. 그러므로 힘을 가졌다고, 부를 가졌다고, 지식을 가졌다고, 재능을 가졌다고, 미모를 가졌다고, 교만하지 말라. 권불십년 權不十年이요, 화무십일홍花無十日紅이니, 십 년 가는 권세 없고, 열흘 붉은 꽃이 없다. 겸손하라, 마지막까지!

09

마루 _ 하늘의 이치를 즐기는 공간

| 낙천당 | 樂天堂 |

깊이 음미하고

몹시 좋아하면

저절로 마음에서 발현되어

힘쓰지 않더라도 터득한다

군자는 발분하면

먹는 일도 잊는다

| 名 | 物 | 記 |

아침과 낮에 거처하는 곳은 '낙천지당樂天之堂'이니, 근심을 잊는다는 뜻이다.

味之深 嗜之篤 自發諸心 非勉而得 君子發憤 忘其食

락(樂) : 즐거워하다 / 천(天) : 하늘 / 당(堂) : 마루 / 미(味) : 맛, 음미하다 / 기(嗜) : 즐기다, 좋아하다 / 독(篤) : 도탑다 / 발분(發憤) : 분발奮發, 기세를 떨치며 일어나다, 마음과 힘을 다하다

· ✿ ·

집 건물의 가운데 부분은 다시 둘로 나누어, 그 남쪽은 비워서 잡동사니를 두었으며, 그 북쪽에다 흙을 쌓아서 평상을 만들었다. 그곳에서 아침과 낮에 거처하며 이름을 낙천당樂天堂이라 하였다. '낙천' 이란, 천리天理, 곧 하늘의 이치를 즐거워한다는 뜻이다.

"천리天理를 즐거워하고, 천명天命을 알기 때문에, 근심하지 않는다.(樂天知命, 故不憂.)"　　　　　　　　　　－「주역」「계사전」

하늘로부터 부여받은 타고난 천리를 즐기고 천명을 알기 때문에, 자연스럽고 거짓이 없는 하늘의 도에 순응하여, 인위적으로 어떻게 하고자 안달하지 않는다. 그래서 근심이 없고 늘 즐거울 수 있다.

그러나 그것은 성실한 사람만이 할 수 있는 일이다. 성실하지 못한 사람은 자연의 순리를 어기고 억지로 거짓을 꾸미기 일쑤다. 욕망을 채우기 위하여, 안일한 삶을 누리기 위하여! 성실한 사람은 그렇지 않다. 하늘의 도를 부지런히 닦아 실천함으로써, 자연의 순리를 따르고 진실을 지키려 한다. 한 점 부끄러움 없는 떳떳한 삶

을 위하여!

거짓 없이 진실하고자 하는 마음, 그것을 일러 '성誠'이라 한다.

"성실한 것은 하늘의 도이며, 성실해지려 하는 것은 사람의 도이다. 성실한 사람은, 힘쓰지 않아도 도에 맞으며(不勉而中), 생각하지 않아도 도를 얻어서, 조용히 도에 맞으니, 성인이다. 성실해지려 하는 사람은, 선을 택하여 굳게 잡는 자이다." —「중용」

'성실한 것'은 하늘의 도를 이미 터득한 상태이고, '성실해지려 하는 것'은 하늘의 도를 아직 터득하지 못한 상태를 이른다. 하늘의 도를 터득한 상태에서는 억지로 힘쓰거나 생각하지 않아도 모든 것이 하늘의 도에 부합한다. 그러나 그것은 성인의 경지요, 보통 사람은 그러하지 못하다. 보통 사람의 경우는, 아직 하늘의 도를 터득하지 못한지라, 부지런히 힘쓰고 생각해야만 하늘의 도에 부합할 수 있다.

부지런히 힘쓰고 생각하는 것을 뜻하는 말로, 발분發憤이라는 게 있다. 공자의 표현이다. 공자는 스스로에 대해 말하길, "발분하면 먹는 것도 잊고, 이치를 깨달으면 즐거워 근심을 잊나니, 그러다 보면 늙음이 장차 닥쳐오는 줄도 모른다"(「논어」, 「술이」) 하였다. 하늘의 도를 얻기 위해 발분한 상태에서는, 어떤 신체적 욕구에도 구속되지 않는 법이다. 그래서 먹는 것조차 잊는다. 먹는 것이란, 사람의 생존에 꼭 필요한 가장 원초적인 욕구이니, 다른 욕구야 다시더 말할 게 못 된다.

이렇게 발분하여 욕구가 사라지는 과정을 거쳐야만, 천리를 즐

기고 천명을 아는, 낙천지명樂天知命의 경지에 이를 수 있다. 그것
이 바로 참 선비가 평생토록 추구하는 삶이다.

10 섬돌 _ 한 계단 한 계단 차근차근
| 승계 | 升階 |

자리가 높은 데 있다 해도

올라감에는 단계가 있나니

넘어지지 않도록 삼가며

단계를 뛰어넘지 말고서

차근차근 올라갈 것이요

넘어지지 않도록 두려워하라

| 名 | 物 | 記 |

평상의 남쪽에 주먹돌을 쌓아 만든 섬돌은 '승계升階' 이니, 마루로 올라가는
곳이기 때문이다.

位雖懸 進有級 愼躓蹶 毋陵躐 循循而升 慄慄其崩

■■ |六|十|銘| ■■

승(升) : 오르다 / 계(階) : 섬돌, 계단 / 지·질(躓) : 넘어지다 / 궐(蹶) : 넘어지다 / 능
렵(陵躐) : 엽등躐等, 등급을 건너뛰어 올라가다 / 순순(循循) : 질서 있는 모양 / 율률
(慄慄) : 두려워하는 모양

· ✿ ·

마루로 올라가는 섬돌의 이름은 승계升階이다. '승'이란, 올라간
다는 뜻이며, '승당입실升堂入室'(「광거와」 참조)의 '승'과 같은 의미
이다.

어떤 일을 하든, 한 계단 한 계단 차근차근 밟아서 올라가야, 최
고의 경지에 도달할 수 있다. 그렇게 하지 않는 것을, 고전 용어로
엽등躐等 또는 능렵陵躐이라 한다. '엽등(능렵)'은, 정해진 과정을 무
시하거나, 현재의 처지와 수준을 고려하지 않고, 무리하게 등급을
건너뛴다는 뜻이다. 섬돌의 이름을 '승계'라 한 것은, 바로 이 엽
등의 폐단을 경계하고자 함이다.

엽등의 폐단은, 성급한 마음에서 비롯된다. 마음이 성급하기 때
문에, 빨리 이루려 서두르게 되고, 무리수를 두게 되며, 그 과정에
반드시 실수가 뒤따른다. 욕속부달欲速不達이 되고, 알묘조장揠苗助
長이 되는 것이다.

욕속부달이란, 빨리 하려 하면 제대로 이루지 못한다는 뜻이다.
공자의 제자 자하子夏가 거보라는 고을의 수령이 된 뒤, 공자를 찾
아가 정치에 대해 묻자, 공자는 "빨리 하려 하지 말고, 조그만 이

익을 보지 말아야 한다. 빨리 하려 하면 제대로 이루지 못하고(欲速則不達), 조그만 이익을 보면 큰 일을 이루지 못한다"(『논어』 「자로」) 하고 대답했다.

욕속부달의 구체적인 사례라 할 알묘조장은, 볏모를 뽑아서 자라도록 도와준다는 뜻으로, 일을 서두르다가 도리어 그 일을 망치는 것을 비유한다. 송나라에 볏모가 빨리 자라지 않는 것을 근심하여 볏모를 뽑아 올려 준 사람이 있었다. 그는 멍청하게 집으로 돌아와서는 가족들에게, "오늘은 무척 피곤하군. 내가 볏모가 자라도록 도와주었거든" 하고 자랑스럽게 말하였다. 그 말을 듣고 그의 아들이 달려가서 보았더니 볏모는 이미 말라죽어 있었다.(『맹자』 「공손추 상」)

하려는 일을 제대로 이루지 못하거나, 볏모가 말라죽은 이유는, 모두 절차나 과정을 무시하고 성급하게 서두른 탓이다. 천릿길도 한 걸음부터다. 어떤 목표나 이상을 이루기 위해서는, 그것을 향해 차근차근 한 걸음씩 성실하게 밟아 가는 게, 다른 무엇보다 중요하다. 조급하게 서둘러서는 무엇 하나 제대로 성취할 수 없다.

'빨리빨리' 서두르느라, 교통사고 세계 1등을 자랑하고, 다리가 무너지고, 건물이 무너지고, 배가 침몰하고, 대형 화재가 일어나고…. 스페인의 바르셀로나에 있는 사그라다 파밀리아 성당, 유네스코 세계문화유산으로도 지정된 이 성당은, 1882년 3월에 착공하여, 100년도 더 지난 지금까지도 여전히 건축 중이라 한다. 조금은 더딘 듯해도 차근차근 진행되는, 그 모습이 참 아름답다.

11

지게문 _ **난세를 살아가는 지혜**

| 명이호 | 明夷戶 |

마루의 밝고 어두움은

지게문이 주관하건만

주관할 길이 막혔으니

밝음이 손상되었도다

밝음이 손상되는 어려운 때에는

아름다움을 감추는 게 이로우며

몸가짐은 유순하게 하되

의지는 굳세야만 하리라

| 名 | 物 | 記 |

섬돌의 남쪽에 있는 지게문은 '명이지호明夷之戶'이니, 울타리에 가려져 있기 때문이다.

堂明暗 戶乃司 司而塞 明其夷 夷之艱 利含章 柔爲用
志須剛

■ |六|十|銘| ■

명(明) : 밝다 / 이(夷) : 손상되다 / 호(戶) : 지게문 / 사(司) : 맡다, 주관하다 / 색(塞) :
막다 / 간(艱) : 어렵다 / 함(含) 머금다 / 장(章) : 밝다 / 함장(含章) : 아름다움을 속으
로 품다, 덕을 안으로 감추다

섬돌 앞으로 난 지게문은 명이호明夷戶이다. '명이'란, 밝음이
손상되었다는 뜻으로, 해가 져서 어둠이 찾아온 암흑의 상태를 가
리킨다.

일반적으로 문을 열면 밝아지고, 문을 닫으면 어두워지게 마련
이다. 그러나 유배지의 그 집은 가시 울타리가 워낙 높고 빽빽한지
라, 대낮에도 황혼 무렵처럼 어둑하여 문을 열어도 좀처럼 밝아지
지 않는다. 그런 까닭에 밝음이 손상되었다 하였다. '명이'란 『주
역』의 괘 이름이며, 이 명이괘는 이렇게 시작한다.

"밝음이 손상된 어려운 때에는 마음을 곧고 바르게 가져야 이롭
다.(明夷, 利艱貞.)"

명이괘(䷣)는 땅(☷) 아래에 불(☲)이 있는 형상이다. 불(밝음)이 땅
속으로 들어간 것이요, 그러한 상태가 바로 '명이'이다. 이것은 혼
탁한 군주가 윗자리에 있어서 아래의 현명한 신하가 핍박받는 시
기를 상징한다. 기준의 시대 현실을 두고 보면, 기묘사화로 올곧은

선비들이 죽거나 축출당한 그 상황이, 곧 '명이'의 시기인 셈이다.

이런 암흑의 시대에는 어떻게 처신해야 하는가? 밝음을 안으로 감추고, 유순함을 겉으로 드러내야 한다. 이것은 명이괘의 괘상卦象이 우리에게 가르쳐 주는 처세법이다. 명이괘의 내괘인 이괘離卦(☲)는 밝음을 상징하는 괘이며, 외괘인 곤괘坤卦(☷)는 유순함을 상징하는 괘이다. 어려운 시기를 만났을 때는, 잘난 척 똑똑한 척 과시하지 말고 자신의 총명함을 안으로 감추고, 겉으로는 몸가짐을 유순하고 공손하게 가져야 한다는 의미이다.

그러나 총명함을 감추고 몸가짐을 유순히 하되, 마음을 바르게 하고 의지를 굳건하게 하는 데는 더욱 힘써야 한다. 그렇게 하지 못한다면, 총명함을 감추고 몸가짐을 유순히 하는 것은, 현실을 도피하는 것이요, 자기 자신을 비굴하게 하는 처신이 될 뿐이다. 밝은 지혜를 가진 사람이라면 절대 그렇게 하지 않는다.

조선 후기 철종에게 후사가 없자, 당시 권력을 장악하고 있던 안동 김씨 세력은 왕손들을 경계하였다. 역모로 몰아 유배를 보내거나 죽이는 일도 서슴지 않았다. 그런 상황에서 흥선대원군은 살아남기 위해, 시정잡배들과 어울리며 파락호 생활을 하였다. 그런 그를 두고 사람들은 '궁도령宮道令'이니 '상갓집 개'라며 얕잡아 부르기도 하였다. 그러나 그는 가슴속으로 큰 뜻을 품고 있었다.

마침내 철종이 죽고 12살의 나이로 고종이 즉위하자, 흥선군은 왕실의 가장 어른인 조 대비로부터 섭정의 대권을 위임받았다. 이때부터 조정의 절대 권력을 장악한 흥선군, 시정의 파락호 시절에 구상하였던 개혁 정책을 거침없이 추진하였다.

물론 흥선대원군의 개혁 정책이 오류도 있고 비판도 받지만, 여기서 말하고자 하는 것은 암흑의 시대를 살아간 그의 처신이다. 세도가들의 농락과 멸시에 그리고 어찌 분노가 치밀지 않았으랴만, 그럴수록 몸을 낮추고 또 낮추었다. 일단은 살고 봐야 하니까!

"왕족의 한 사람으로 흥선도 자라서는 봉군封君이 되어 '군'이라는 명칭은 붙어서 흥선군이라는 명색이 있기는 있었다. 그러나 가난하고 세력 없고 그 위에 당시의 권문權門인 김씨 일족이며 그 밖 권도가들에게 멸시를 받고, 거리의 무뢰한들과 짝하여 술이나 먹고 투전이나 하러 다니는 그는 어디로 보든지 한 개의 표랑객이지, 왕족으로 보이지 않았다.

단지 때때로 뜻 없이 호령을 할 때나, 혹은 무슨 마음에 맞지 않는 일 때문에 획 돌아서고 말 때에 그의 무서운 위압력이 걸핏 보여서 범인凡人이 아닌 그림자가 눈 밝은 사람에게는 보이는 뿐이었다."

―김동인, 「운현궁의 봄」

비록 소설의 한 대목이지만 흥선군의 처지와 크게 다르지 않은 묘사이다. 흥선군의 파락호 생활은 곧 '범인이 아닌 그림자'를 숨기기 위함이었다. 그것은 곧 '총명함을 감추고, 몸가짐을 유순히 하라'는 명이괘의 처세법을 실천한 것이기도 하다. 만일 흥선군이 잘난 척 똑똑한 척 설치고 다녔더라면, '범인이 아닌 그림자'는 눈이 밝지 않은 사람에게도 쉬이 보였을 터, 결국에는 그도 다른 왕족들처럼 부질없는 개죽음을 면치 못했을 것이다. 그러니 '밝음이 손상되는 어려운 때에는, 아름다움을 감추는 게 이로운' 것이다.

12

바라지창 _ 비움과 채움
| 허유 | 虛牖 |

태양의 정기가

만물을 비추나니

항아리가 입을 벌려

정남쪽에 자리잡았다

속을 비워서 빛을 받아들이며

안으로 쌓고서 내보내지 않으니

온 방 안이 밝고도 밝도다

| 名 | 物 | 記 |

지게문 위에 지붕을 뚫어 만든 바라지창은 '허유虛牖'이니, 속을 텅 비워 밝은 빛을 받아들이기 때문이다.

陽之精 炳萬類 甕之哆 正離位 虛以受之 內而不出 光
明一室

허(虛) : 비다 / 유(牖) : 바라지창, 햇빛을 들이려고 벽 위쪽에 뚫은 창 / 양지정(陽之
精) : 양陽의 정기, 태양의 정기 / 만류(萬類) : 만물 / 옹(甕) : 옹유甕牖(깨진 항아리 주
둥이로 만든 바라지창) / 치(哆) : 입을 벌리다 / 정리(正離) : 정남쪽. '리離'는 『주역』
의 괘 이름으로 '남쪽'과 '밝음'을 상징한다 / 내이불출(內而不出) : 내면에 아름다운
덕을 쌓고 표현하지 않는다는 뜻(『예기』 「내칙」)

'비움(虛)'은 소통이다. 이것과 저것을 이어 주고, 남을 내 안으
로 받아들인다. 문을 열어도 밝아지지 않는 '명이호' 위쪽으로, 작
으나마 한 줄기 빛을 집 안으로 들이는 바라지창이 나 있다. 벽으
로 지붕으로 가로막힌 공간에 뚫은, 이 바라지창은 가운데가 텅 비
어 있다. 이 '비움'을 통해 안과 밖을 이어 주고, 햇빛을 집 안으로
들인다. 막힌 곳을 뚫어서(비워서) 안과 밖을 이어 주고, 자기를 비
워서 다른 것을 받아들이는 것이다. 그런 까닭에 '허虛'자를 써서
허유虛牖라 하였다.

무엇이든 비어 있어야 채울 수 있는 법, 가득 차 있을 때는 어떤
것도 받아들이지 못한다. 물그릇은 그 속에 담긴 물을 비워야 다시
채울 수 있고, 가득 차면 또 비워 내야 새로운 물을 담을 수 있다.
사람의 마음도 그러하니, 마음을 비워야만 남을 받아들일 수 있고,
욕망 따위로 가득 차 있으면 남을 받아들일 공간이 없게 된다. 그
것을 『주역』에서는 '허수인虛受人(자기를 비워 남을 받아들임)'이라 하였

고, 『장자』에서는 '허기虛己' 라 하였다.

　"배를 타고 강을 건너는데, 빈 배 하나가 떠내려오다가 자기 배에 부딪친다면, 이런 경우에는 제아무리 성미가 급한 사람이라도 화를 내지 않는다. 그런데 그 배에 한 사람이라도 타고 있다면, 소리 지르며 비키라고 한다. 한 번 소리쳐서 듣지 못하면 다시 소리치고, 다시 소리쳐도 듣지 못하면 세 번째 소리치게 되는데, 세 번째 소리칠 때는 반드시 욕설이 따르게 마련이다. 먼젓번에는 화를 내지 않다가 지금 화를 내는 까닭은, 먼젓번에는 배가 비어 있었고, 지금은 배가 채워져 있기 때문이다. 사람이 자기를 비우고(虛己), 인생의 강을 흘러간다면, 누가 능히 그를 해치겠는가?"　　－『장자』「산목山木」

　자기를 비우는 것은 다른 것을 내 안으로 받아들이기 위함이다. 바라지창의 내부가 비어 있는 것도, 그 비움을 통해 바깥의 햇빛을 받아들여 그 빛으로 방 안을 가득 채우기 위함이다. 비우면서 채우는 것이요, 채우면서 비우는 것이다. 사람으로 말하면, 비운다는 것은 내면의 어둡고 추악한 욕망 따위를 비워 내는 것이요, 채운다는 것은 내면에 밝고 아름다운 덕망을 채우는 것이다.

13 벽 _ 중심을 잡은 군자

| 군자벽 | 君子壁 |

반듯하고 크며

굳으면서 곧다

편벽되지 않고

치우치지 않으니

군자의 덕이로다

| 名 | 物 | 記 |

동쪽으로 난 벽은 '군자지벽君子之壁' 이니, 중심을 잡고 똑바로 서 있기 때문이다.

方而大 固而直 不偏不倚 君子之德

■ |六|十|銘| ■

군자(君子) : 행실이 어질고 덕행과 학식이 높은 사람 / 벽(壁) : 벽 / 방(方) : 네모나다,
반듯하다 / 편(偏) : 치우치다 / 의(倚) : 치우치다

· ✿ ·

"중심을 잡고 똑바로 서서, 한편으로 치우치지 않으니, 강하도다,
꿋꿋함이여!"

『중용』에 나오는 군자상이다. 낙천당의 동쪽으로 나 있는 이 벽
도 한편으로 치우치지 않고 중심을 잡고 똑바로 서 있으니, 그 모
양이 『중용』의 군자상과 꼭 닮았다. 그래서 그 이름을 군자벽君子壁
이라 하였다.

덕행과 학식을 갖춘 '군자'는, 옛 선비들이 삶의 지향점으로 삼
았던 모범적인 인간상이었다. 그래서 옛 책을 살펴보면 '군자'라
는 단어가 나오지 않는 책이 거의 없다.

『주역』에도 '군자'라는 말이 여러 번 나오는데, 그 가운데 곤괘
坤卦에서는 "땅의 형세가 곤坤이니, 군자가 보고서 두터운 덕으로
만물을 실어 준다"는 말로 군자를 설명한다. 군자라면 마땅히 땅
이 만물을 실어 주듯, 넉넉한 가슴으로 만물을 보듬어 안을 수 있
어야 한다는 의미이다. 그렇다면 군자가 본받아야 할 땅의 형세는
어떤 것인가? 곤괘에서는 '곧고(直) 반듯하고(方) 크다(大)'하였다.

"곧고 반듯하고 크니, 따로 배우지 않아도 불리할 게 없다.(直方大, 不習, 无不利.)"

곧고 반듯하고 큰 것은 땅의 형세이면서, 동시에 땅의 도道이다. 그리고 그것은 사람에게도 그대로 적용될 수 있는 것이어서, 사람이 곧고 반듯하고 큰 덕성을 갖추기만 한다면, 따로 다른 지식을 배우거나 익히지 않더라도 그런 사람은 모든 일이 순조롭고 막힘이 없다는 말이다. 옛 선비들이 배우고 익히는 데 힘쓴 것은, 단순히 지식을 습득하기 위한 게 아니었다. 배움의 궁극적인 목표는 인격의 완성에 있었다. 그러니 곧고 반듯하고 큰 덕성을 갖추기만 한다면, 그 밖의 다른 배움은 그다지 중요치 않은 게다.

이와 관련하여 『주역』 곤괘의 문언전에는, "곧다 함은 바르다는 말이요, 반듯하다 함은 의롭다는 말이다. 군자가 경敬을 확립하여 안을 곧게 하고, 의義를 드러내어 밖을 반듯하게 함으로써, 경과 의가 확립되면, 덕이 외롭지 않다" 하였다. 덕이 커지기 위한 전제 조건으로, 먼저 내면이 곧고 외면이 반듯해져야 하는데, '경'이 확립되고 '의'가 드러나면 저절로 그렇게 되는 것이다. 따라서 경과 의가 확고하게 세워져 마음이 곧아지고 행동이 반듯하게 된다면, 덕은 저절로 성대해져서 커지기를 바라지 않아도 커지게 마련이다. 그러니 덕이 외롭지 않은 게다.

군자벽 또한 '반듯하고 크며, 굳으면서 곧으니' 땅의 도를 체득하고 있는 셈이다. 그러니 '군자'라는 이름이 결코 부끄럽지 않다.

네모난 몸체를 타고나서

밝음을 직분으로 삼으며

음陰과 양陽을 소통시키고

합벽闔闢의 이치를 알고 있다

아침보다 뒤에 열리지 않고

저녁보다 앞에 닫히지 않으니

시의時義를 갖추었고

중용의 덕을 갖추었다

| 名 | 物 | 記 |

북쪽으로 난 창은 '시창時窓'이니, 아침이면 열고 저녁이면 닫아 시의時義에 따르기 때문이다.

方受體 明爲職 通陰陽 知闔闢 不後朝 不先夕 時之義
中之德

시(時) : 때 / 창(窓) : 창문 / 합(闔) : 문을 닫다 / 벽(闢) : 문을 열다

울타리 속에 갇혀 혼자 지내는 삶이니, 아침 늦게 일어난들 탓하는 이 아무도 없으리라. 그러나 군자는 혼자 있을 때도 늘 삼가는 법! 아침 일찍 일어나 창문을 활짝 열어 두었다가, 저녁이 되어 어두워지면 다시 그 창문을 닫는다. 그렇게 시간의 흐름을 어기지 않고, 시간의 변화에 맞추어 하루하루 살아간다. 북쪽으로 난 창문의 이름을 시창時窓이라 한 것은 이 때문이다. '시'란, 시기나 상황의 변화에 따라 알맞게 맞추어 간다는 뜻이다.

이 창문은 그 모양이 네모이다. 네모는 곧음과 바름과 질서와 안정과 균형과 원칙의 상징이다. 그래서 창문이 네모인 것은 아마도 세상을 바르고 곧게 보라는 의미이리라. 창문뿐만이 아니다. 우리가 세상의 정보와 소식을 받아들이는 거의 모든 수단이 네모이다. 책도 네모요, 신문도 네모요, TV도 네모요, 컴퓨터의 모니터도 네모요, 휴대폰도 네모이다. 카메라도 렌즈는 비록 둥글지만 우리가 보는 영상은 네모이다. 이처럼 세상은 네모라는 프레임을 거쳐 우리 안으로 들어온다.

이 창문은 안(陰)과 밖(陽)을 소통시켜 주는 통로이기도 하다. 창

문을 열면 바깥의 천지만물이 환하게 내 시야로 들어오고, 창문을 닫으면 내 시야에서 사라진다. – 물론 높은 울타리가 시야를 막고 있겠으나, 여기서 창문은 '마음의 창'이다. – 이것이 합벽闔闢이다. 합벽이란 문을 열고 닫는다는 뜻이며, 『주역』「계사전」에 이런 설명이 있다.

"문을 닫는 것을 곤坤이라 하고, 문을 여는 것을 건乾이라 하며, 한 번 닫고 한 번 여는 것을 변變(변화)이라 하고, 왕래함이 끝없는 것을 통通(소통)이라 한다.(闔戶謂之坤, 闢戶謂之乾, 一闔一闢謂之變, 往來不窮謂之通.)"

방이 그 자체로는 변함이 없지만, 창문이 열리고 닫힘에 따라 안과 밖이 소통되는 변화가 일어난다. 그리고 그 변화는 아무 때나 아무렇게나 일어나는 게 아니다. 만물이 생동하는 아침이 되면 그에 발맞추어 천지만물과 호흡하기 위해 창문을 열고, 만물이 휴식하는 저녁이 되면 그에 발맞추어 몸과 마음의 안정을 위해 창문을 닫는다. 그때그때의 상황에 가장 알맞게 하는 것이다. 이것이 시의時義이다. 『중용』의 표현을 빌자면 시중時中이 그것이다.

"군자가 중용을 함은, 군자로서 때에 알맞게 하는 것이다.(君子之中庸也, 君子而時中.)"

시중은 수시처중隨時處中을 줄인 말이다. 즉 시세의 변화에 호응하여, 그 각각의 시세에 가장 알맞게 행동하는 것을 뜻한다. 여기서 '시時'는, 단지 시간만을 의미하지 않는다. 사람이 맞닥뜨리는 일체의 상황이나 환경을 모두 포괄하는 개념이다. 그리고 『중용』

에서 '중中'에 '시時' 자를 덧붙인 것은, 『중용』에서 말하는 '중' 역시 기계적이고 절대적으로 고정된 '중'이 아니라, 시간과 상황의 변화에 따라 역동적으로 변화하는 '동적 균형 상태'를 뜻하는 개념이기 때문이다. 줄타기의 원리가 그러하다. 외줄 위에서 한 발 한 발 내디딜 때마다, 왼팔이 위로 올라가기도 하고, 오른팔이 위로 올라가기도 하는데, 그것은 상황의 변화에 따라 새로운 무게중심을 잡기 위한 방편이다.

사람의 마음과 행동 역시 일정하게 고정되어 있지 않다. 시간이 흘러감에 따라, 상황이 변함에 따라, 끊임없이 변화에 변화를 거듭한다. 그때마다 그 변화에 알맞은, 새로운 '중'을 찾아야 한다. 그래야만 '중심을 잡고 똑바로 서서 한편으로 치우치지 않는 군자'가 될 수 있다. '시중'이란 바로 그런 것이다.

'아침보다 뒤에 열리지 않고, 저녁보다 앞에 닫히지 않는' 창문이다. 창문이 아침에 열리는 것은 아침이란 시간에 가장 알맞은 '중'이요, 창문이 저녁에 닫히는 것은 저녁이란 시간에 가장 알맞은 '중'이다. 그러니 '시중'을 갖춘 것이며, '시창'의 '시'는 바로 이 '시중'을 의미한다.

15 서가 _ 책임과 역량

| 재도가 | 載道架 |

자기의 일을 고상히 함은

보통 사람이 생각할 바가 아니요

자기의 책무를 짊어질 때

힘이 약하면 어찌 지탱하랴!

너의 근간을 꼿꼿이 하고

너의 매듭을 단단히 하라

힘은 적고 짐은 무겁나니

나는 그걸 감당치 못할까 두렵도다

| 名 | 物 | 記 |

위에 있는 작은 서가는 '재도지기載道之架'이니, 서책을 얹어 두기 때문이다.

재(載) : 싣다 / 도(道) : 도 / 가(架) : 시렁, 서가 / 비(匪) : 아니다 / 이(夷) : 보통 / 비
이소사(匪夷所思) : 보통 사람이 생각할 바가 아니다(『주역』 환괘渙卦) / 간(幹) : 줄기,
근간 / 집(縶) : 매다, 매듭 / 불(弗) : 아니다

. ⟨꽃⟩ .

　벽 위에는 책을 얹어 두는 시렁이 가로질러 놓여 있으니, 곧 서
가書架이다. 그리고 책 속에는 성현의 '도'가 담겨 있다. 그런 까닭
에 이 서가의 이름을 재도가載道架라 하였다. '재도'란, 도를 싣는
다는 뜻이다.

　　"왕후를 섬기러 세상에 나아가지 말고, 자기의 일을 고상하게 하
　　라.(不事王侯, 高尙其事.)"　　　　　　　　　　　　-『주역』 고괘蠱卦

　도덕과 능력을 갖춘 현인과 군자는, 때를 만나지 못하면 고결하
게 자기 스스로를 지킬 뿐, 일체의 세상일에 얽매이지 않는다. 즉
벼슬이나 재물 따위에 연연하지 않고, 세속을 초탈한 자기만의 고
결한 정신을 수양한다. 송나라 때의 학자 정이는 이런 사람을 네
부류로 나눈 바 있다.

　　첫째는, 도덕을 품고 있으나 때를 만나지 못하여 고결하게 스스
　　로를 지키는 사람이요,

둘째는, 지족知足(만족을 앎)의 도리를 알고서 물러나 스스로를 보존하는 사람이요,

셋째는, 자기의 능력과 분수를 헤아려서 남이 알아주기를 바라지 않는 사람이요,

넷째는, 청렴과 절개로 스스로를 지켜서 세상일을 달갑게 여기지 않고 홀로 자기 몸을 깨끗이 하는 사람이다.

－『이천역전伊川易傳』 고괘蠱卦

공자도 "세상에서 쓰여지면 도를 행하고, 세상에서 버려지면 도를 간직하라"(『논어』, 「술이」)고 말한 바 있다. 이 당시 기준이 처한 현실이 곧 세상에서 버려진 처지였으니, 바로 이때가 도를 간직할 때요, 자기의 일을 고상히 할 때이다. '도를 간직하는 것'과, '자기의 일을 고상하게 하는 것'은 같은 의미의 다른 표현이며, 그것은 사람이 사람의 도리를 지키고 보존하는 본연의 책무이기도 하다.

서가의 입장에서, '도를 간직하는 것' 또는 '자기의 일을 고상하게 하는 것'은, 도가 담긴 책을 튼실하게 얹어 두는 것이요, 그것은 서가에게 주어진 본연의 책무이다.

만약 튼튼하지 못한 서가에 무거운 책을 얹어 둔다면, 그 서가는 이내 무너지고 말 것이다. 따라서 서가가 서가로서 제 역할을 다하려면, 먼저 벽에 튼튼하게 붙박여 있어야 한다.

사람의 경우도 마찬가지이니, 뜻만 커서 마음이 수고롭거나 힘이 적은데도 짐이 무거우면, 그런 사람은 자기에게 주어진 책무를 충실하게 수행할 수 없다. 코흘리개 어린아이가 장미란과 같은 무

게의 역기를 들려 한다면, 그 무게를 어찌 감당하겠는가! 그러므로 책무를 수행하기에 앞서, 반드시 자기의 역량을 강화시키고, 의지를 굳건하게 하는 데 더욱 힘써야만 하는 게다.

"선비는 도량이 넓고 의지가 굳세지 않으면 안 되나니, 책임은 무겁고 길은 멀기 때문이다.(士不可以不弘毅, 任重而道遠.)"

-『논어』「태백」

조선의 제22대왕 정조는 『논어』의 이 구절에서 '홍弘'자를 빌어 와, 자기의 호를 '홍재弘齋'라 하기도 하였다. 한 나라의 군주라는 막중한 책임을 감당하기 위해, 도량을 넓게 하고 의지를 굳세게 하겠다는 뜻을 담은 것이다.

'도'를 싣고 있는 서가이니, 그 책임이 얼마나 막중한가? '도'를 보존하거나 잃는 것은, 서가가 튼튼하거나 튼튼하지 않은 데 달려 있다. 사람 또한 자기에게 주어진 본연의 책무를 온전히 감당하거나 감당하지 못하는 것은, 의지와 역량이 얼마나 굳세고 강한가에 달려 있다. 그러니 근간을 더욱 꼿꼿이 하고, 매듭을 더욱 단단히 할 수밖에! 맡은 책임은 무겁고 가야 할 길은 머나니….

16 문 _ 어리석음의 원인
| 우문 | 愚門 |

천문千門은 아침이면 열리건만

너는 어이하여 홀로 닫혔느냐?

만호萬戶는 저녁이면 닫히건만

너는 어이하여 홀로 열렸느냐?

때에 맞는 쓰임이 아님을 알겠거니와

재목도 뭇 다른 것에 미치니 못하니

어리석지 않으면 무엇이랴!

| 名 | 物 | 記 |

집의 동쪽은 동복僮僕의 거처이며, 그곳에 있는 문은 '우문愚門'이니, 여닫지
않기 때문이다.

千門朝開 爾何獨闔 萬戶昏閉 爾何獨闢 知非時用 材
不及衆 非愚而何

■ |六|十|銘| ■

우(愚) : 어리석다 / 문(門) : 문 / 천문(千門)·만호(萬戶) : 수많은 문 / 시용(時用) : 시
의적절한 쓰임

아마도 온성으로 유배를 올 무렵, 데리고 온 동복僮僕(어린 사내 종)
이 있었던 모양이다. 기준이 온성의 유배 시절에 지은 것으로 보이
는, 「온성穩城」, 「제야사수除夜四首」, 「견민遣悶」 시에도 동복의 존
재가 눈에 뜨인다. 다른 때 같았으면 있는지 없는지 그 존재감마저
미약했을 터이나, 갇혀 사는 이곳의 삶에서 동복이라도 있다는 게
참 고맙기만 하다.

> 황량한 이곳에서 누구와 짝을 할꼬?　　　　　　　窮荒誰作伴
> 동복하고만 서로 친히 지내도다　　　　　　　　　僮僕但相親
>
> 　　　　　　　　　　　　　　　　　　　　　-기준, 「제야사수」

「온성」 시에서도 '동복이 도리어 골육만큼 친하다' 하였다. 아
무도 벗할 이 없고, 외부와는 철저히 격리된 이곳에서, 가까이 지
낼 상대라곤 오직 이 동복밖에 없었다. 그러니 골육처럼 친히 느껴
지는 게 당연할밖에! 그러나 이 동복의 입장에서는 주인을 잘못 만
나, 감옥 아닌 감옥에서 고난에 찬 삶을 살아야 했다. 하는 일이라

72

곤 그저 긴 해를 바라보며 팔짱을 낀 채 눈물만 흘릴 뿐(「견민」).

집 건물의 동쪽은 바로 이 동복이 거처하는 공간이었으며, 그곳에는 문이 하나 나 있다. 그런데 그 당시 동복이 고향집에 편지라도 전하러 갔는지, 아니면 동복이 나태하여 아침에 문을 열지 않고 저녁에 문을 닫지 않는 것인지, 어찌 됐든 그 문은 제때에 맞춰 열리거나 닫히지 않는다. 그래서 문의 이름을 우문愚門이라 하였다. '우'는 어리석다는 뜻이다.

아침이 되면 열리고, 저녁이 되면 닫히는 게, 문의 올바른 모습이다. 그것이 합벽闔闢의 이치요, 시의時義에 적절한 것이다. 앞에 나온 시창時窓이 그러했다. 그런데 이 문은, 아침인데도 제멋대로 닫혀 있을 때가 있고, 저녁인데도 제멋대로 열려 있을 때가 있다. 합벽의 이치를 모르는 것이요, 시의에 맞지 않는 것이다. 게다가 그 문을 만든 재목까지도 다른 것에 미치지 못하는 하품下品이다. 그러니 어리석지 않으면 무엇이랴!

"상품上品에 해당하는 사람은 가르치지 않아도 선하고, 중품中品에 해당하는 사람은 가르친 다음에 선하고, 하품下品에 해당하는 사람은 가르쳐도 선하지 못하다. 가르치지 않아도 선하니 성인이 아니고 무엇이며, 가르친 다음에 선하니 현인이 아니고 무엇이며, 가르쳐도 선하지 못하니 어리석은 자가 아니고 무엇이랴!"

－『소학』「가언」

길 _ 사람의 길

| 유호로 | 由戶路 |

외출할 때 문을 지나가야

목적지에 이를 수 있나니

한 걸음만 잘못 내디뎌도

천 리가 어긋나게 되리라

풀로 막힌 저 길을 환히 뚫어

그 평평함을 더 평탄하게 하며

나의 들메끈을 질끈 동여매어

그 길을 걸어가고 걸어가리라

| 名 | 物 | 記 |

바깥에 있는 작은 길은 '유호지로由戶之路'이니, 공자가 '외출할 때 문을 지나가지 않으랴?' 한 가르침에서 뜻을 취한 것이다.

出自戶 達所之 一步差 千里違 廓爾茅塞 坦其平平 理

我偪綦 于以行行

유(由) : 말미암다, 지나가다 / 호(戶) : 지게문 / 로(路) : 길 / 차(差) : 어긋나다 / 위
(違) : 어기다 / 확(廓) : 넓다 / 모색(茅塞) : 풀이 길을 막다 / 탄(坦) : 평탄하다 / 핍기
(偪綦) : 들메끈, 신발이 벗겨지지 않도록 동여매는 끈

"누군들 외출할 때, 문을 거쳐 가지 않을 수 있으랴? 그런데 어

찌하여, 이 도道는 거쳐 가지 않는가?(誰能出不由戶, 何莫由斯道也?)"

－『논어』 「옹야」

문은 안에서 밖으로 나가고, 밖에서 안으로 들어오는 통로이다.

어느 누구도 문을 지나지 않고서는, 안에서 밖으로 나갈 수 없고,

밖에서 안으로 들어올 수 없다. 공자는 이 문을 도에 비유했으니,

도란 사람이 사람답게 살기 위해 반드시 거쳐야 하는 매개체라는

의미이다. 『예기』에서는 "방에 들어갈 때 문을 거쳐 가지 않는 이

는 없다" 하며, 문을 예禮에 비유하기도 하였다.

집 안에서 이 문을 거쳐서 밖으로 나가면, 길이 나온다. 그 길은

'도道'의 상징이요, 도는 사람이 반드시 걸어가야 하는 길(路=道)이

다. 이런 의미에서 바깥에 있는 작은 길의 이름을 유호로由戶路라

하였다. '유호'란, 문을 거쳐 간다는 뜻이다.

길은, 사람이 그곳을 끊임없이 걸어갈 때라야 계속 길의 속성을

유지한다. 그 길을 걷는 이가 아무도 없다면, 그 길은 이내 수풀에 뒤덮여 사라지고 만다. 그렇게 되면 이제는 더 이상 길이라 할 수 없다. 그러나 수풀이 더부룩이 자라 막혔던 길도 사람들이 다시 빈번하게 왕래하다 보면, 점차 넓게 트여 다시 길의 형상을 되찾게 된다.

사람의 마음도 마찬가지이니, 의리義理를 향하는 마음을 잠시라도 멈춘다면 마음이 좁아지고 꽉 막혀 버릴 것이요, 의리를 향하는 마음을 잠시도 멈추지 않는다면 마음이 점차 넓게 툭 트이고 평탄해질 것이다. 맹자는 그것을 산길의 비유로 설명하였다.

> "사람이 다니는 산길은, 조금이라도 사용하면 길을 이루고, 잠시라도 사용하지 않으면 풀이 자라나 길을 막나니, 지금 풀이 너의 마음을 막고 있구나.(山徑之蹊間, 介然用之而成路, 爲間不用, 則茅塞之矣, 今茅塞子之心矣.)"
>
> ―「맹자」「진심 하」

어릴 적 뛰어놀던 시골의 야산에는 풀이 길게 자랄 틈이 없었다. 그 시절에는 소를 먹이는 사람, 나무를 하는 사람, 나물을 캐는 사람, 이 산 저 산 뛰어다니며 노는 아이들이 많았기 때문이다. 그런데 언제부턴가 그곳에는 길의 흔적조차 찾기가 힘들어졌다. 들어가는 사람이 드물어 덤불이 무성하게 자란 탓이다. 조상님 산소에 벌초라도 하려고 산에 들어가자면, 무성하게 자란 풀들과 한바탕 씨름을 벌여야 한다. 그렇게 간신히 길을 내어 산소에 들어가 벌초를 마치고 돌아 나올 때면, 수풀 사이로 오롯한 길 하나가 나 있음을 경험하곤 한다. 그러나 이듬해 다시 찾으면 그 길은 흔적조차 없어, 또 한바탕 풀과 씨름을 해야만 한다.

그게 어디 산길만 그런가? 사람의 길도 마찬가지다. 사람이 사람으로서 가야 할 길을 가지 않는다면, 그 길에도 덤불이 무성하게 자라나 끝내는 몸과 마음이 황폐해지는 지경에 빠지고 말 것이다. 그러니 신발 끈을 질끈 동여매고 길을 가는 그 마음으로, 마음의 고삐를 늦추지 말고 사람의 길을 걸어가고 또 걸어가야 하리라.

18 평상 _ 어려움 앞에서

| 건상 | 蹇牀 |

차꼬를 채워 발꿈치를 상하게 함은 복이요

험함을 보고서 멈춤은 지혜이다

이미 상했다면 반드시 경계해야 할 것이요

앞으로 더 나아가지 않으면 어찌 넘어지랴!

그 자리에 편안히 머물러 있으면서

변辨을 깎는 지경에 이르지 말지어다

군자는 제 자신을 잘 돌아보나니

스스로 힘쓰는 것을 책무로 삼느니라

| 名 | 物 | 記 |

시창에서 북쪽으로 바깥에 있는 나무 평상은 절선節宣하기 위해 만든 것으로
'건상蹇牀' 이니, 그 다리가 절뚝거리기 때문이다.

履而滅趾 福矣 險而能止 智矣 旣傷則必誡 不行則何
躓 有安厥處 無剝以辨 君子善反 負以自勉

건(蹇) : 절뚝거리다, 어렵다 / 상(牀) : 평상 / 구(屨) : 신 / 지(趾) : 발꿈치 / 구이멸지
(屨而滅趾) : 『주역』 서합괘噬嗑卦에, "발에 차꼬를 채워, 발꿈치를 상하게 하니, 허물
이 없다(屨校滅趾, 无咎)" 하였다 / 지(躓) : 넘어지다 / 변(辨) : 평상의 받침목

시창 북쪽에 나무 평상이 하나 있다. 용도는 절선節宣, 즉 시간의
변화에 따라 몸을 잘 조리하기 위한 것이다. 그런데 그 평상은 한
쪽 다리가 온전치 못하여 움직일 때마다 삐걱거리곤 한다. 그래서
이름을 건상蹇牀이라 하였다. '건蹇'이란, 다리를 절뚝거린다는 뜻
으로, 『주역』 건괘蹇卦에서 의미를 취한 것이다.

"건은 어려움이니, 험함이 앞에 있는 것이다. 험함을 보고 멈추
니, 지혜롭다.(蹇, 難也, 險在前也. 見險而能止, 知矣哉.)"

어려움을 눈앞에 만나면, 일단 그 자리에 멈추어야 한다. 그런
다음, 우선 자기가 맞닥뜨린 현실을 똑바로 직시해야 한다. 현실에
대한 직시 없이, 무리하게 그 어려움과 맞서다 보면, 큰 낭패를 보
게 된다.

당랑거철螳螂拒轍 고사의 그 사마귀가 그랬다. 사마귀가 길을 가
다가, 수레바퀴와 마주치자 앞다리를 치켜들고 달려들었다. 결과
는 불을 보듯 뻔한 터, 수레바퀴에는 아무런 상처도 주지 못하고,

저 혼자만 깔려 죽고 말 것이다. 만용이요, 지혜가 없는 것이다.

다리 기둥에 맞선 어리석은 복어도 있었다. 어느 날 강에 사는 복어 한 마리가 헤엄을 쳐서 다리 사이를 지나다가 그만 다리 기둥을 들이받고 말았다. 그럼에도 복어는 되레 기둥이 자기를 들이받았다며 잔뜩 화가 났다. 그리고는 뺨을 볼록하게 하고 지느러미를 꼿꼿이 세우더니, 탱탱하게 노기 띤 배로 물위에 떠서는 오래도록 움직이지 않았다. 바로 그때 그 위를 날아가던 솔개가 복어를 잽싸게 낚아채 갔다.(소식蘇軾, 「이어설二魚說」) 다리 기둥을 돌아서 갈 줄은 모르고 무모하게 맞선 결과 이런 비극을 초래한 것이다.

장애물을 만났을 때는 섣불리 맞서서는 안 된다. 물처럼 지혜롭게 처신해야 한다. 물은 흘러가다가 장애물을 만나면, 돌아갈 줄 안다. 무모하게 그 장애물과 맞서지 않는다. 이것이 지혜이다. 그래서 공자도 '지혜로운 사람은 물을 좋아한다' 하였다.

발에 차꼬를 채우고 발꿈치를 상하게 하는 것은, 작은 잘못을 범했을 때, 그것을 징계하기 위해 시행했던 고대의 형벌이다. 이를 두고 『주역』 서합괘噬嗑卦에서는 "허물이 없다" 하였고, 『주역』 「계사전」에서는 "작게 징계하여 크게 경계함은 소인小人의 복이다" 하였다. 죄가 작을 때와 죄를 범한 초기에 징계함으로써, 더 큰 악행을 저지르지 못하도록 하기 때문에, 허물이 없는 것이요, 오히려 복이 될 수도 있는 것이다.

지금 비록 평상의 다리가 조금 절뚝거린다 하여, 섣불리 그것을 고치려 들다가는, 자칫 변辨을 깎는 지경에 이를 수도 있다. 『주역』 박괘剝卦에서는, "상을 깎되 변에 이르나니, 정도正道를 없애므로, 흉하다" 하였다. '변'이란 평상의 받침목으로, 평상의 몸통 아랫부분과 다리의 윗부분에 해당하며, 몸통과 다리가 구분되는 곳을 가리킨다. 비록 한쪽 다리가 조금 절뚝거려도, 평상은 그럭저럭 평상의 구실을 한다. 그러나 변이 망가지면, 평상은 제구실을 아예 못하게 된다. 그로써 평상의 생명이 끝나는 것이다. 쇠뿔을 바로잡으려다 소를 죽이는 꼴이요, 빈대를 잡으려다 초가삼간 태우는 격이 된다.

그렇다고 어려움 앞에서, 아무것도 하지 않고, 자포자기할 일도 아니다. 어려움을 만나면, 먼저 자기를 철저하게 반성하는 일부터 시작해야 한다. 그리고 조용히 때를 기다리며, 슬기롭게 그 어려움에서 벗어나기 위해 부단히 노력해야 한다. 그런 사람이 바로 군자이며, '건상'은 어려운 상황을 슬기롭게 극복하는 비결을 일러 주고 있다.

19 삿자리 _ 사귐의 도
| 비점 | 比簟 |

교차하여 결을 이루었으니

내면으로 믿음이 있음이요

나란하여 무늬를 드러내었으니

덕이 외롭지 않도다

군자라면

벗을 존중하고 친애하여

그로써 인仁을 보완한다

| 名 | 物 | 記 |

깔아 놓은 갈대 삿자리는 '비점比簟' 이니, 교차하고 나란히 엮이어 무늬를 이루었기 때문이다.

交而成理 中斯孚 比而著文 德不孤 君子 尙親友 以輔
仁

비(比) : 가까이하다, 나란히 하다, 친애하다, 돕다 / 점(簟) : 삿자리 / 교(交) : 교차하
다, 사귀다 / 리(理) : 결, 이치 / 부(孚) : 진실하고 믿음이 있다 / 문(文) : 무늬, 문장

.🌸.

   삿자리란, 갈대를 엮어서 만든 자리를 말한다. 삿자리를 만들기
위해, 갈대를 한 가닥 한 가닥 나란히(比) 교차하여 엮다 보면 일정
한 결과 무늬가 생긴다. 그래서 바닥에 깔아 놓은 삿자리의 이름을
비점比簟이라 하였다. '비比'자는 나란하다는 뜻 이외에도, 친애
하며 돕는다는 뜻도 아울러 가지고 있다.

   첫 구절의 원문 '교交'와 '리理'는 중의적인 표현이다. '교交'는,
삿자리만 놓고 볼 때는 '교차하여 엮는다'는 뜻이 되지만, 사람과
사람의 관계에서 보면 '교유하다' 또는 '교제하다'의 뜻이 된다.
'리理'또한, 삿자리를 만들 때 갈대와 갈대가 엮이면서 생기는
'결'을 뜻하기도 하지만, '이치'란 뜻도 함께 가지고 있다. 따라서
이 구절을 인간 관계에 의미를 두고 다시 풀이하면, '교유하여 이
치를 이루었다'는 뜻이 된다.

   그런데 사람과 사람이 교유하여 올바른 이치를 얻기 위해서는,
한 가지 전제조건이 필요하니, 그것은 진실한 믿음이다. 『주역』비
괘比卦에서는, "진실한 믿음을 가지고 친애하여야(有孚比之) 허물이

없다" 하였다. 삿자리를 만드는 갈대와 갈대가 서로 단단히 엮이어 쉽게 풀어지지 않아야 좋은 삿자리가 된다. 마찬가지로 사람과 사람의 관계도 진실한 믿음을 바탕으로 결속을 공고하게 다져야만, 서로 배반하지 않고 허물없는 좋은 관계가 지속될 수 있다.

셋째 구절의 '비이저문比而著文' 역시 중의적인 표현이다. 삿자리의 경우에는 갈대와 갈대가 나란히 엮이어 무늬를 이룬 것이고, 인간 관계에 의미를 두고 풀이하면 '가까이 사귀어 문장文章을 드러내었다'는 뜻이 된다. 옛글에서 '문' 또는 '문장'이라 할 때는, 일반적으로 '글'을 가리키기도 하지만, 더 넓게는 문화적 소양 또는 수신과 교육으로 길러진 덕성을 뜻하기도 한다. 이 글에서 '문'은 후자의 의미, 즉 문화적 소양과 덕성을 가리킨다. 문화적 소양과 덕성을 갖춘 사람에게는, 반드시 마음을 함께하는 선량한 벗이 따르게 마련이다. 그래서 "덕은 외롭지 않고, 반드시 이웃이 있다"(『논어』, 「이인」)고 한다.

또한 덕을 갖춘 사람과 마음이 통하는 벗이라면, 그 사람 또한 그에 걸맞은 덕을 갖춘 사람일 것이다. 그래서 그런 사람은 제 혼자만 잘 먹고 잘 사는 데 뜻을 두지 않고, 서로를 보완해 주며 함께 성장하려 한다. 그래서 "군자는, 문文을 매개로 벗을 만나고, 벗을 매개로 인仁을 보완한다(以文會友, 以友輔仁)"(『논어』, 「안연」)고 한다.

'인仁'이란, 사람과 사람의 관계 속에서 나온 글자이다. '인'자를 파자하면 '사람(亻) 둘(二)'이란 뜻이 되며, 여기서 둘이란 하나(나)와 상대되는 개념이니, 내가 상대하는 모든 사람과의 관계를 가리킨다. 그래서 내가 상대하는 다른 사람이 없다면, '인'자는 아무런 의미를 가지지 못한다.

사람은 다른 사람과의 관계 속에서 존재할 수밖에 없으므로, '인' 자는 인간 관계에서 매우 중요한 의미를 지닌다. 그것은 삿자리가 갈대 하나만으로는 만들어질 수 없는 것과 같은 이치이다. 온전하고 튼실한 삿자리를 만들려면, 여러 가닥의 갈대가 서로 단단히 교차하고 나란히 이어져 '결'과 '무늬'를 이루어야만 한다. 사람의 경우도 마찬가지이니, 사람이 완전한 '인'의 경지에 이르려면, 다른 사람과의 교제 속에서 올바른 이치를 얻고 넉넉한 덕성을 닦아야만 한다.

그런 관점으로 본다면, '인'은 진정한 사귐의 도를 규정하는 것이라 할 수 있으며, '친애하며 돕는다(比)'는 이름을 가진 이 '삿자리'는 우리에게 진정한 사귐의 도가 무엇인지 일러 주고 있다. 진실한 믿음으로 마음이 통하는 벗을 사귀고, 각자의 아름다운 덕과 인품으로 서로 친애하며 도우라고! 그래서 군자는 삿자리의 교훈을 본받아 벗을 존중하고 친애함으로써, 자기의 불완전한 '인'을 보완한다.

20 처마 _ 예의 표상
| 자비첨 | 自卑簷 |

높이 있으면서도 능히 낮추니

자리에서 떨어지지 않는도다

스스로를 가리는 게 짧으니

덕이 편파적이지 않도다

군자가 그것을 본받아

자기의 뜻을 겸손히 한다

| 名 | 物 | 記 |

위로 지붕을 덮는 처마는 '자비지첨自卑之簷'이니, 공손함을 말한 것이다.

高而能卑 位不墜 短以自庇 德不比 君子以 遜厥志

자(自) : 스스로 / 비(卑) : 낮추다 / 첨(簷) : 처마 / 비(庇) : 덮다, 가리다 / 비(比) : 편벽된 사귐 / 손(遜) : 겸손하다

"예란, 스스로를 낮추고, 남을 높이는 것이다.(禮者, 自卑而尊人.)"

－『예기』「곡례 상」

'스스로를 낮춘다' 함은 비굴한 태도를 취한다는 뜻이 아니다. 공손하고 겸손한 태도를 취한다는 뜻이며, 그것은 예禮의 표상이다. 그래서 우리는 흔히 공손함과 겸손함을 비유할 때, "벼는 익을수록 고개를 숙인다"는 말을 하곤 한다. 처마는 벼보다 더해, 처음 만들어질 때부터 아래로 땅을 향하고 있다. 물론 현대 건축물에서야 처마가 하늘을 향하고 있는 것도 있겠으나, 자연을 닮은 우리의 옛 집에서는 그런 구조가 거의 없다. 그래서 처마의 이름을 '자비첨自卑簷'이라 하였다.

처마는 집의 맨 윗부분에 자리를 차지하고 있으면서도, 그 끝은 늘 아래로 땅을 향하고 있다. 스스로를 낮추는 것이다. 사람의 처신도 처마와 같아야 한다. 높은 지위에 오르거나 큰 부富를 가졌다 하여 교만하거나 자만하지 말고, 스스로를 겸손히 낮추는 데 힘써야 한다. 그것이 지위와 부를 오래도록 유지할 수 있는 비결이라

고, 옛사람들은 일러 주고 있다.

"윗자리에 있으면서 교만하지 않으면 지위가 높아도 위태롭지 않고, 절제하고 법도를 삼가면 가득 차도 넘치지 않으니, 높아도 위태롭지 않음은 존귀한 지위를 오래도록 지키는 방법이고, 가득 차도 넘치지 않음은 부유한 재산을 오래도록 지키는 방법이다." ─「효경」

"덕행이 넓은 사람은 그것을 공경으로 지키며, 토지가 광대한 사람은 그것을 검약으로 지키며, 지위가 높고 녹봉이 많은 사람은 그것을 겸손으로 지키며, 부리는 사람이 많고 무기가 강한 사람은 그것을 두려움으로 지키며, 총명과 예지가 있는 사람은 그것을 어리석음으로 지키며, 널리 듣고 기억을 잘하는 사람은 그것을 얕음으로 지킨다." ─「한시외전韓詩外傳」

스스로를 낮추는 것은, 오직 겸손한 사람만이 실천할 수 있는 일이다. 교만을 부리거나 자만에 빠진 사람은, 절대로 스스로를 낮추지 못한다. '물성즉쇠物盛則衰'이니, 무엇이든 지극히 융성하게 되면 반드시 쇠퇴하게 마련이다. 자기를 겸손히 낮추고 마음을 겸허히 비울 수 있는 사람만이, 부든 지위든 명예든, 그것을 오래도록 유지할 수 있다.

또한 처마는 외부와 소통할 수 있는 여지를 남겨 두고 있다. 지붕의 아래쪽이 바깥 벽면에서 내민 부분이 처마에 해당하는데, 그 길이는 그리 길지 않다. 그래서 집을 덮되, 비와 눈 따위를 막아 주는 정도에서 그칠 뿐, 집을 완전히 은폐함으로써 외부와 단절시키지 않는다. 그래서 '덕이 편파적이지 않은(德不比)' 것이다.

'불비不比'란, 사사로이 편당 짓지 않는다는 뜻으로, 군자의 사귐을 이르는 말이다.

"군자는 편을 가르지 않고 두루 사귀며, 소인은 편을 가르고 두루 사귀지 못한다.(君子周而不比, 小人比而不周.)" －「논어」「위정」

영조가 당쟁을 근절하기 위해 세운 '탕평비'에도 새겨져 있는 익숙한 구절이다. 여기서 '주周'와 '비比'는, 모두 다른 사람과 친밀하게 사귄다는 뜻이다. 그런데 '주'자에는 '보편타당함(公)'의 의미가 내재되어 있고, '비'자에는 '사사롭고 편벽됨(私)'의 의미가 내재되어 있다. 똑같이 '사귐'의 뜻이지만, 그 사귐이 공적인 마음에서 비롯된 공평무사公平無私한 사귐인지, 사사로운 마음에서 비롯된 편벽된 사귐인지에 따라, 군자와 소인이 나누어진다.

높은 데 있으면서도 스스로를 능히 낮추며, 가리는 게 있으면서도 완전히 가리지 않고 소통의 여지를 남기는 처마이다. 그래서 군자는 처마의 교훈을 본받아, 자기의 몸과 마음을 겸손하게 하는 데 힘을 쓴다.

21

굴뚝 _ 집중의 의미

| 주일통 | 主一桶 |

속이 비어 막힘없이 통하고

비었으면서도 가득 찼으며

연기를 배출할 때마다

다른 데로 새지 않고

그 움직임이 곧도다

겉에 세워져 있는 굴뚝은 '주일지통主一之桶'이니, 경敬을 말한 것이다.

中而通 虛而實 發非二三 其動也直

주(主) : 집중하다 / 일(一) : 하나 / 주일(主一) : 성리학에서 중요시하는 '경敬'의 핵심
개념으로, 한 곳에 집중한다는 뜻 / 통(桶) : 연통, 굴뚝 / 허이실(虛而實) : 굴뚝의 단
면(口)은 『주역』 중부괘中孚卦의 괘상卦象(䷼)과 닮았다. 중부괘의 괘상은 전체(䷼)로
보면 굴뚝의 단면처럼 가운데가 비어 있고, 상·하를 구분하면 상괘(☴)와 하괘(☱)의
가운데(─)가 차 있어서, '중허中虛'이면서 '중실中實'이 된다. 그래서 '비었으면서도
꽉 찼다' 한 것이다. 그리고 『이천역전伊川易傳』에서는 "가운데가 비어 있음은 믿음의
근본이요, 가운데가 차 있음은 믿음의 본질이다(中虛信之本, 中實信之質)" 하였다 / 발
(發) : 굴뚝으로 연기를 내보낸다는 의미로, 마음속의 본성이 감정이나 행동으로 드러
나는 것을 비유한다 / 이삼(二三) : 둘이나 셋. 여기서는 두 갈래 세 갈래로 갈라진다
는 뜻 / 중이통(中而通)·기동야직(其動也直) : 이 굴뚝의 형상은, "속이 비어 있고 겉
이 곧은(中通外直)"(주돈이周敦頤, 「애련설愛蓮說」) 연꽃 줄기와 꼭 닮았으며, 연꽃은
군자를 상징하는 꽃이다.

집 곁으로는 굴뚝이 세워져 있다. 굴뚝은 그 모양이 곧으면서 가
운데가 뻥 뚫려 있다. 그런 까닭에 아궁이에서 나는 연기가 그 속
으로 들어가면, 다른 데로 새지 않고 곧장 바깥으로 빠져나간다.
굴뚝의 이러한 형상에서, '주일主一'의 개념을 끌어와, 그 이름을
주일통主一桶이라 하였다.

  "이른바 '경敬'이란 것은 한 가지에 집중하는 것을 이르고, 이른
  바 '일一'이란 것은 다른 데로 옮겨 가지 않는 것을 이른다.(所謂敬
  者, 主一之謂敬, 所謂一者, 無適之謂一.)"

  　　　　　　　　　　　　　　　　　　　　　－『근사록』「존양」

'주일'이란, 주일무적主一無適을 뜻하니, '어떤 지향점을 향해

마음을 집중하여, 바깥 사물에 흔들리지 않는다'는 뜻이다. 다시 말해, 마음을 한결같이 집중하고 유지하여, 다른 생각이 끼어들어 어지럽히지 않도록 하는 것이다. 굴뚝 속의 연기가 여기저기 다른 데로 새지 않는 것은 '바깥 사물에 흔들리지 않는 것'이요, 곧바로 출구로 빠져나가는 것은 '어떤 지향점을 향해 마음을 집중하는 것'을 상징하니, '주일'이란 제 이름값을 하는 굴뚝이라 하겠다.

굴뚝으로 들어간 연기는 텅 빈 굴뚝 속의 공간을 가득 채우면서, 곧게 뻗은 굴뚝의 형상을 따라 바깥으로 나간다. 굴뚝의 중간에 구멍이 나지 않는 한, 그 연기는 다른 데로 새어 나가지 않고 줄곧 한 곳을 향해 간다. 그런 굴뚝처럼 사람도, 마음이 바깥 사물에 유혹되어 이리저리로 흩어지지 않고, 한 곳에만 집중하도록 노력해야 한다. 주희는 "두 가지 일이 있다 하여 마음이 둘이 되면 안 되고, 세 가지 일이 있다 하여 마음이 셋이 되면 안 된다(弗貳以二, 弗參以三)"(「경재잠敬齋箴」) 하였다. 이는 곧 자기의 주체인 마음을 한결같이 유지하고 지켜야지, 외물에 이끌려 두 갈래 세 갈래로 갈라져서는 안 된다는 의미이다.

그렇게 '주일' 하여 마음을 한 곳에 집중하다 보면, 성리학에서 중요시하는 수양법인 '경敬'이 확립된다. 그리고 그 '경'이 확립되면, 내면은 저절로 곧아지게 마련이다.

"『주역』에 '경이 확립되어 내면이 곧게 되고, 의가 드러나 외면이 반듯하게 된다' 하였으니, 모름지기 내면을 곧게 하는 직내直內가 곧 주일의 뜻이다.(易所謂敬以直內, 義以方外, 須是直內, 乃是主一之義.)"

－『이정유서二程遺書』 권15

굴뚝 속으로 연기가 곧게 지나가니, 그런 게 바로 직내直內요 주일主—이라 하겠다. 그처럼 사람 또한 내면을 곧게 하고 마음을 한 곳에 집중하는 데 힘써야 한다. 그래야 마음속의 본성이 감정이나 행동으로 드러나도, 그 감정과 행동에 사심私心이 담기지 않고 올바름을 한결같이 유지하게 된다.

22 뜰 _ 넉넉한 대지
|종용정 | 從容庭 |

이로움으로 만물을 길러 줘도

재능을 자랑하지 않는다

두터움으로 만물을 포용해도

공덕을 떠벌리지 않는다

군자가 그것을 보고서

돈후하게 하고 거듭 삼가며

평탄하고 조용하게 처신한다

|名|物|記|

서너 자 둘레의 땅을 뜰로 삼아 '종용지정從容之庭' 이라 하였으니, 포용을 말
한 것이다.

利以養物 而無矜能 厚以載物 而不言功 君子觀之 敦
厚而周愼 平易而從容

■|六|十|銘|

종(從) : 따르다, 느긋하다 / 용(容) : 포용하다, 느긋하다 / 정(庭) : 뜰 / 긍(矜) : 자랑
하다 / 후이재물(厚以載物) : 두터움으로 만물을 포용하다. 『주역』 곤괘에, "땅의 형세
가 곤坤이니, 군자가 보고서 두터운 덕으로 만물을 포용한다(厚德載物)" 하였다

· ❀ ·

도시에서 생활하는 우리는 콘크리트 벽 속에 갇혀서 하루하루
살고 있다. 문 밖을 나서도 흙이 깔린 맨땅을 여간해서는 밟기 힘
들다. 하루에 몇 번이나 맨땅을 밟을까? 가만히 돌이켜 보면, 전혀
없다. 한 달에 한두 번 있을까 말까. 땅바닥이 온통 콘크리트로, 아
스팔트로, 보도블록으로 덮여 있는 탓이다. 이 때문에 우리 삶의
터전인 도시는 점차 사막화되고 있단다. 그게 어디 도시뿐이랴! 우
리의 가슴도 덩달아 메말라 가고 있다.

기준이 유배된 그곳에는 울타리 안으로 둘레가 서너 자쯤 되는
작은 땅이라도 있으니, 그나마 고맙게 느껴진다. 한두 걸음만 내디
뎌도 울타리에 가로막히는 보잘것없는 땅이지만, 그 한 몸 조용히
거닐며 마음을 돈후하게 가다듬는 공간으로 족하기 때문이다. 그
래서 그 땅을 뜰로 삼고, 종용정從容庭이라 이름하였다.

'종용'이란, 원래 편안하고 조용하게 자연에 맡겨 억지로 무엇
을 하려고 애쓰지 않는다는 뜻이며, 우리말 '조용하다'의 어원이
기도 하다. 곧, 시끄러운 소리가 없는 것도 '조용함'이요, 번잡한

외물에 얽매이지 않고 몸과 마음을 차분하고 편안히 가다듬는 것도 '조용함'이다.

기준이 지은 「명물기」에는, '종용'은 '포용(容)을 따르는(從)' 뜻이라 하였다. 그렇다면 무엇의 포용을 따른단 말인가? '땅의 포용'을 따르는 것이다. 이 뜰은 둘레 서너 자의 자그마한 땅에 불과하지만, 울타리 밖으로 마음의 시선을 넓혀 보면 드넓은 대지와 이어진다. 그 대지는 세상의 만물을 포용하고, 그 위에서 세상의 만물이 생장한다. 바로 이런 대지의 넉넉한 포용을 따르는 것이다. 땅을 상징하는 『주역』 곤괘坤卦에서는, 대지의 덕을 이렇게 설명하고 있다.

"지극하도다, 곤원坤元(땅의 덕)이여! 만물이 이를 힘입어 생장하나니, 이에 하늘의 뜻을 받들어 따르도다. 땅은 두터워 만물을 싣고, 그 덕이 끝없는 하늘에 합치되며, 포용하고 너그러우며 빛나고 위대하여, 만물이 모두 형통하도다."

대지는 두터운 지반으로 세상의 만물을 감싸고, 온갖 생명이 자라도록 터전이 되어 주지만, 결코 자기의 재능과 공덕을 떠벌리며 자랑하는 일이 없다. 이처럼 두터운 대지의 덕을 군자가 보고서, 넉넉한 가슴으로 외물을 보듬어 안고 몸가짐 마음가짐을 조용하게 하는 데 힘을 쓴다.

그래서 대지의 덕을 본받는 군자는, 땅이 넓거나 좁은 데는 일체 마음을 쓰지 않는다. 서너 자의 작은 뜰이라도 군자의 눈으로 보면, 대지와 같이 넓게 보이는 법이니….

텃밭 _ 내 탓
| 불원전 | 不怨田 |

비에 적셔지지도 못하고

햇볕에 쬐어지지도 못하니

하늘은 대체 무슨 마음인가?

(이는 하늘 탓이 아니요)

텃밭이 외진 곳을 자처한 탓

씨앗을 깊이 심고

물을 듬뿍 주어서

나의 정성을 다할 따름이니

말라죽은들 어찌 한탄하랴!

| 名 | 物 | 記 |

흙을 여덟아홉 치쯤 모아 텃밭으로 삼고 '불원지전不怨之田'이라 하였으니,
덕을 말한 것이다.

雨不霑 暘不曝 天何心 田自僻 深其種 厚其灌 盡厥功 枯何嘆

■ |六|十|銘|

불(不) : ~하지 않다 / 원(怨) : 원망하다 / 전(田) : 밭 / 점(霑) : 젖다 / 양(暘) : 햇볕 / 폭(曝) : 햇볕에 쬐다 / 벽(僻) : 후미지다 / 관(灌) : 물을 대다 / 공(功) : 공력功力, 정성과 힘 / 고(枯) : (초목이) 마르다 / 탄(嘆) : 한탄하다

'지금 눈앞에 보이는 이 풀 무더기를 한 평만 떼어다 교도소 운동장으로 옮겨 놓을 수만 있다면….'

-황대권, 『야생초편지』

국가기관에 의해 조작된 간첩단 사건으로, 13년 동안을 감옥에서 보내야 했던 어느 양심수가 쓴 편지글의 한 대목이다. 그는 옥살이를 하는 동안 교도소 운동장 한 구석에 작은 화단을 만들어 야생초를 키우기도 하였는데, 어느 날 사회 참관을 나갔다가 들풀을 보고 염원했다. '이 풀 무더기를 한 평만 떼어다 교도소 운동장으로 옮겨 놓았으면' 하고! 그가 처음 투옥된 게 서른 살이었으니, 500년 전 스물여덟의 나이로 아무 영문도 모른 채 투옥된 기준의 처지와 너무도 닮았다. 또한 추악한 정권을 유지하기 위한 정치 모리배들의 조작으로, 한 사람은 젊은 나이에 생을 마감해야 했고, 다른 한 사람은 꽃다운 청춘을 감옥에 바쳐야 했다.

그래서 마음이 서로 통한 것일까? 유배지에 위리안치된 기준도 그곳에서 작은 텃밭을 가꾸고자 하였다. 그러나 그 텃밭은 흙을 여

덟아홉 치쯤 모아 만든 것인지라, 어른 손바닥보다 조금 클 따름이었다. 허니 텃밭이란 이름이 무색할 정도이다. 더구나 가시 울타리가 처마와 지척지간에서 지붕 위로 높이 솟아 있으니, 해가 떠도 햇볕이 제대로 들 리 없고, 비가 내려도 빗물에 푹 젖을 리 없다. 그런 열악한 땅에서 풀 한 포기인들 제대로 자랄 수 있으랴!

뜰 풀이 저절로 여위어 파리하니	庭草自憔悴
빗물과 햇빛은 어찌 가려서 베푸는지	雨暘何擇施
피어나는 향기 원래 연약하거니	流芳元荏苒
시들어 죽더라도 슬퍼하지 말자	萎絶莫相悲

-기준, 「뜰 풀(庭草)」

그곳은 바로 그가 살고 있는 공간이기도 하니, 저 여위어 파리한 '뜰 풀'은 기준 자신을 가리킨다. 이쯤 되면 하늘(또는 자기를 이런 곳에 유배 보낸 임금)을 원망할 만도 하다. 그러나 그는 원망이 부질없는 일임을 안다. 그저 내가 자초한 일이거니 하며, 자기 자신을 성찰함으로써 마음의 평정심을 찾고자 한다. 그것은 역경을 겪으면서도 자기를 잃지 않으려는, 하나의 작은 몸부림이다. 그래서 텃밭의 이름도 원망하지 않는다는 뜻의 불원전不怨田이라 하였다.

군자라면 아무리 열악한 환경에 놓여 있어도, 하늘을 원망하거나 남을 탓하지 않는다. 그저 자기에게 주어진 현실을 겸허하게 받아들이고, 그 현실에서 자기가 할 수 있는 일에 최선을 다한다. 씨앗을 깊이 심고, 물을 충분히 주고! 그런 다음 결과는 묵묵히 천명天命을 기다릴 따름이다.

"군자는 평소의 처지에 따라 행하고, 그 밖에 다른 것을 원하지 않는다. 부귀에 처해서는 부귀한 처지에 맞게 행하며, 빈천에 처해서는 빈천한 처지에 맞게 행하며, 이민족의 사회에 처해서는 이민족의 법에 맞게 행하며, 환난에 처해서는 환난에 맞게 행하니, 군자는 들어가는 곳마다 스스로 만족하지 않음이 없다. 윗자리에 있으면서 아랫사람을 멸시하지 않으며, 아랫자리에 있으면서 윗사람을 끌어내리지 않으며, 자기 몸을 바르게 하고 남에게 요구하지 않으면, 원망하는 이가 없을 것이니, 위로는 하늘을 원망하지 않으며, 아래로는 사람을 탓하지 않는다. 그러므로 군자는 평이한 데 처하여 천명을 기다리고, 소인은 위험한 짓을 행하고 요행을 바란다."

―「중용」

자기에게 주어진 현실을 겸허히 받아들이는 것은, 만족을 아는 데서 출발한다. 만족할 줄 알면, 어떠한 현실에 처해도 그것을 즐길 수 있고, 마음이 편안해진다. 만족할 줄 모르면, 하늘을 원망하고 다른 사람을 탓하면서, 위험한 짓을 행하고 요행을 바라게 된다. 그러니 어찌 마음이 편안해지랴!

진인사대천명盡人事待天命이라 하였다. 자기에게 주어진 현재의 상황에서, 먼저 자기가 할 수 있는 일에 최선을 다해야 한다. 그런 다음 결과는 하늘의 뜻을 기다리고 겸허하게 받아들여야 한다. 설령 결과가 좋지 않더라도, 남을 원망하거나 탓할 일이 아니다. 오직 자기 스스로를 돌이켜보며, 그 원인을 자기 안에서 찾아야 한다. 그것이 군자의 처신이다.

위험한 짓을 행하고 요행을 바라는 소인은, 자기의 일에는 최선을 다하지 않은 채, 요행으로 좋은 결과를 얻으려 하고, 요행으로 역경을 모면하려 한다. 잘되면 내 잘난 탓이요, 못 되면 조상 탓을 하는 사람이 그런 사람이다. 이런 사람들은 '내 탓이오' 하는 법이 없다. 남을 탓하고, 조상을 탓하고, 세상을 탓하고, 하늘을 탓한다. 그렇게 불만이 쌓여 가면, 자기를 부정하고 세상을 부정하며, 급기야는 해서는 안 될 짓도 서슴없이 저지른다. 우리의 국보 1호 숭례문도 '원망'을 가득 품은 한 노인에 의해 화염 속으로 사라져 버리지 않았던가! 원망하지 말지어다.

24 다리 _ 인생의 강을 건너는 비결

깊이를 잘 살펴서

건널 때 신중하라

옷을 높이 걷지 않는다면

진흙탕이 나를 더럽히리

| 名 | 物 | 記 |

부엌에서 바깥으로 작은 돌을 늘어놓아 만든 다리는 '게의지교揭衣之橋'이니, 그 땅이 진창이기 때문이다.

揭淺深 愼厥涉 揭不高 泥我濕

게(揭) : 걷다 / 의(衣) : 옷 / 교(橋) : 다리 / 심(審) : 살피다 / 천심(淺深) : 얕음과 깊음,
깊이 / 신(愼) : 삼가다 / 섭(涉) : 건너다 / 니(泥) : 진흙, 진창

· ❀ ·

깊으면 옷을 벗고 건너며   深則厲

얕으면 옷을 걷고 건너리   淺則揭

–『시경』「포유고엽匏有苦葉」

  길을 가다 개울을 만나면, 신발을 벗고 양말을 벗는다. 그리고
물의 깊이를 잘 헤아려서 물에 젖지 않을 만큼 옷을 충분히 걷은
다음 건너게 마련이다. 만일 몸이 잠길 정도의 깊은 물이라면, 아
예 옷을 벗고 건너는 것도 좋겠다. 몸에 젖은 물기야 옷으로 닦아
내면 금방 마르지만, 흠뻑 젖은 신발을 신고 흠뻑 젖은 옷을 입은
채 계속 길을 가면 불쾌하기 짝이 없는 노릇이다. 그러니 옷을 걷
고 신발을 벗는 게다. 그곳에 징검다리가 놓여 있다 하더라도, 한
발짝만 잘못 내디디면 아차 하는 순간 물에 빠지고 말 것이니, 신
발을 벗고 옷을 걷어야 안심이 된다.

  기준이 사는 거처의 부엌 바깥으로 땅이 질퍽거리는 진창이 있
었다. 그래서 그곳에 돌 몇 개를 늘어놓아 징검다리를 만들어 두었
다. 비록 징검다리가 있기는 하나, 그곳을 지날 때마다 여간 조심

스러운 게 아니다. 혹시라도 발을 잘못 디뎌 진흙탕에 빠져 더럽혀
지지나 않을까, 조심조심 옷자락을 걷어 올리고 건너게 된다. 그래
서 징검다리의 이름을 게의교揭衣橋라 하였다. '게의'란, 옷을 걷
는다는 뜻이다.

　사람이 인생의 강을 건널 때도 그러해야 한다. 그때그때 맞닥뜨
리는 현실의 상황을 잘 헤아려서, 몸가짐 마음가짐을 늘 삼가야 한
다. 그래야 악의 진창에 빠져서 제 몸과 마음이 더럽혀지는 일이
없을 것이다. 바로 이것이 인생의 강을 무사히 건너는 비결이다.

　"깊은 물을 만나면 옷을 벗고, 얕은 물을 만나면 옷을 걷어라!"

25 측간 _ 혼자 있을 때
| 거악측 | 去惡廁 |

악함이 지나치고

천함이 그지없나니

겉모양 때문이 아니요

진실로 냄새가 고약한 탓

자기의 마음을 속이지 말고

뜻을 상쾌하게 하는 데 힘써라

제 홀로 있을 때 능히 삼간다면

반드시 제 뜻이 성실해지리라

| 名 | 物 | 記 |

다리 서쪽에 있는 측간은 '거악지측去惡之廁'이니, 그 냄새가 고약하기 때문
이다.

惡之深 賤之極 非外飾 誠臭惡 勿欺其心 務快於志 克
愼厥獨 必誠其意

거(去) : 없애다 / 악(惡) : 악, 나쁘다 / 측(厠) : 뒷간, 측간 / 취(臭) : 냄새 / 기(欺) : 속이다 / 극(克) : 능히(能)

게의교를 조심조심 건너 서쪽으로 가면 측간이 나온다. 재래식 측간에는 한번 가려면 큰마음을 먹어야 한다. 어린 시절 그곳에서 십수 년 동안 볼일을 보았지만, 한 번도 단 한 번도 꺼려지지 않은 적이 없었다. 참고 참다가 극한에 이르러서야 허둥지둥 달려가기 일쑤였다. 어떨 때는 차라리 보는 이 아무도 없는 산과 들에서 일을 치르는 게 더 좋았다. 가장 큰 원인은 고약한 냄새 때문이었다. 아래에 있는 오물이야 눈을 돌리면 그만이지만, 코를 찌르는 그 냄새는 정말 참기 힘들었다. 들어가기 전에 심호흡을 하여 숨도 쉬지 않고 견뎌 보려 애쓰지만 길어야 1~2분이었다. 결국 참지 못하고 공기를 한 모금 들이키면, 그 순간 역한 냄새가 코끝을 찌르고 만다. 그것은 고통이었다. 폐부를 파고드는 고통!

그러나 볼일을 다 보고 바깥으로 나오면, 그때의 상쾌한 기분은 말로는 다할 수 없다. 바깥의 신선한 공기도 새삼 고맙고, 몸속의 오물도 배설되어 몸이 한결 홀가분해짐을 느낀다. 그것은 즐거움이다. 고통 뒤에 맛보는 지극한 즐거움!

측간은 이렇게 고통과 즐거움을 동시에 준다. 그러나 군자는 부정의 의미를 버리고 긍정의 의미를 취하는 법, 측간의 이름을 '오취측惡臭廁(냄새가 싫은 측간)'이라 하지 않고, '거악측去惡廁(악을 제거하는 측간)'이라 한 것은, 바로 그 때문이다. 냄새가 싫은 것은 나쁜 냄새가 주는 '고통'의 의미를 취한 것이요, 악을 제거하는 것은 오물을 배설한 뒤에 오는 '즐거움'의 의미를 취한 것이다.

절집에서는 측간을 '해우소解憂所'라 한다. 근심을 푸는 집이란 뜻으로, 경봉鏡峰 스님이 지은 것이라 한다.

"변소를 화장실이라고들 하는데 우리는 해우소라 하였다. 먹을 때는 좋지만 가스가 꽉 차 있으면 배설시켜 버려야 된다는 말이다. 그래야 속이 편하고 좋다. 배에도 하찮은 가스가 꽉 차 있으면 속이 불편한데 마음 가운데 못된 생각, 하찮은 생각, 어두운 생각을 확 비워 버리면 얼마나 좋은가. 대소변 보는 일이 대수롭지 않게 생각될지 모르나 절대로 그렇지 않다. 여기에 인생의 심각하게 큰 일과 근본 문제와 생사 문제가 달려 있다. 이 대소변 보는 데 아주 큰 진리가 있는 것이다. 여러분이 자고 나서 세수를 하고 화장도 하지만, 마음 가운데 때가 있고 없는 것은 생각도 하지 않는다. 하루에 한 번씩만 내 마음 가운데 하찮은 생각이 있나 하고 살펴볼 일이다."

—경봉 스님, 「니가 누고?」

측간을 뜻하는 말로 정방淨房이란 것도 있다. 몸속을 깨끗하게 하는 방이란 뜻이다. 사람은 누구나 제 몸속의 오물을 배설함으로써 제 몸을 홀가분하고 깨끗하게 할 줄 안다. 그러나 제 마음속의 오물을 버림으로써 제 마음을 상쾌하게 하는 데는 인색하다. 그저 제 마음을 속이면서 겉모양을 거짓으로 꾸미기에 급급하다. 그래서 측간의 이름도 '화장실化粧室'이다. '화장'이란 무엇인가? 화장품 따위로 얼굴을 곱게 꾸미는 것이니, 본래의 모습을 감추는 것이다. 속이는 것이다. 자기를 속이는 것은, 곧 오물을 제 몸속에 쌓는 것이나 다름없다. 그럼에도 그것을 제 마음속에 고이 간직해 두고, 선뜻 내버리질 못한다. 무엇이 그리도 아까운지!

우리는 측간에 갈 때 누구나 혼자서 간다. 다른 누구와 함께 가지 않는다. 밤이 되어 무서운 나머지 다른 사람을 데리고 가기도 하지만, 결국 측간의 문을 열고 들어가는 것은 자기 혼자뿐이다. 그만큼 측간은 혼자만의 시간이 보장된 공간이며, 그곳에서 제 혼자 제 몸의 오물을 배설하는 데 안간힘을 쓴다. 그때, 몸속의 오물을 배설하는 데만 힘쓰지 말고, 마음속에 쌓인 더러운 생각의 찌꺼기를 버리는 데도 힘을 쓴다면, 몸과 함께 마음까지도 상쾌해질 것이다.

그것은 성실함이요, '신독愼獨'의 한 방편이다. '신독'이란, 홀로 있을 때도 도리에 어긋나지 않도록, 자기의 뜻을 성실하게 가다듬는 것을 이른다.

"이른바 그 뜻을 성실히 한다는 것은, 스스로 속이지 않는 것이니, 악惡을 미워하기를 나쁜 냄새를 미워하는 것과 같이 하며, 선善을 좋아하기를 여색女色을 좋아하는 것과 같이 하여야 하니, 이것을 자겸自慊(스스로 만족해하는 것)이라 이른다. 그러므로 군자는 반드시 홀로 있을 때를 삼가는(愼其獨) 것이다. 소인배는, 홀로 있을 때는 착하지 못한 짓을 저질러 이르지 않는 곳이 없다가, 군자를 본 뒤에야 겸연쩍게 자기의 착하지 못한 짓을 가리고 착함을 드러내지만, 남들이 자기를 알아봄이 폐부를 들여다보는 듯할 것이니, 그렇다면 무슨 유익함이 있으랴! 이를 일러 '속마음이 성실하면 겉으로 드러난다' 하는 것이다. 그러므로 군자는 반드시 그 홀로 있을 때를 삼가는 것이다. 증자가 말했다. '수많은 눈이 보고 있고, 수많은 손가락이 손가락질하나니, 그야말로 두려워할 만하다.' 부富는 집을 윤택하게 하고, 덕德은 몸을 윤택하게 하니, (덕이 있으면) 마음이 넓어지고 몸이 펴진다. 그러므로 군자는 반드시 그 뜻을 성실히 하는 것이다."

－『대학』

몸속에 오물이 가득 차 있으면, 그 악취가 방귀로 배출되게 마련이며, 그 고약한 냄새는 곁에 있는 사람에게 고스란히 전해진다. 민폐가 아닐 수 없다. 때로는 놀림거리가 되기도 하지만, 아무 말도 못하고 부끄러운 나머지 얼굴이 빨개지기 십상이다. 마음속에도 추악한 생각으로 가득 차 있으면, 겉모양을 아무리 곱게 치장한들, 말을 아무리 그럴싸하게 꾸며 낸들, 그것은 은연중에 겉으로 드러나게 마련이다.

그러니 이제는 몸속의 오물을 배설할 때, 마음속의 추악한 생각들도 함께 버리자. 그러면 몸과 함께 마음까지도 상쾌해지리니!

26 항아리 _ 피할 수 없으면 즐겨라
| 곤옹 | 困甕 |

두레박이 깨어졌나니

우물에 두레박질을 못하도다

항아리가 깨어져 새나니

물이 말라 버리도다

드나들지 못하는데다가

원대한 계책이 끊어져도

군자는 능히

천명을 즐겨서 의리를 알며

목숨을 바쳐서 뜻을 이룬다

| 名 | 物 | 記 |

항아리는 '곤困'이니, 물이 말라 있기 때문이다.

瓶其羸 井不繘 敝而漏 涸而渴 出入亡 謀猷絕 君子能
亨天而知義 致命而遂志

곤(困) : 괴로움을 겪다 / 옹(甕) : 항아리 / 병(瓶) : 두레박 / 리(羸) : 망가지다 / 굴
(繘) : 두레박줄 / 병기리(瓶其羸)·정불굴(井不繘) : 『주역』 정괘井卦에, "거의 이르러
도, 두레박줄을 우물에 드리우지 못한 것과 같으니(未繘井), 그 두레박마저 깨뜨리면
(羸其瓶), 흉하다" 하였다. 무슨 일이든 시작하면 노력하여 결실을 거둬야 한다. 그렇
지 못하면 우물물을 길을 때 두레박줄이 짧아 물을 푸지 못하는 것과 같아 그간의 노
력이 허사가 된다. 더구나 두레박마저 깨뜨리면, 물을 긷는 도구를 잃는 것이니, 흉할
수밖에! / 폐이루(敝而漏) : 『주역』 정괘井卦에, "우물이 더러운 골짜기처럼 되어, 개구
리에게 흘러가고, 항아리는 깨어져 물이 샌다(甕敝漏) 하였다. 우물물은 위로 맑게 솟
아야 사람이 먹을 수 있지만, 골짜기 하류의 더러운 물처럼 되면 개구리 같은 미물이
나 먹을 수 있으니, 이것은 항아리가 깨어져 물이 새는 형상과 같다 / 학(涸) : 마르다 /
모유(謀猷) : 원대한 계책 / 치명이수지(致命而遂志) : "연못에 물이 없는 것이 곤困이
니, 군자는 이것을 본받아, 목숨을 바쳐서 자기의 뜻을 실천한다(致命遂志)."(『주역』 곤
괘困卦)

 '관물찰기觀物察己', 곧 사물을 관찰하여 자기를 성찰한다는 마
음으로, 지금까지는 집의 외형적 구조를 관찰하였으며, 이 글부터
는 일상의 생활 도구에 대한 관찰로 이어진다.

 일상에서 꼭 필요한 생활 도구였지만, 그곳에 있는 것들은 성한
것이라곤 거의 없었다. 이보다 앞서 조정에서는 감찰을 보내 죄인
을 더욱 엄하게 다루라고 지시한 바 있다. 죄인에게 인정을 베풀면
그 고을에 죄를 묻겠다는 엄포와 함께! 겁을 먹은 온성 부사는 부
랴부랴 허름한 집을 고르고 주민을 동원하여 울타리를 높이 둘러
쌌다. 게다가 생활 집기들은 모두 깨지거나 너절한 것들로 채웠다.

그 때문에 성한 물건이 없었던 것이다. 그러나 그런 물건들도 세심하게 관찰하고 궁리하다 보면, 중요하고 깊은 철학적 의미를 깨달을 수 있는 법이다.

먼저 깨진 항아리이다. 이름은 곤옹困甕이라 했다. '곤'이란, 곤경이요, 곤궁이요, 곤핍이다. 이런 상황은 누구나 달가울 리 없다. 그러나 '피할 수 없으면 즐기라' 했다. 그것은 『주역』 곤괘困卦의 가르침이기도 하다. 곤괘의 하괘인 '감坎'은 '곤경(험난함)'을 상징하며, 상괘인 '태兌'는 '기쁨'을 상징하니, 곤경한 처지에 빠져서도 기뻐하고 즐긴다는 의미이다. 물론 정당한 방법으로 피할 수 있는 곤경은 피하는 게 상책이다. 그러나 피할 수 없는 곤경이라면 겸허히 받아들이고 즐길 수 있어야 한다. 그러면 곤경은 더 이상 곤경이 아닐 터이다.

이 곤괘는 다시, 하괘의 '감'은 '물'을 상징하고, 상괘의 '태'는 '연못'을 상징한다. 물이 연못 아래에 있으니, 연못의 물이 말라 바닥이 드러난 형상이다. 물은 연못 위에 있는 게 정상이건만, 오히려 연못 아래의 땅속에 있으니, 곤핍한 형상이다. 물항아리도 그 속에 물이 담겨 있는 게 정상적인 모습이다. 그러나 이 항아리는 깨어져 있어, 물을 길어 담아도 소용이 없다. 그래서 물이 늘 말라 있다. 이 또한 곤핍한 형상이며, 그래서 그 이름도 '곤옹'이다.

우물에서 물을 긷는 두레박이 깨지면 물을 길을 수 없다. 마찬가지로 물을 담아 두는 항아리가 깨지면 두레박으로 물을 길어도 담을 데가 없다. 모두 제 쓰임새를 얻지 못하는 것이다. 유배지에 위리안치된 그 자신의 신세가 그랬다. 바깥을 드나들지 못하여 외부와의 소통이 단절되었고, 그로 인해 원대한 계책을 내어 자기의 포부를 실현하지도 못하는 현실이었다. 곤궁한 처지인 것이다.

그러나 군자는 곤궁한 상황에 처해도, 원망하거나 후회하지 않는 법이다. 오히려 곤궁한 현실을 즐기며 굳게 견뎌 낸다. 공자의 일행이 진나라에 있을 때, 양식도 떨어지고 따르는 사람들도 병이 드는, 곤경을 당한 적이 있었다. 자로가 성이 나서, "군자도 곤궁할 때가 있습니까?" 하고 스승 공자에게 따지듯이 물었다. 그러자 공자는, "군자는 곤궁을 굳게 견뎌 내지만, 소인은 곤궁해지면 무슨 짓이든 저지른다" 하고 대답했다.(『논어』「위령공」)

군자는 천명天命을 즐기고 의리에 편안하여, 곤궁한 상황에서도 자기의 지조를 바꾸는 법이 없다. 곤궁에 처하면 처할수록 더욱 굳게 지조를 지켜 낸다. 대의大義를 위해서라면 목숨까지도 기꺼이 바친다. 이것을 『논어』에서는 견위수명見危授命(위험에 직면해서 자기 목숨을 바침)이라 했고, 『주역』에서는 치명수지致命遂志(목숨을 바쳐서 뜻을 이룸)라 했다.

그러나 소인은 곤궁한 상황을 벗어나기 위해, 도리에 어긋나는 짓도 서슴지 않고 저지른다. 주변을 돌아보지 않고 오직 곤궁을 벗어나는 데만 골몰한다. 저 혼자 살기 위해 남을 짓밟고, 친구를 배반하고, 심지어 부모와 형제까지 해친다. 기묘사화도 사림 세력의 성장에 위기의식을 느낀 소인배들의 음모로 일어났다.

1515년 조광조를 필두로, 중종의 전폭적인 지지를 받으며 중앙 정계에 진출한 사림들은, 성리학을 학문적 기반으로 삼아 조선을 성리학적 질서로 재편하고자, 급격한 개혁 정치를 시도하였다. 소격서를 폐지하고, 향약과 현량과를 실시하였으며, 반정공신의 위훈을 삭제하는 등, 일련의 개혁을 단행하였다. 그러는 사이, 권력구조는 차츰 개편되어 사림들이 정국을 주도하게 되었고, 반정공신들은 점차 권력으로부터 소외되어 갔다. 당연히 반정공신들의 불만이 누적될 수밖에 없었다. 그들은 그대로 당하고만 있을 수 없어, 마침내는 음모를 꾸미고 유언비어를 퍼뜨렸다. 이들의 음모는 결국 중종의 마음을 흔들어, 수많은 사림들이 목숨을 빼앗기거나 유배되었다.

기준도 처음에는 아산에 유배되었다가, 다시 이곳 온성으로 옮겨져 위리안치되는 신세가 되었다. 그때 조광조는 이미 유배지에서 죽임을 당했다. 그러니 그도 하루하루 죽음만 기다려야 하는 곤궁한 처지에 놓인 것이다. 그렇다고 저들처럼 도의에 어긋나는 음모를 꾸밀 수도 없는 노릇이다. 그에게 도의는 목숨보다도 소중한 것이었기 때문이다. 남은 것이라곤 그저 현실을 겸허히 받아들이는 길밖에 없었다. 옛날의 뜻있는 선비들은 모두 그렇게 처신했다.

"옛날의 뜻있는 선비는 몸의 곤궁을 근심하지 않고 도가 형통하지 못함을 근심하였으며, 삶이 중요하다고 생각하지 않고 죽음도 때로는 가볍다고 생각하였다. 그러므로 하늘의 이치를 즐거워하고 천명을 알아(樂天知命) 느긋하게 여유가 있었던 것이요, 목숨을 바쳐 자기 뜻을 실천하여(致命遂志) 어찌할 수 없는 상황에서도 편안히 여겼다."

―기준, 「위리기」

가마솥 _ 물과 불이 만나는 공간
| 뇌부 | 雷釜 |

물과 불이 서로 다투어

부글부글 소리 내나니

서로 가까워질까 두려워

진동하며 놀라는 것이다

군자는 천명을 두려워하여

정성으로 몸을 닦고 살피나니

돌아보고 생각하며 두려워하는 것은

제 몸의 형통함을 바라는 게 아니요

(도리에 어긋나지 않기 위함이다)

| 名 | 物 | 記 |

가마솥은 '뇌雷'이니, (물이 끓어) 소리가 나기 때문이다.

水火爭 聲轟轟 懼其邇 震之驚 君子畏天 脩省以誠 虩
虩之恐 非邀其亨

■ |六 | 十 | 銘 | ■

뢰(雷) : 우레 / 부(釜) : 가마솥 / 굉(轟) : 울리다 / 굉굉(轟轟) : 요란한 소리 / 이(邇) :
가깝다 / 구기이(懼其邇)·진지경(震之驚) : 『주역』 진괘震卦에, "멀리 있는 자를 놀라
게 하고, 가까이 있는 자를 두렵게 한다(驚遠而懼邇)" 하였다 / 혁(虩) : 두려워하다 /
혁혁(虩虩) : 돌아보고 생각하며 편안치 않은 모양 / 요(邀) : 맞이하다, 바라다

.⋇.

수화상극水火相剋이니, 물과 불은 서로 대립하는 존재이다. 물은
불을 끄고, 불은 물을 말린다. 물은 생명을 탄생시키고, 불은 생명
을 소멸시킨다. 그러나 세상은 이러한 대립적 관계의 조화 속에서
발전하고 완성되는 법이다. 고상하게 얘기하면 우주 만물은 서로
대립하면서도 화합하는 음陰과 양陽의 상호작용에 의해 생성하고
발전하는 것이요, 비근하게 얘기하면 서로 이질적인 남자와 여자
가 만나서 조화를 이루어야 새로운 생명을 탄생시키는 것이다.
『주역』 기제괘既濟卦가 그것을 일깨워 준다.

기제괘(䷾)는 상괘가 감坎(☵)이요, 하괘가 이離(☲)이다. 감은 물
이요, 이는 불이다. 물은 그 성질이 아래로 흐르고, 불은 그 성질이
위로 타오른다. 그런 물과 불이 서로를 향해 마주하고 있으니, 이
것은 조화를 상징한다. 바로 이 조화 속에서 세상은 생성하고 발전
한다. 그래서 괘 이름을 '기제'라 한 것이니, '기제'란 이미(既) 완
성되었다(濟)는 뜻이다.

그러나 달이 차면 기울고, 만물이 지극한 데에 이르면 쇠퇴하는 법, 조화와 완성의 밑바닥에는 쇠락과 갈등의 싹이 잠재되어 있다. 그래서 기제괘 다음에는 미제괘未濟卦가 이어진다. '미제'란 미완성을 의미한다. 미제괘(䷿)는 상괘가 이(☲)요, 하괘가 감(☵)이다. 위로 타오르는 불이 위에 있고, 아래로 흐르는 물이 아래에 있으니, 물과 불이 서로 등지고 화합하지 못하는 형국이다. 그렇지만 그 대립은 역동적인 활력과 창조적인 변화의 원천이 되기도 한다.

완성은 고요요, 안식이요, 죽음이다. 미완성은 소란이요, 열정이요, 생명이다. 우리의 삶은 미완에서 완성으로 가는 과정이다. 그래서 사는 동안 늘 대립과 갈등이 연속된다. 『주역』이 미제괘로 끝을 맺는 것은 이 때문이다. 그게 우리의 삶이다. 그러나 그것은 끝이 아니요, 새로운 시작이며, 변화와 발전에 대한 예고이다.

솥은 물과 불의 매개체이다. 솥을 매개로 물과 불이 만나면 변화가 일어난다. 날것을 익게 하고, 딱딱한 것을 부드럽게 한다. 이에 대해서는 다음의 「폐정廢鼎」에서 살펴보기로 한다. 솥에 물을 넣고 불을 때면, 솥 속의 물이 끓으면서 격한 소리가 난다. 이를 두고 '서로 가까워질까 두려워 진동하며 놀라는 것'이라 하였다. 그래서 가마솥의 이름을 뇌부雷釜라 하였다. '뇌'란 번개가 치면서 내는 우렛소리(천둥소리)를 뜻한다.

뇌성벽력이 휘몰아치면 사람들은 두려운 마음에 몸을 사리게 마련이다. 지은 죄도 없이 괜스레 두렵다. 뇌성벽력은 하늘의 경고요, 하늘의 경고를 무시하면 큰 낭패를 본다. 그런 때는 두려운 마음으로 몸을 닦고 반성해야 복을 받는다고, 『주역』진괘震卦는 말하고 있다. 진괘의 '진震'은 곧 '우레(雷)'를 뜻한다.

"진은 형통하다. (진동하는) 우레가 올 때 돌아보고 생각하면, 웃고
말함이 즐거우리니, 우레가 백 리를 놀라게 해도, 숟가락과 울창주
를 잃지 않는다.(震亨. 震來虩虩, 笑言啞啞, 震驚百里, 不喪匕鬯.)"

이를 두고 진괘의 단전에서는, "진은 형통하다. 우레가 옴에 돌
아보고 생각함은, 두려워하여 복을 받는다는 것이다. 웃고 말함이
즐거움은, 두려워한 뒤에야 법칙이 있다는 것이다. 우레가 백 리를
놀라게 함은, 멀리 있는 자를 놀라게 하고, 가까이 있는 자를 두렵
게 하는 것(驚遠而懼邇)이다. 숟가락과 제주를 잃지 않음은, 나아가
종묘와 사직을 지켜서 제주祭主가 되는 것이다" 하고 설명하였다.
숟가락은 제사 음식을 담는 도구이고, 울창주는 제사에 쓰는 술이
다. 제사에는 정성과 공경을 극진히 하는 것을 귀중하게 여기므로,
'숟가락과 울창주를 잃지 않는다' 함은 정성스런 마음을 잃지 않
는다는 뜻이다.

진괘의 상전에서는 또, "우레가 거듭된 것이 진이니, 군자가 이
를 보고, 두려워하며 몸을 닦고 살핀다(恐懼脩省)" 하였다. 우레가
칠 때는 그것을 두려워하며 자기를 반성해야, 안도하는 웃음소리
를 낼 것이다. 또한 우레가 크게 쳐서 많은 사람들을 놀라게 하고
두렵게 할지라도, 정성스런 마음을 잃지 않아야 복을 받을 수 있
다. 『주역』 진괘는 그것을 말하고 있다.

그것은 하늘의 경고를 두려워하는 것이다. 공자는 말하기를,
"군자에게는 세 가지 두려움이 있으니, 천명天命을 두려워하며, 대

인大人을 두려워하며, 성인聖人의 말씀을 두려워한다"(『논어』「계씨」)
하였다. 천명을 두려워하는 군자이니, 하늘이 우레를 거듭 내리치
며 그 위엄을 보이는 상황에서, 놀라고 두려워하며 자기 성찰에 더
욱 힘을 쓰는 것이다.

기준은 임금의 명으로 유배지에 위리안치되었다. 그리고 왕조
시대에 임금의 명은 곧 하늘의 명이었다. 따라서 그가 처한 현실이
바로 하늘의 경고인 우레가 치는 상황이었으며, 이런 상황에서 어
떻게 처신해야 하는지 가마솥은 가르치고 있다. 정성으로 몸을 닦
고 살피는 자기 성찰에 더욱 힘쓰라고! 그리고 그것은 물론 제 한
몸의 형통함을 바라는 게 아니요, 오직 도리에 어긋나지 않기 위함
이다.

28 세발솥 _ 변혁의 공간

|폐정|廢鼎|

솥의 발이 엎어졌으나

나쁜 것을 꺼내는 데 이롭다

솥의 귀가 변하여

행하는 게 막혔나니

꿩의 아름다운 고기를

먹지를 못하는도다

좋은 고기를 삶을 때라면

가는 바를 삼가야 하리라

|名|物|記|

세발솥은 '폐廢' 이니, 사용하지 않기 때문이다.

顚其趾 利出否 革其耳 行且塞 雉之膏 非所食 烹乃腴
愼厥趨

■|六|十|銘|■

폐(廢) : 폐하다, 그만두다 / 정(鼎) : 세발솥 또는 네발솥 / 전(顚) : 엎어지다 / 전기지
(顚其趾)·이출부(利出否) : 『주역』 정괘鼎卦에, "솥의 발이 엎어졌으나, 나쁜 것을 꺼
내는 데 이롭다(鼎顚趾, 利出否)" 하였다 / 혁(革) : 바꾸다, 변혁하다 / 혁기이(革其
耳)·행차색(行且塞)·치지고(雉之膏)·비소식(非所食) : 『주역』 정괘에, "솥의 귀가 변
하여, 그 행하는 것이 막혀, 꿩의 아름다운 고기를 먹지 못하나, 장차 화합하여 비가
내려서 후회가 없어지리니, 마침내는 길하리라(鼎耳革, 其行塞, 雉膏不食, 方雨虧悔,
終吉)" 하였다 / 유(腴) : 기름진 고기 / 신궐추(愼厥趨) : 『주역』 정괘에, "솥에 실한 음
식이 있으나, 가는 바를 삼가야 한다(鼎有實, 愼所之也)" 하였다

　한 자리에 함께할 수 없는 물과 불이 만나, 서로 화합하고 조화
를 이루면 변화가 일어나며, 물건을 변화시키는 것으로 솥 만한 것
도 없다. 딱딱한 쌀이나 날고기를 물과 함께 솥에 넣어 불을 때면,
부드러운 밥이 되고 익은 고기가 된다. 딱딱한 쌀과 날고기가 새롭
게 탄생하는 순간이다. 서로 상반된 성질을 가진 물과 불이, 조화
속에서 자기의 기능을 극대화한 결과, 우리는 맛있는 음식을 먹을
수 있게 된다. 그러니 이때는 물과 불이 더 이상 상극 관계가 아니
다. 오히려 서로 조화를 이루고 있으며, 그 매개는 바로 솥이다.

　사람은 먹지 않으면 살 수 없으며, 먹기 위해서는 딱딱한 것을
부드럽게 하고 날음식을 익혀야 한다. 그것을 가능하게 하는 데는
솥의 도움이 크다. 그러므로 솥은 생명의 도구이다. 예로부터 솥을
귀중하게 여긴 것은 바로 이 때문이다.

더 나아가 솥은 제위帝位를 상징하는 보물로 여겨지기도 했다. 중국 하나라의 우禹 임금은 구정九鼎을 만들었는데, 이것은 훗날 주나라 때까지 천자에게 대대로 전해진 보물이었다고 한다. 그래서 기존의 낡은 나라를 무너뜨리고 새로운 나라를 세우는 것을, 정혁鼎革 또는 정신鼎新이라 하기도 한다.

『주역』에서도 변혁을 상징하는 '혁革' 괘 다음에, '정鼎' 괘가 이어진다. 여기에는 혁고정신革故鼎新, 곧 기존의 낡은 것을 변혁하여 새롭게 한다는 의미가 깃들어 있다. 더 자세히 따져 보면, '혁'은 낡은 것을 바꾸어 버린다는 의미요, '정'은 새롭게 바꾸어 낸다는 의미다. 이렇게 '혁'과 '정'은 모두 변화를 의미하지만, '혁'은 소멸에 무게 중심이 있고, '정'은 생성에 무게 중심이 있다. 『주역』「잡괘전雜卦傳」에서는, "혁은 낡은 것을 버리는 것이요, 정은 새로운 것을 취하는 것"이라 하였다.

'정鼎'은 세 발 또는 네 발 달린 솥을 가리킨다. 세발솥이건 네발솥이건, '정'은 어느 한쪽 발만 잘못 되어도 제 구실을 못한다. 세 발 또는 네 발이 모두 튼실해야 안정적으로 서 있을 수 있다. 솥이 안정된 왕권의 상징이 되었던 것은 이 때문이다.

낡은 왕조를 무너뜨리고 새로운 왕조를 세웠다 하여, 나라가 저절로 안정되는 것은 아니다. 법령을 정비하고 민심을 수습하여, 나라 안의 모든 게 균형을 잡고 제 기능을 발휘할 수 있도록 해야 한다. 그래야 나라가 안정된다. 세발솥 또는 네발솥이 균형을 잡고 서 있는 것처럼!

유배지의 기준에게도 세발솥이 있었다. ─ 네발솥일 수도 있으나 여기서는 편의상 세발솥이라 하겠다. — 앞에 나온 뇌부雷釜의 '부釜'가 발이 없는 솥을 가리킨다면, 폐정의 '정鼎'은 발이 있는 솥을 가리킨다. 그러나 이 솥은 한쪽 발이라도 부러졌는지, 사용하지 않고 있다. 그래서 그 이름을 폐정廢鼎이라 하였다. '폐'란, '폐하다, 그만두다'의 뜻이다.

세발솥은 한쪽 발이라도 부러지면, 무용지물이 되고 만다. 세 발이 균형을 잡고서 똑바로 서지 못하여 솥이 뒤집히기 때문이다. 그러니 솥발이 엎어지는 것은, 제 모습을 잃는 것이요, 정도에 어긋나는 것이다. 그런데도 '이롭다' 했다. 그것은 관점을 달리하기 때문이다.

"솥의 발이 엎어졌으나, 나쁜 것을 꺼내는 데 이롭다.(鼎顚趾, 利出否.)"
　　　　　　　　　　　　　　　　　　　　　　－『주역』 정괘鼎卦 초육初六

『주역』은 똑같은 현상이라도 상황이 변함에 따라, 관점을 달리할 것을 가르치고 있다. 그래서 책의 이름도 '주나라의 역易'이다. '역'이란 '바뀌다, 변화하다'의 뜻이다. 솥에 음식을 조리하는 일반적인 상황이라면, 솥의 발이 엎어지는 게 결코 이로울 리 없다. 솥 안의 음식도 함께 엎어지기 때문이다. 그러나 솥 속에 부패하거나 더러운 것이 담겨 있을 때라면 상황이 다르다. 이런 때는 오히려 솥을 뒤집어야, 그 속에 들어 있는 더러운 찌꺼기를 꺼내어 깨끗이 청소하는 데 유리하다. 그래서 '이롭다' 하는 것이다. 솥바닥에 있는 찌꺼기를 버려야만, 그곳에 새로운 음식을 담아서 익힐 수 있기 때문이다.

솥을 깨끗이 청소한 다음, 그 속에 새로운 음식을 넣고 익힐 때
는, 솥이 엎어지지 않도록 주의를 기울여야 한다. 한순간 방심하여
자칫 솥발이라도 엎어지면, 그 속에 담긴 음식도 먹을 수 없기 때
문이다.

"솥에 실한 음식이 있으나, 나의 원수에게 병이 있으니, 나에게
오지 못하게 하면, 길하리라.(鼎有實, 我仇有疾, 不我能卽, 吉.)"

－『주역』 정괘 구이

여기서 '솥에 실한 음식이 있다' 함은, 재능과 덕을 갖추고 바른
도리를 지킨다는 의미이다. '나의 원수'란, 솥발이 엎어지는 것(顚
趾)을 가리키며, 부정하고 패악한 자를 상징한다. 그리고 '나에게
오지 못하게 함'은, 솥발이 엎어지지 않도록 조심하듯이, 부정하
고 패악한 자가 나에게 접근하지 않도록 삼간다는 말이다.

부정하고 패악한 자가 내 주변에서 나를 유혹하며 따르는 상황
에서는, 나 홀로 바른 도리를 지킨다고 능사가 아니다. 그럴 때는
그들이 따르지 못하도록, 처신을 더욱 신중히 해야 한다. 이런 상
황을 정괘 구이의 상전에서는, "솥에 실한 음식이 있으나, 가는 바
를 삼가야 한다(鼎有實, 愼所之也)"하였다. 내 몸에 아무리 빼어난
재능과 덕망을 갖추었다 한들, 지향하는 바를 신중히 하지 못하면,
부정하고 패악한 무리가 따라다녀 자칫 악의 구렁텅이에 빠질 수
도 있으니, 이것을 삼가고 경계해야 한다는 의미이다.

또한 솥발이 엎어지지 않도록 조심조심 음식을 익힌다 해도, 솥
귀가 뜨겁게 달아올라 있을 때는 솥 안의 음식을 꺼내어 먹을 수가

없다. 솥을 손으로 만질 수 없기 때문이다. 그러므로 그럴 때는 우선 솥의 귀가 식을 때까지 기다려야 한다.

"솥의 귀가 변하여, 그 행하는 것이 막혀, 꿩의 아름다운 고기를 먹지 못하나, 장차 화합하여 비가 내려서 후회가 없어지리니, 마침내는 길하리라.(鼎耳革, 其行塞, 雉膏不食, 方雨虧悔, 終吉.)"

－『주역』 정괘 구삼

여기서 '솥귀가 변했다' 함은, 솥귀가 뜨겁게 변했다는 말이다. '행하는 것이 막혔다' 함은, 솥귀가 뜨거워 손도 대지 못하고 어찌지 못하는 상황이다. '꿩의 고기'는 녹봉과 지위를 상징하며, '먹지 못한다' 함은 재주와 덕이 있음에도 군주로부터 신임을 받지 못하여 녹봉과 지위를 얻지 못하는 것을 상징한다. 이런 상황에서는 솥귀를 물로 식히던지, 물에 젖은 행주를 사용해야 한다. '비가 내린다' 함은 그것을 비유한다.

아무리 빼어난 재주와 덕을 지니고 있더라도 군주로부터 신임을 받지 못하면, 녹봉과 지위를 얻지 못해 그 재주와 덕을 펼치지 못한다. 그러나 음양이 화합을 이루어 단비가 내리듯이, 바른 도리를 굳게 지켜 나가다 보면, 끝내는 그 덕이 밝게 드러나 군주에게 신임을 얻고 천하에 자기의 재주와 덕을 펼치게 될 것이다. 정괘 구삼은 그것을 일러 주고 있다.

솥은 음식을 삶는 게 그 본분이며, 음식을 삶는 것은 변화를 상징한다. 따라서 솥은 변혁의 공간이 된다. 그리고 솥에 음식을 넣어 삶기 전에는, 먼저 그 내부를 깨끗이 청소해야 한다. 그것은 사람의 경우도 마찬가지겠다. 변화하되 변화가 좋은 방향으로 일어나려면, 먼저 마음속에 있는 더러운 욕망의 찌꺼기부터 버려야 한다. 또한 더러운 것을 청소한 뒤 새 음식을 넣어 삶을 때는 신중해야 한다. 한순간 방심하여 솥발이 엎어지기라도 하면, 그 속에 담긴 음식까지도 먹을 수 없기 때문이다. 사람 역시 비록 재능과 덕을 갖추었다 해도, 처신을 신중하게 하지 않으면, 자칫 악의 구렁텅이에 빠질 수도 있다는 경계이다. 그리고 청소도 하고 신중도 기했다 하여, 뜻하는 바를 모두 이루는 것은 아니다. 사람이 해야 하는 바른 도리를 지키면서, 때가 무르익을 때까지 기다릴 줄도 알아야 한다. 이것이 바로 세발솥의 가르침이다.

29

화로 _ 그쳐야 할 때

| 지지로 | 知止鑪 |

화로의 형상은 입을 닮았나니

말은 처음부터 그칠지어다

천선遷善의 부엌을 가까이하나니

그쳐야 할 때에 그칠지어다

| 名 | 物 | 記 |

화로는 '지지知止'이니, 부엌(遷善竈)을 가까이하기 때문이다.

지(知) : 알다 / 지(止) : 그치다 / 지지(知止) : 그쳐야 할 데를 알다 / 로(鑪) : 화로 / 간
(艮) : 그치다 / 지(趾) : 발

· ❀ ·

성냥도 없고 라이터도 없던 시절, 집안의 불씨를 보존하는 일은
살림을 맡은 며느리의 중요한 소명이었다. 그래서 불씨를 꺼뜨려
이웃에 불씨를 얻으러 가는 며느리는 게으르다 여겨지기도 하였
다. 게다가 이웃에서 불씨를 얻는 일도 쉽지 않았다. 불씨를 나누
어 주면 집안의 살림이 새어 나간다는 속설 때문이었다. 심지어
'며느리가 불씨를 꺼트리면 집안이 망한다'는 말이 있을 정도이
니, 불씨는 한 집안의 흥망성쇠를 상징하는 것이기도 하였다. 이
때문에 그 시절 며느리들은 불씨를 보존하는 데 세심한 주의를 기
울였으며, 그 불씨를 보존하는 가장 효과적인 도구는 '화로'였다.

불씨를 보존하는 일 이외에도, 화로는 여러 가지로 유용하게 활
용되었다. 우리 고유의 온돌은 그 특성이 바닥은 따뜻한데 위쪽의
공기는 차며, 아랫목은 따뜻하지만 윗목은 차갑기 일쑤이다. 화로
는 이런 온돌의 단점을 효과적으로 보완하여 방 안의 공기를 따뜻
하게 해 준다. 또한 차가운 음식을 데우는 데, 다림질을 하는 데,
밤이나 고구마를 구워 먹는 데, 할아버지의 담뱃불을 붙이는 데,
외출했다 돌아와 차가워진 손을 녹이는 데도, 화로는 매우 유용하

게 이용되었다.

이처럼 생활에 꼭 필요한 도구로써, 오랫동안 우리와 함께한 소중한 화로이다. 그런 화로의 이름을 지지로知止鑪라 하였다. '지지'란, 그쳐야 할 데를 안다는 뜻이다.

> "만족함을 알면 욕되지 않고, 그칠 줄 알면 위태롭지 않다.(知足不辱, 知止不殆.)"
>
> —「노자」

만족을 아는 것은 치욕을 멀리하는 길이요, 그칠 줄 아는 것은 위태로움을 멀리하는 길이다. 그런데 여기서 화로의 이름을 '지지로'한 것은 『노자』의 '지지知止'보다는, 지극한 선善이 있는 곳에서 그친다고 한 『대학』의 '지지知止'에 더 가깝다.

> "대학의 도는 … 지극한 선에 그치는(止於至善) 데 있다. 그쳐야 할데를 안(知止) 뒤에 뜻이 정하여지나니, 뜻이 정하여진 뒤에 마음이능히 고요해지고, 마음이 고요해진 뒤에 처한 바에 능히 편안하고,처한 바에 편안한 뒤에 능히 생각하고, 생각한 뒤에 능히 터득하게된다."

'지극한 선에 그친다(止於至善)' 함은, 최고의 선에 도달하여 거기에 머물며 다른 유혹에 빠지지 않는다는 말이다. 여기서 '그침(止)'은 지금 그 자리에 당장 멈춘다는 뜻이 아니다. 어떤 지향점을향해 가서, 거기에 도달한 뒤에 그친다는 뜻이다. 즉 최고의 선이라는 지향점을 향해 가서, 최고의 선이 있는 그 자리에 멈춰, 그 상태를 끝까지 유지하는 그침이다. 그러므로 '지止'는 '중단'의 '멈춤'이 아니요, '지속'의 속성을 가진 '멈춤'이라 하겠다.

이 집에서는 부엌의 이름을 '천선조遷善竈'라 하였다. '천선'이란, '선으로 옮겨 간다'는 의미이다. 그렇다면 부엌은 선이 있는 공간인 셈이다. 화로는 이 부엌에서 숯불을 가져다 써야 제 역할을 하는 것이니, 부엌을 가까이할 수밖에 없다. 부엌에는 선이 갖춰져 있고, 화로는 그 부엌을 가까이한다. 그러므로 부엌을 가까이하는 것은, 선을 가까이하는 게 된다. 이는 곧 그쳐야 할 선을 알고, 그 선을 지향하는 것이 된다. 그래서 화로의 이름을 '지지로'라 한 것이다.

또한 '천선'의 부엌은 집채의 서쪽에 있으며, 서쪽은 방위로 태방兌方에 해당한다. 팔괘八卦의 괘상으로 보면, 아래는 막혀 있고 위는 터진 태괘兌卦의 괘상(☱)은, 위로 입을 벌리고 있는 화로의 형상과 닮은 면이 있다.

『주역』「설괘전」에서는 '태위구兌爲口', 즉 '태는 입이 된다'하였으니, 그것은 양효陽爻(—) 둘이 아래에 있고 음효陰爻(--) 하나가 위에 있는 모습이, 사람의 신체에서 입이 위에 있는 것과 유사하기 때문이다. 그리고 '간기지艮其趾'는 『주역』 간괘艮卦에 나오는 말로 '발에서 멈추라'는 뜻인데, 발은 사람이 걸음을 옮기고자 할 때 제일 먼저 움직여 나가는 것이므로, 이 말은 움직임의 시초에 멈추라는 뜻이다. 이런 관점에서 '태위구兌爲口, 간기지艮其趾'를 풀이하면, '입을 처음부터 멈추라'는 뜻이 되니, 그것은 입에서 나오는 말을 처음부터 삼가고 경계하라는 의미이다.

진실하고 덕이 있는 사람은 결코 말을 많이 하지 않는다. 말보다는 실천을 중요하게 여기며, 말하지 않고 마음으로 깨달음을 얻는데 힘을 쓴다. 이와 달리 '교묘하게 꾸미는 말은 덕을 어지럽히며'(『논어』「위령공」), '교묘하게 말을 꾸미고 아첨하는 얼굴빛을 하는 사람 가운데 어진 이가 드문'(『논어』「학이」·「양화」) 법이다. 더구나 "입은 화의 문이요, 혀는 몸을 베는 칼(口是禍之門, 舌是斬身刀)"(풍도馮道,「설시舌詩」)이라 하지 않았던가!

거짓으로 꾸며 낸 말, 생각 없이 내뱉은 말, 아첨하는 말, 이간질하는 말, 모욕하는 말, 이런 말들은 듣는 이에게 큰 상처를 주기도하려니와, 그것이 도리어 부메랑이 되어 나를 곤경에 빠뜨릴 수도있다. 그러니 말은 적을수록 좋으며, 쓸데없는 말은 처음부터 아예하지 않는다면 더욱 좋을 터이다.

30

물병 _ 말조심

| 수구호 | 守口壺 |

금인에 있는 계명戒銘을

공자가 기록하게 했으며

『시경』의 백규 시를

남용이 반복하여 읊었나니

그 지킴이 또한 마땅치 않은가!

|名|物|記|

물병은 '수구守口'이니, 굳게 막는다는 뜻이다.

金人有銘 孔子識之 白圭有詩 南容復之 其守之不亦宜
乎

■|六|十|銘|■

수(守) : 지키다 / 구(口) : 입 / 호(壺) : 병甁 / 금인(金人) : 동상 / 지(識) : 기록하다 /
백규(白圭) : 빛깔이 희고 맑은 옥을 뜻하며, 『시경』「억抑」에 나온다 / 남용(南容) : 공
자의 제자이자 조카사위

. ❀ .

물을 담아 두는 병의 이름은 수구호守口壺이다. '수구'란, 입을
지킨다는 뜻으로, 말을 함부로 내뱉지 않는 것을 비유한다. 주희의
「경재잠敬齋箴」에 나오는 한 구절, '수구여병守口如瓶(물병 막듯 입을
지켜라)'에서 의미를 취한 것이다.

물병의 물은 병뚜껑을 꼭 닫아야 새지 않는다. 그 물병을 막듯이
입을 꼭 닫으면, 쓸데없는 말이 새어 나가지 않는다. 말 많은 사람
치고 쓸 만한 말이 없는 법이요, 화는 입으로 나오고 병은 입으로
들어간다 했다. 어디 그뿐이랴! 설검순창舌劍脣槍(혀는 검, 입술은 창)
이라 했으니, 입속의 혀와 입술은 다른 사람을 해치는 무기가 될
수도 있다.

"말을 삼가라!" 지성인이라면, 동서고금을 막론하고 누구나 이
말을 늘 염두에 두고 살았다. 사람들이 처신을 얘기할 때도, 이 말
만큼 강조하는 것도 없다. 아버지가 아들에게, 스승이 제자에게,
친구가 친구에게….

금인명金人銘은 『공자가어』「관주觀周」 편에 보인다. 공자가 주나

라를 구경하던 어느 날, 후직后稷의 사당에 들어갔다. 그 사당의 오른쪽 계단 앞으로 금인金人(동상)이 눈에 띄었는데, 독특한 모양을 하고 있었다. 입이 세 군데나 꿰매어져 있었던 것이다. 그리고 등에는 다음과 같은 계명이 새겨져 있었다.

옛날 말을 삼갔던 사람이니	古之愼言人也
경계할지어다	戒之哉
말을 많이 하지 말라	無多言
말이 많으면 실수가 많나니	多言多敗
일을 많이 벌이지 말라	無多事
일이 많으면 근심이 많나니	多事多患
안락할 때 반드시 경계하여	安樂必戒
후회할 행동을 저지르지 말라	無所行悔
무엇이 손상되랴, 하지 말라	勿謂何傷
그 화근이 장차 자라리니	其禍將長
무엇이 해로우랴, 하지 말라	勿謂何害
그 화근이 장차 커지리니	其禍將大
듣는 이가 없다, 하지 말라	勿謂不聞
귀신이 사람을 엿보리니	神將伺人
불이 처음 붙을 때 끄지 않으면	焰焰不滅
활활 치솟는 불길을 어찌하랴!	炎炎若何
물이 졸졸 흐를 때 막지 않으면	涓涓不壅
마침내는 드넓은 강물이 되리라	終爲江河

가늘게 이어진 실오라기를 끊지 않으면	綿綿不絕
때로는 그물을 이루리라	或成網羅
털끝 같은 싹을 뽑지 않으면	毫末不札
장차는 도끼를 찾으리라	將尋斧柯
진실로 능히 삼가는 게	誠能愼之
복의 근원이 되느니라	福之根也
입은 왜 해로운가?	口是何傷
화를 부르는 문이기 때문이다	禍之門也
제 힘만 믿고 날뛰는 사람은	强梁者
제 명대로 죽지 못하리라	不得其死
이기기를 좋아하는 사람은	好勝者
반드시 적수를 만나리라	必遇其敵
도둑은 주인을 미워하고	盜憎主人
백성은 윗사람을 원망하리라	民怨其上
군자는	君子
천하의 윗사람 됨이 옳지 않음을 아나니	知天下之不可上也
그렇기 때문에 스스로 아래에 처하고	故下之
뭇 사람 앞에 섬이 옳지 않음을 아나니	知衆人之不可先也
그렇기 때문에 스스로 뒤에 서느니라	故後之
온화하고 공손하고 삼가는 덕으로	溫恭愼德
사람들이 사모하게 하며	使人慕之
유순한 품성과 자기를 낮추는 도리로	執雌持下

사람들이 넘보지 못하게 하느니라	人莫踰之
사람들이 모두 저쪽으로 간다 해도	人皆趨彼
나는 홀로 이것을 지키며	我獨守此
사람들이 모두 갈팡질팡 헤매어도	人皆或之
나는 홀로 흔들리지 않느니라	我獨不徙
내면으로 나의 지혜를 품고서	內藏我智
사람들에게 기예를 보이지 않으면	不示人技
내가 비록 귀하고 높게 될지라도	我雖尊高
사람들이 나를 해치지 못하리라	人弗我害
누가 여기에 능할 수 있는가?	誰能於此
강과 바다가 비록 왼쪽으로 흐르지만	江海雖左
모든 시냇물의 우두머리가 되는 것은	長於百川
자기 스스로를 낮추기 때문이다	以其卑也
하늘의 도는 편애함이 없고	天道無親
능히 스스로를 남에게 낮추도다	而能下人
경계할지어다	戒之哉

이 글을 다 읽은 공자는 깨달은 바가 있었다. 그래서 제자들에게, "너희들은 이 글을 잘 기록하여라. 이 글은 진실하여 이치에 맞으며, 실정에 부합하여 믿음직하다. 『시경』에 이르기를, '두려워하고 조심하기를, 깊은 연못에 임한 듯이, 살얼음을 밟는 듯이 하라' 하였으니, 몸가짐을 이와 같이 한다면, 어찌 입에 허물이 있을까 근심하랴?" 하고 말하였다.

남용南容은 공자의 제자이자 조카사위였다. 그는 날마다 백규白
圭의 시를 세 번씩 반복해서 읊었다 한다. 그런 그에게 공자는 신
뢰감이 들었다. 그래서 형의 딸을 시집보내 조카사위로 삼았
다.(『논어』「선진」) 백규의 시란, 『시경』「억抑」 시에 나오는 다음 구절
을 가리키며, 이것 역시 말을 삼가라는 의미를 담고 있다.

백규의 흠은	白圭之玷
갈아 없앨 수 있으나	尙可磨也
말의 흠은	斯言之玷
어찌할 수 없도다	不可爲也

물병에서 흘러나온 물은 다시 주워 담을 수 없고, 입에서 흘러나
온 말은 다시 삼킬 수 없다. 그러니 허튼 말이 새어 나가지 않도록
입을 잘 간수하라. 입을 함부로 놀리다가는 큰 코를 다치리니!

31 대야 _ 가득 차면 넘치리
| 봉수반 | 奉水盤 |

지극히 평평한 것은 물이요

유지하기 어려운 것은 가득함이라

가득하되 삼가지 않는다면

평평하다가도 이내 기울어지리니

늘 이 경계를 염두에 둘지어다

마치 떨어뜨리기라도 할 듯이

| 名 | 物 | 記 |

대야는 '봉수奉水'이니, 평평하여 기울지 않기 때문이다.

至平者水 難持者盈 盈或不謹 平斯傾 念茲在茲 如將
墮

봉(奉) : 받들다 / 수(水) : 물 / 반(盤) : 쟁반, 대야 / 지(持) : 가지다, 보전하다 / 경
(傾) : 기울다 / 자(茲) : 이것 / 장(將) : 장차 / 타(墮) : 떨어지다

"동이 틀 무렵이면 자리에서 일어나, 세수하고 빗질하고 의관을
갖춘 다음, 단정히 앉아 외모를 가다듬는다."

송나라 때의 학자 진백陳柏이 지은 「숙흥야매잠夙興夜寐箴」의 한
구절이다. 이 「숙흥야매잠은」 시간에 따른 하루의 공부 방법을 제
시한 잠언으로, 닭 울음 소리와 함께 눈을 뜨면, 제일 먼저 혼몽한
정신을 차근차근 가다듬고, 그런 다음 일어나서 세수하라는 것으
로 시작된다. 이 잠언은 조선의 학자들에게 생활의 지침이 된 글이
기도 하다. 특히 퇴계 이황은 선조 1년(1568) 17살의 어린 임금 선조
에게, 학문과 수양의 핵심 요령을 열 개의 그림으로 그린 『성학십
도聖學十圖』를 지어 올렸는데, 여기에는 이 「숙흥야매잠」도 포함되
어 있다.

"♬둥근 해가 떴습니다. 자리에서 일어나서, 제일 먼저 이를 닦
자, 윗니 아랫니 닦자. 세수할 때는 깨끗이, 이쪽저쪽 목 닦고, 머리

빗고 옷을 입고, 거울을 봅니다."   -「둥근 해가 떴습니다」

어릴 적 불렀던 동요이다. 오늘도 여전히 우리는 아침에 일어나면, 제일 먼저 이를 닦고 세수를 한다. 어릴 때부터 그렇게 교육을 받으며 자랐다. 그것은 밤사이 흐트러진 몸과 마음을 단정히 가다듬고, 혼몽한 정신을 바짝 차리게 하는 하나의 의식으로 자리를 잡았다. 그런 다음 비로소 우리는 하루 일과를 시작한다.

요즘이야 수도 시설이 잘 갖춰져 있어, 수도꼭지만 틀면 물이 좔좔 나온다. 그러나 수도 시설이 제대로 갖춰지지 않았던 시절에는, 우물이나 물동이에서 물을 길어 대야에 퍼 담아야 했다. 그리고 물을 흘리지 않도록 조심조심하며, 대야를 들고 가서 이를 닦고 손과 낯을 씻고 머리를 감았다. 대야의 이름을 '봉수반奉水盤'이라 한 것은 이 때문이다.

'봉수'란, 물을 받든다는 뜻이니, 물이 담긴 대야를 손으로 든다는 말이다. 그것도 그냥 드는 게 아니라 두 손으로 드는 것이다. '奉'자는 옛 금석문에 ♥으로 되어 있으니, 사람이 두 손으로 어떤 물건을 들고 있는 형상이다. '奉'자의 우리말 훈訓이 '들다'가 아니고 '받들다'인 것은 이 때문이다. 그리고 두 손으로 받든다 함은 공손함과 경건함의 표현이니, '봉수반'에는 공손하고 경건한 마음으로 세수하며 하루를 시작한다는 의미가 깃들어 있다.

대야는 물을 담는 그릇이며, 물은 외부의 자극을 받지 않는 한, 잔잔하고 평평한 상태를 유지한다. 그래서 평평하여 기울지 않은 상태를 말할 때 '수평水平'이라 한다. 그런데 물을 가득 담은 대야를 손으로 들고 있을 때, 그 가득한 상태를 평평하게 유지하기란, 지난한 일이 아닐 수 없다. 조금이라도 방심하거나 신중하지 못하면, 아차 하는 순간, 물을 흘리거나 대야를 엎어 버리게 된다. 우리가 물이 가득 담긴 대야를 들 때, 혹시라도 엎어질세라, 두 손으로 받들며 조심조심 주의를 기울이는 것은, 이 때문이다.

또한 물은 예로부터 자연스러움의 대명사였다. 바람에 자기를 맡겨 바람 따라 일렁이고, 물길에 자기를 맡겨 물길 따라 유유히 흘러간다. 그럼으로써 타고난 천성을 잃지 않는다. 물은 지혜의 상징이기도 하다. 가다가 웅덩이를 만나면 그 웅덩이를 채운 다음 흘러가고, 장애물을 만나면 그 장애물을 돌아서 가며, 좁은 곳을 만나면 빠르게 흘러 뒤에 오는 물을 방해하지 않고, 넓은 곳을 만나면 느릿느릿 여유도 부린다. 그때그때 맞닥뜨린 상황에 알맞도록 지혜롭게 처신을 한다.

대야에 담긴 물도 가득 차면 넘치게 마련이다. 그게 세상의 자연스런 이치이다. 세상의 어떤 것이든, 가득 찬 상태를 오래도록 유지하기는 힘든 법이다. '해는 중천에 뜨면 기울고, 달은 차면 이지러지며'(『주역』), '가득 차면 덞을 초래한다(滿招損)'(『서경』).

조선 선조 때 영의정을 지낸 이산해李山海도 「만손초부滿招損賦」를 지어 이를 경계한 바 있는데, 다음은 그 일부이다.

저 대야의 물을 보라	相彼盤水
가득 차면 반드시 넘친다	盈則必溢
저 의기欹器*를 보라	相彼欹器

가득 차면 반드시 엎어진다	滿則必覆
하물며 사람의 마음은	況我人心
출입에 자취가 없으니	出入無迹
어찌 경계하지 않고서	如何不戒
스스로 차질을 빚으랴!	自取蹉跌
옛사람은 말하였다	古人有言
가득 찬 상태를 유지하는 길은	持滿有道
총명과 예지를 가졌더라도	聰明叡智
어리석음으로 자신을 보호하고	愚暗自保
세상을 뒤덮는 용맹이 있더라도	勇力盖世
겁먹은 듯 자신을 지키는 거라고	㤼懦自守

* **의기**欹器는 중국 주나라 때 임금이 경계로 삼기 위하여 기울게 만들었다는 그릇으로, 속이 비어 있으면 기울어지고, 중간쯤 채워져 있으면 똑바로 서고, 가득차면 엎어진다고 한다. 148쪽 참조.

32 목욕통 _ 날마다 새롭게

| 일신우 | 日新盂 |

나를 깨끗이 하려 몸을 닦고

나를 정결히 하려 머리 감나니

묵은 때를 새롭게 바꾸면

처음의 깨끗함이 회복되리

새롭게 하고 또 새롭게 하기를

날마다 끊임없이 이어가라

| 名 | 物 | 記 |

목욕통은 '일신日新'이니, 묵은 때를 씻어 내기 때문이다.

淨我盥 潔我沐 舊旣革 初乃復 新又新 日以續

일(日) : 날 / 신(新) : 새롭게 하다 / 일신(日新) : 날마다 새롭게 하다 / 우(盂) : 이 글자는 주로 바리나 사발같이 음식을 담는 그릇을 가리키나, 여기서는 내용상 목욕하는 그릇으로 보아야 한다 / 관(盥) : 씻다 / 혁(革) : 고치다 / 복(復) : 회복하다 / 목(沐) : 머리 감다

·❀·

"진실로 어느 날에 새로워졌거든, 나날이 새롭게 하고, 또 나날이 새롭게 하라.(苟日新, 日日新, 又日新.)"
　　　　　　　　　　　　　　　　　　　　　　　　　　　　　　－『대학』

탕湯 임금이 자신의 목욕통에 새겼다는 계명이다. 어제보다는 오늘이 새롭고, 오늘보다는 내일이 새로워야 한다. 원대한 이상을 꿈꾸는 사람들은 끊임없이 새로워지려 노력한다. 새로워지려 노력하는 자기반성은, 자기의 이상을 실현하는 토대가 되기 때문이다.

　우리는 손이 더러워지면 손을 깨끗이 닦고, 머리가 더러워지면 머리를 깨끗이 감는다. 더럽기도 하려니와 무엇보다도 남들에게 창피하기 때문이다. 그러나 내 안에 들어 있는 마음속의 때는 좀처럼 닦아 낼 줄 모른다. 더럽기는 하지만 겉으로 드러나지 않아 창피한 줄 모르는 탓이다. 탕 임금이 이 계명을 목욕통에 새겨 두었던 것은, 그것을 경계하고자 함이다. 몸을 닦고 머리를 감을 때마다, 마음속의 더러운 때까지 깨끗이 닦으려는 것이다. 그랬기 때문에 탕 임금은 어진 정치를 할 수 있었다.

탕 임금을 본받아 기준도 자기의 목욕통 이름을 '일신우日新盂'라 하였다. '일신'이란, 날마다 새롭게 한다는 뜻이다. 그리고 새롭게 한다 함은, 낡은 것을 개혁하는 것(혁구革舊)이요, 본래부터 선한 처음의 본성을 회복하는 것(복초復初)을 이른다.

그렇다면 날마다 새로워지려면 어찌해야 하는가? 강건하고 독실하게 자기를 수양하여 안으로 덕을 쌓아야 한다. 그것이 쌓이고 쌓이면 마침내는 환히 드러날 것이요, 그 상태에서 중단하지 않고 계속 이어가면 그 덕은 나날이 새로워질 것이다.

"강건하고 독실하여 찬란히 빛나 나날이 덕을 새롭게 한다.(剛健, 篤實, 輝光, 日新其德.)"

『주역』 대축괘大畜卦의 단전에 나오는 말이다. 이를 두고 왕필王弼은, "무릇 만물이 싫증나서 물러나는 것은 약하기 때문이요, 영화롭다가 쇠락하는 것은 얕기 때문이다. 저 찬란한 빛이 나날이 그 덕을 새롭게 하는 것은, 강건하고 독실하기 때문이다"(『주역주周易注』) 하였다. 역량이 약하고 식견이 얕은 사람은, 한결같은 마음으로 자기를 수양하지 못한다. 욕망에 빠지고 유혹에 이끌려, 걸핏하면 잘못된 길로 들어서기 때문이다. 그러므로 잘못된 길로 들어서지 않으려면, 강건하고 독실하게 끊임없이 노력해야 한다. 만약 이미 잘못된 길을 들어섰다면, 무엇이 잘못되었는지 철저하게 반성하면서 고치고, 처음의 옳은 길로 돌아가는 데 힘을 써야 한다. 이것이 바로 낡은 것을 개혁하고, 처음의 본성을 회복하는 방법이요, 날마다 새로워지는 비결이다.

33 사발 _ 겸손의 미덕

| 오영발 | 惡盈鉢 |

겸손해야 복을 받고

가득 차면 엎어진다

하늘은 가득 찬 것을 이지러뜨리나니

그 해로움을 생각하여 겸손하면

높으면서도 빛나고

작으면서도 크리라

| 名 | 物 | 記 |

사발은 '오영惡盈'이니, 겸손함을 지켜서 보존하고 있기 때문이다.

謙爲福 滿則覆 天之虧 思之害 尊而光 小而大

오(惡) : 미워하다, 싫어하다 / 영(盈) : 가득 차다 / 발(鉢) : 바리때, 사발 / 복(覆) : 엎
어지다 / 휴(虧) : 이지러지다

· ❀ ·

내려갈 때 보았네
올라갈 때 보지 못한
그 꽃   -고은, 「그 꽃」

올라가야 한다는 생각으로 가득 차 있으니 꽃이 보이지 않았던
게다. 내려오는 길에 마음을 비우고 여유를 가지니, 올라갈 때 보
지 못했던 '그 꽃' 이 그제야 내 눈에 들어온다. 낮추고 비우면 보
이는데 우리는 '그 꽃' 을 보지 못한다. 올라가려고만 하고 채우려
고만 하기 때문이다.

"하늘의 도는 가득 찬 것을 이지러지게 하고 겸손한 것을 더해 주
며, 땅의 도는 가득 찬 것을 변하게 하고 겸손한 데로 흐르며, 귀신
은 가득 찬 것을 해치고 겸손한 것에 복을 주며, 사람의 도는 가득
찬 것을 싫어하고 겸손한 것을 좋아한다. 겸謙은 높으면서 빛나고
낮아도 넘을 수가 없다.(天道虧盈而益謙, 地道變盈而流謙, 鬼神害盈而福
謙. 謙尊而光, 卑而不可踰.)"
                                    -『주역』겸괘謙卦

사발은 일정한 한계가 있어서, 물을 무한정으로 채울 수 없다. 그 한계를 넘는 순간 물은 가차 없이 흘러넘치고 만다. 그러니 사발에 물을 담을 때는 흘러넘치지 않도록 그 양을 알맞게 조절할 줄 알아야 한다. 사람의 경우라고 다를 게 없다. 마음속의 욕망을 절제하지 못하고 무한정으로 채우려고만 한다면 낭패를 당하게 마련이다. 이런 뜻에서 사발의 이름을 오영발惡盈鉢이라 하였다. '오영'이란, 가득 찬 것을 미워한다(싫어한다)는 뜻이다.

무엇이건 가득 찼다 하여 좋아할 일이 못 된다. "가득 차면 덜을 초래하고, 겸손하면 유익함을 받는"(『서경』, 「대우모」) 것은 자연의 섭리이다. 해는 중천에 뜨면 기울고, 달은 가득 차면 이지러지는 법이다.

겸손한 사람은 큰 부와 높은 지위를 가졌다 하여 결코 자만에 빠지지 않는다. 그래서 겸손한 사람은 높은 자리에 있을 때는 더욱 존경을 받고, 낮은 자리에 있어도 사람들이 얕잡아 보지 않는다. 부든 지위든 명예든, 그것을 오래도록 유지할 수 있는 비결은, 오직 겸손함으로 스스로를 낮추고 비우는 것뿐이다.

공자가 노나라 환공의 사당을 둘러보고 있는데, 거기에 기울어진 그릇(의기欹器)이 있었다. 공자가 사당지기에게 물었다.

"이것은 무슨 그릇입니까?"

"유좌지기宥坐之器(자리 곁에 두는 그릇)입니다."

사당지기가 대답하자 공자가 말했다.

"나도 들었습니다. 유좌지기는 속이 비어 있으면 기울어지고, 중간쯤 채워져 있으면 똑바로 서고, 가득 차면 엎어지므로, 밝은 임금이 경계로 삼으려, 늘 앉은자리 곁에 두었다지요."

그리고는 제자들을 둘러보며 말했다.

"시험 삼아 물을 한번 부어 보거라."

제자들이 그릇에 물을 부어 물이 중간쯤 차자 똑바로 서더니, 가득 차자 이내 엎어져 버렸다. 공자는 탄식하며 말했다.

"아아! 대저 어떤 사물이든 가득 차고서도 엎어지지 않는 게 있으랴?"

자로가 앞으로 나서며 물었다.

"감히 여쭙건대, 가득 찬 상태를 유지하는 방법이 있습니까?"

"총명하고 지혜롭더라도 어리석음으로 지키고, 공덕이 천하를 뒤덮어도 겸양함으로 지키고, 용력勇力이 세상을 진동시키더라도 겁약怯弱함으로 지키고, 사해를 가질 만큼 부유해도 겸손함으로 지켜라. 이것이 이른바 '덜어 내고 또 덜어 내는' 도이다."

─『순자』「유좌宥坐」

34 술잔 _ 절제의 의미

| 무량배 | 無量杯 |

어찌 아름다운 여색뿐이랴!

사람을 미치게 하는 약도 있나니

나의 성정性情을 소모시키고

나의 음란함과 사특함을 자라게 한다

네 거동을 어지럽히지 말고

네 행실을 덕으로 이어갈 것이며

중화中和의 덕을 길러 가면

분노와 욕망이 사라지리라

| 名 | 物 | 記 |

술잔은 '무량無量'이니, 덕으로 계승하여 받든다는 뜻이다.

豈惟美色 又有狂藥 耗我情性 長我淫慝 無亂乃儀 將
之以德 養其中和 消其忿慾

■|六|十|銘|■

무(無) : 없다 / 량(量) : 양 / 무량(無量) : 양을 제한하지 않다. 『논어』 「향당」에, "(공자께서) 오직 술만은 양을 제한하지 않았지만, 몸과 마음이 어지러운 지경에는 이르지 않았다(唯酒無量, 不及亂)"하였다 / 배(杯) : 술잔 / 모(耗) : 줄다, 소모하다 / 특(慝) : 사특하다 / 장지이덕(將之以德) : 『서경』 「주고酒誥」에, "술은 늘 마시지 말고, 여러 나라가 술을 마시되 오직 제사 때만 마실 것이며, 마시더라도 덕으로 이어가 취하는 지경에 이르지는 말라(無彝酒, 越庶國飮, 惟祀, 德將無醉)" 하였는데, 여기서 '將'의 의미를 다산 정약용은 '봉승承奉(계승하여 받듦)'으로 풀이하였다. '將之以德'은 『서경』의 '德將'을 풀이한 것으로, '덕으로 계승하여 받든다'는 의미이다

　술은 사람과 희로애락을 함께한 오랜 벗이다. 기쁠 때는 술 한잔으로 기쁨을 만끽하고, 화가 치밀 때는 술 한잔으로 화를 삭이고, 슬플 때는 술 한잔으로 슬픔을 달래고, 즐거울 때는 술 한잔으로 즐거움을 함께 나눈다.

　게다가 무주불성례無酒不成禮, 즉 술이 없으면 예를 차릴 수 없다는 말이 있을 정도로, 술은 모든 의식의 기본으로 자리를 잡았다. 제사나 잔치 때는 반드시 술이 있어야 하고, 친척이나 친구 사이에 정담을 나누는 즐거운 모임에도 술은 빠지지 않는다.

　어디 그뿐이랴! "술은 백약百藥의 으뜸"(『한서』 「식화지」)이라고도 한다. 술이 병을 다스리고 건강을 유지하는 최고의 약이 된다는 말이다.

　그래서인지 음식을 매우 까다롭게 가려서 먹었던 공자였지만,

'술만은 양을 제한하지 않았다(唯酒無量)'고 한다. 그러나 여기에는 한 가지 전제조건이 있었다. '몸과 마음이 어지러운 지경에는 이르지 않아야 한다(不及亂)'는….(『논어』「향당」) 그런 의미에서 술잔의 이름을 무량배無量杯라 하였다.

술은 순기능도 많지만 역기능 또한 만만치 않다. 자기가 감당할 수 없을 만큼 만취한 상태에서는, 해서는 안 될 말을 거침없이 내뱉기도 하고, 심지어 치고 박는 싸움이 일어나기도 한다. 평소 그렇게도 온순하던 사람이 술만 마시면 투사로 돌변하는 경우도 심심치 않게 볼 수 있다. 더구나 지나친 음주는 건강을 해치는 근원이 되기도 한다.

"술에는 성공과 실패가 달려 있으니, 함부로 마시면 안 된다."

－『명심보감』「성심편」

술은 두 얼굴을 가지고 있다. 적당히 마시면 일을 성사시키는 효과적인 수단이 될 수도 있지만, 지나치게 마시다 보면 도리어 일을 그르치기 십상이다. 술자리를 통해 서로의 관계가 더욱 돈독해지도 하지만, 술자리를 통해 서로의 관계가 더욱 악화되기도 한다는 것을 우리는 경험으로 알고 있다.

그래서 술을 만든 초기부터 술을 경계하는 말이 생겨났다. 문헌으로 보면 술은 중국 하나라 우禹 임금 때 의적儀狄이란 사람이 처음 만들었다 한다. 우 임금은 그 술을 한번 맛보고는 너무나 맛이 좋아, "훗날 반드시 술 때문에 나라를 망치는 자가 있을 것이다" 하며 의적을 멀리하였다 한다.(『전국책』「위책」)

『서경』에도 술을 경계하는 주나라 문왕의 말이 실려 있다.

"술은 늘 마시지 말고, 여러 나라가 술을 마시되 오직 제사 때만
마실 것이며, 마시더라도 덕으로 이어가 취하는 지경에 이르지는
말라."
— 『서경』 「주고」

필요에 의해 술을 꼭 마셔야 할 때는 마시되, 취하여 자제력을
잃는 지경에는 이르지 말라는 경계이다.

그러면 술을 마시되, 취하여 자제력을 잃지 않으려면 어찌해야
하는가? 기준은 그 해답을 '중화中和'에서 찾았다. 중화란, 감정이
어느 한쪽으로 치우치지 않고, 올바른 성정을 유지하고 있는 상태
를 말한다.

"기쁨 · 노여움 · 슬픔 · 즐거움의 감정이, 아직 발현되지 않은 것
을 '중中'이라 하고, 발현되어 모두 다 절도에 맞는 것을 '화和'라
한다."
— 『중용』

술은 사람의 기분을 좋게 만들기도 하고, 분노와 욕망을 삭여 주
기도 한다. 그러나 무한정으로 마시다 보면 도리어 기분이 상해지
고, 분노와 욕망도 다시 꿈틀거리게 마련이다. '중화'의 덕을 기른
사람은 결코 이런 지경에 빠지는 법이 없다. 술을 마셔 좋아진 기
분을 끝까지 유지함으로써, 몸과 마음이 어지러워지지 않도록 한
다. 기분이 좋아진 그 상태가 곧 술을 절제해야 하는 순간임을 알
기 때문이다.

술잔의 이름을 '무량'이라 했다 하여, 한도 끝도 없이 술을 마시

겠다는 뜻이 아니다. 여기에는 지나침도 모자람도 없는 '중화' 의 덕을 기름으로써, 몸과 마음이 어지러운 지경에 이르지 않아야 한다는 '불급란' 이 전제되어 있음을 알아야 한다. 누구나 이 '불급란' 을 염두에 두고 술을 마신다면, 미리부터 양을 제한하지 않더라도 술로 인한 뒤탈이 없게 될 것이다.

35

숟가락 _ **식사 예절**

| 소양비 | 小養匕 |

예禮는 정성을 곡진하게 하는 것인지라

숟가락이 만들어지지 않았던 옛적에도

밥 먹을 때 손 비비는 건 공경이 아니었으며

밥을 뭉쳐 먹는 것도 비난을 받았다

마음이 다른 데 있으면 먹어도 맛을 모른다는

밝은 가르침에 나는 부끄러워하나니

입과 배만 기르는 것은

군자가 삼가는 바이다

| 名 | 物 | 記 |

숟가락은 '소양小養'이니, 입과 몸을 기르기 때문이다.

禮盡其曲 制無遺器 澤手非恭 搏飯亦刺 食不知味 我
愧昭訓 惟茲口腹 君子所愼

소(小) : 작다 / 양(養) : 기르다 / 소양(小養) : 작은 것을 기르다 / 비(匕) : 숟가락 / 택
(澤) : 비비다 / 단(搏) : 뭉치다 / 자(刺) : 비난하다 / 택수(澤手) · 단반(搏飯) : 『예기』
「곡례 상」에, "다른 사람과 함께 음식을 먹을 때는 배부르게 먹지 않으며, 다른 사람
과 함께 같은 그릇의 밥을 먹을 때는 손을 비비지 말아야 한다. 밥을 뭉쳐서 먹지 말
며, 입을 크게 벌리고 먹지 말며, 줄줄 흘리면서 마시지 말아야 한다(共食不飽, 共飯不
澤手. 毋搏飯, 毋放飯, 毋流歠)" 하였다

"몸에는 귀천이 있으며 대소가 있다. 작은 것을 가지고 큰 것을
해치지 말며, 천한 것을 가지고 귀한 것을 해치지 말라. 작은 것을
기르는 자는 소인이 되고, 큰 것을 기르는 자는 대인이 된다.(體有貴
賤, 有小大, 無以小害大, 無以賤害貴, 養其小者, 爲小人, 養其大者, 爲大
人.)"

— 『맹자』「고자 상」

이 구절에 대해 주희는, "천하고 작은 것은 구복口腹(입과 배)을 가
리키고, 귀하고 큰 것은 심지心志(마음과 뜻)를 가리킨다" 하였다. 따
라서 '소양'이란, 입이나 배 같은 육체적 욕구를 충족시켜 주는 것
을 의미한다. 숟가락은 음식을 떠먹는 도구이니, 이것은 곧 입과
배의 욕구를 충족시켜 주는 것이다. 그래서 그 이름을 소양비小養
匕라 하였다.

숟가락이 없었던 고대에는, 밥을 손으로 먹었으며, 그릇도 여럿

이 함께 사용하였다. 제 혼자 먹을 때라면 제 입으로 들어가는 것이니 무슨 짓을 하건 문제 될 게 없겠으나, 다른 사람과 함께 먹을 때라면 조심하지 않으면 안 된다. 혹시라도 손을 비비다가 땀이나 때가 밥에 떨어지기라도 하면, 다른 사람에게 불쾌감을 주기 때문이다. 그러니 밥 먹을 때 손을 비비는 행위는, 공경스런 태도가 아닌 것이다.

다른 사람과 함께 음식을 먹을 때는, 제 혼자만 배불리 먹으려 해서도 안 된다. 그게 다른 사람을 배려하는 도리이다. 그런데 밥을 뭉쳐서 먹게 되면, 덩어리를 크게 만들 수 있어 쉽게 많은 양을 차지하게 된다. 이것은 곧 제 혼자 배불리 먹으려는 욕심이 발동한 것이다. 그래서 밥을 뭉쳐서 먹는 것은, 마땅히 비난받을 일이라 한 것이다.

또한 밥을 먹을 때 이런저런 생각으로 가득 차 마음이 흩어져 있으면, 먹어도 그 맛을 느끼지 못하는 법이다.

"마음에 분하고 성내는 게 있으면 그 바름을 얻지 못하며, 두려워하는 게 있으면 그 바름을 얻지 못하며, 좋아하고 즐기는 게 있으면 그 바름을 얻지 못하며, 근심하고 걱정하는 게 있으면 그 바름을 얻지 못한다. 마음이 다른 데 있으면 보아도 보이지 않고, 들어도 들리지 않으며, 먹어도 그 맛을 모른다(食而不知其味). 이것을 일러, '수신이 그 마음을 바르게 하는 데 있다' 하는 것이다." —『대학』

마음이 성내거나 두려워하거나 근심하거나 좋아하는 생각으로 가득 차 있으면, 이는 중도를 잃은 것이니 마음이 그 바름을 얻지 못한 상태이다. 성내거나 두려워하거나 근심하거나 좋아하는 것은, 욕망과 감정에 이끌리는 것이기 때문이다. '수신'이 부족하고 '소양'에 힘쓰는 소인이 그렇게 한다. 소인은 등 따습고 배부르면 그만이니, 마음을 바르게 하는 데는 전혀 관심을 두지 않는다. 그래서 소인은 욕망과 감정에 이끌려 마음의 바른 상태를 얻지 못하는 게다.

대인과 군자라면 그렇게 하지 않는다. 군자는 입과 배와 눈과 귀 따위의 육체적 욕구를 충족시키는, '소양'에 힘쓰지 않는다. 비록 생명을 이어 가기 위해 숟가락을 사용하긴 하지만, 그러면서도 육체적 욕구와 감정을 절제하고 마음을 바르게 하는, '대양大養'의 정신을 결코 잃는 법이 없다.

36

젓가락 _ 둘이 하나 되는 비결
| 손일저 | 損一箸 |

셋이면 의심이 생겨나니

하나를 덜어 낼 것이요

홀로 있을 때는 벗을 얻어

짝을 이루어야 하리라

만물이 만약 홀로 존재한다면

생성의 이치가 끊어지게 되리니

천지가 교제하여야 온갖 변화가 생겨나고

남녀가 교합하여야 온갖 일들이 일어난다

도를 아는 사람이 아니라면

그것을 누가 능히 알리오!

| 名 | 物 | 記 |

젓가락은 '손일損一' 이니, 둘이 서로 대응하기 때문이다.

三則疑 損其一 得其友 成配匹 物若孤 生理絕 天地交
萬化出 男女合 萬事作 非知道 誰能識

손(損) : 덜다 / 일(一) : 하나 / 손일(損一) : 『주역』 손괘損卦에, "세 사람이 동행할 때
는, 한 사람을 덜어 내라(三人行, 則損一人)" 하였다 / 저(箸) : 젓가락 / 삼즉의(三則
疑) : 『주역』 손괘에, "한 사람이 간다는 것은, 셋이면 의심하기 때문이다(一人行, 三則
疑也)" 하였다 / 득기우(得其友) : 『주역』 손괘에, "한 사람이 갈 때는, 벗을 얻는다(一
人行, 則得其友)" 하였다

"♬무엇이 무엇이 똑같은가, 젓가락 두 짝이 똑같아요."

ᅳ「똑같아요」

어린 시절 무심코 불렀던 동요이지만, 그 가사에는 깊은 의미가
담겨 있다. 젓가락은 한 짝만 가지고는 음식을 집어 먹는 데 여간
불편한 게 아니다. 세 짝을 손에 쥐고 음식을 집는다 해도 그 불편
함은 만만치 않다. 젓가락은 두 짝이어야만 온전하게 제 구실을 할
수 있다. 한 짝일 때는 한 짝을 보태고, 세 짝일 때는 한 짝을 덜어
내어!

그래서 젓가락의 이름을 손일저損一箸라고 하였다. '손일'이란,
하나를 덜어 낸다는 뜻으로, 『주역』 손괘損卦에서 의미를 취한 것
이다.

"세 사람이 동행할 때는 한 사람을 덜어 내고, 한 사람이 갈 때는

160

벗을 얻는다.(三人行, 則損一人, 一人行, 則得其友.)"

세 사람이 함께 갈 때는, 의심과 질투가 생겨나기 십상이다. 남녀 사이의 삼각 관계를 생각해 보면 이해가 쉽겠다. 한 남자와 두 여자, 또는 한 여자와 두 남자가, 서로 애정 관계로 얽혀 있다면, 여기에는 꼭 의심과 질투가 뒤따른다. 이럴 때는 한 사람을 버려야 한다. 그래야 나머지 둘 사이의 관계가 원만해지고 안정되며, 그 둘이 결합하여 온전한 하나가 된다.

둘이 결합하여 온전한 하나가 되는 사례는, 태극太極의 원리에서도 찾아 볼 수 있다. 태극기의 태극 문양을 보면, 그것은 둘이면서 하나다. 위쪽의 붉은색은 양이요, 아래쪽의 파란색은 음이다. 그것은 음과 양의 조화를 상징하며, 동양 사상에서는 이 음과 양이라는 상반되는 기운의 상호작용으로, 우주의 만물이 생성하고 발전한다고 설명한다. 이에 대해 『주역』 「계사전」에서는 이렇게 덧붙이고 있다.

"하늘과 땅의 기운이 서로 얽혀 만물이 화순化醇하며, 남자와 여자의 정기가 서로 결합하여 만물이 화생化生한다. 『주역』에 '세 사람이 동행할 때는 한 사람을 덜어 내고, 한 사람이 갈 때는 벗을 얻는다' 하였으니, 이것은 하나로 합치되는 것을 말한다."

하늘은 양이고 땅은 음이며, 남자는 양이고 여자는 음이다. 음과 양 둘이 합일되어 만물이 생성하고 발전하는 것이니, 셋일 때는 하나를 덜어 둘이 되어야 하고, 혼자일 때는 하나를 더 보태 둘이 되어야 한다. 태극처럼, 젓가락처럼!

『주역』「계사전」에서는 또, "한 번 음이 되고, 한 번 양이 되는 것을, '도'라고 이른다" 하였다. 우주의 모든 변화는, 음과 양이라는 이질적인 기운의 순환적 상호작용에 의한 모순과 대립으로 일어난다는 말이다. 이 글에서 '도를 안다' 함은, 곧 음과 양이 상호 작용하는 법칙과 원리를 안다는 뜻이다.

젓가락은, 두 짝이 어울려야 온전한 한 벌을 이룬다. 그것은 음과 양이, 하나의 태극으로 합치되는 원리와 꼭 닮았다. 둘이 하나 되어 서로 도우며 함께해야 한다는 상생의 원리를 젓가락은 우리에게 일러 주고 있다.

37

서안 _ 선비의 분신
| 오덕안 | 五德案 |

도를 높이 받드니, 인仁이요

곤궁함을 도와주니, 의義요

마음을 기르는 가르침을 펼쳐 놓으니, 예禮요

움직임을 그치니, 지智요

처한 바에 편안하니, 신信이다

아아!

한 도구가 다섯 덕을 갖추었건만

나는 사람이로되 너만 못하구나

그렇다면 어찌해야 하나?

오직 배울 뿐일진저!

| 名 | 物 | 記 |

서안은 '오덕五德'이니, 다섯 가지 덕을 겸비하였기 때문이다.

尊其道 仁也 扶其困 義也 陳其養 禮也 止其行 智也
安其所 信也 嗟乎 一器而五德具 予乃人而不汝若乎
然則奈何 惟學乎

■│六│十│銘│

오(五) : 다섯 / 덕(德) : 덕 / 오덕(五德) : 오상五常. 사람이 항상 지켜야 할 다섯 가지
도리인, 인仁·의義·예禮·지智·신信들을 가리킨다 / 안(案) : 서안, 책상 / 곤(困) : 괴
롭다, 곤궁하다 / 진(陳) : 벌이다, 펼쳐 놓다

서안書案은 책을 읽거나 글씨를 쓸 때 사용하는 책상으로, 옛 선
비들의 삶에서 떼려야 뗄 수 없는 분신과도 같은 존재였다. 책을
읽는 것은 선비에게 삶 그 자체였기 때문이다. 그래서 '선비' 하
면, 서안 앞에 단정하고 꼿꼿하게 앉아 책을 읽는 모습이 가장 먼
저 떠오르곤 한다.

현재 전해지는 선비들의 서안을 보면, 대개 화려한 장식 없이 소
박하고 담백하게 만들어져 있다. 좌식坐式 생활에 맞춰 높이도 낮
고, 크기도 아담하여 책 한 권 겨우 펼칠 만하다. 화려한 모양에 한
눈팔지 않고 일체의 잡념 없이 독서에 몰두하기 위함이요, 절제를
추구하는 선비의 맑은 마음이 고스란히 배어 있는 것이다.

그런 서안의 이름을 오덕안五德案이라 하였다. '오덕'이란, '오
상五常'이라고도 하며, 사람이 항상 지켜야 할 다섯 가지 도리인,
인仁·의義·예禮·지智·신信을 가리킨다.

서안은 책을 떠받드는(높이는) 도구이다. 책 속에는 성현의 도道가

담겨 있으니, 책을 떠받드는 것은 곧 도를 떠받드는 것이다. 도에 관해 맹자는, "인仁이란 사람(人)이니, 이 둘을 합하여 말하면 도道이다"(『맹자』「진심 하」) 하였다. 인이란 사람이 사람으로 존재하게 하는 존재 근거이며, 인과 사람이 하나로 결합한 상태가 곧 도라는 뜻이다. 그렇다면 도를 높이는 것은, 인을 높이는 것이자 사람을 높이는 게 된다. 서안이 그 위에 책을 올려 두는 것은, 도가 담긴 책을 높이 받드는 것을 상징하니, 그것은 '인'이 된다.

서안 위의 책은, 나의 무지함을 일깨워 깨달음에 이르게 한다. 공자는 사람의 자질에 따라 깨달음에 이르는 데는 세 단계가 있다고 설명하였다. 태어나면서부터 진리를 깨달아 아는 생이지지生而知之, 배워서 아는 학이지지學而知之, 곤궁하고 어려운 상황에 직면했을 때 배우는 곤이학지困而學之(『논어』「계씨」). 이 세 단계는 비록 타고난 자질에 따른 구분이기는 하지만, 깨달음에 이른다는 궁극적인 귀결처는 동일하다. 그런데 곤궁하고 어려운 상황에 직면해도 배우지 않는 사람이 있으니, 공자는 그런 사람을 하등의 인간이라 규정하였다.

서안은 곤궁하고 어려운 상황에 처할지라도 배움을 실천함으로써 하등에 떨어지지 않도록 도움을 주는 도구이다. 그것을 '의義'라 했다. '의'란 이치에 마땅한 것을 뜻하니, 이치에 마땅하지 못한 것을 보완해 주고 돕는 것도 '의'가 된다. 이를테면, 약자를 위해 강자가 돕는 것은 의협義俠이요, 빠진 이를 보완하는 것은 의치義齒이며, 다치거나 없어진 손과 다리를 보완하는 것은 의수義手와 의족義足이다. 책을 읽는다는 것은 무지하여 곤궁에 빠지는 것을 벗어나게 하는 것이요, 서안은 책을 읽어 부족한 배움을 얻도록 도움을 주는 도구이다. 그래서 '의'이다.

서안 위의 책은, 내 마음을 길러 주는 양식이다. 책 속에는 내면의 마음을 길러 주는 성현의 가르침이 담겨 있으며, 그 책은 서안 위에 펼쳐져 있다. 그것을 '예禮'라 하였다. '예'란 외면의 행동을 단속하는 데 그치지 않고, 외면의 행동을 단속함으로써 내면의 마음을 기르는 데, 궁극적인 목적이 있기 때문이다.

"안연이 '자기의 사욕을 극복하여 예를 회복하는 극기복례克己復禮'의 조목을 묻자, 공자가 '예가 아니면 보지 말고, 예가 아니면 듣지 말고, 예가 아니면 말하지 말고, 예가 아니면 움직이지 말라' 하였다. 이 네 가지는 몸의 작용인데, 내면의 마음에서 말미암아 외면의 행동으로 반응하는 것이니, (보지 말고 듣지 말고 말하지 말고 움직이지 말라고) 외면의 행동을 제어하는 것은, 내면의 마음을 기르기 위해서이다(制於外, 所以養其中)."
　　　　　　　　　　　　　　　　　－정이程頤,「사물잠四勿箴」서문

서안은 그 자리에 멈추어, 다른 곳으로 옮겨가지 않는다. 지극한 선善에 이르러 그곳에서 그치는 지어지선止于至善이며(「중용」), 험난한 상황에 직면했을 때 일단 멈추고 보는 지혜이다.

"건은 어려움이니, 험난함이 앞에 있는 것이다. 험난함을 보고 멈추니, 지혜롭다."
　　　　　　　　　　　　　　　　　　　　　－「주역」건괘蹇卦

곤경에 처했을 때는, 무턱대고 앞으로 나갈 일이 아니다. 일단 멈추어서, 그 곤경의 원인부터 찾아야 한다. 그것이 상책이요, 지혜이다. 서안은 바로 그런 '지혜'를 갖고 있다. 그래서 '지智'이다.

서안은 어떠한 상황에서도 동요하는 법이 없다. 그 자리가 안정되어 있기 때문이다. 그런데 동요하지 않고 자기가 사는 곳에 안정되려면, 무엇보다 믿음이 있어야 한다. 집안에서는 도둑이 들어오지 않는다는 믿음, 직장에서는 내 자리를 잃지 않는다는 믿음, 대인 관계에서는 상대가 나를 해치지 않는다는 믿음이 있어야 한다. 그래야만 안정적인 삶을 누릴 수 있다. 아기가 엄마 품속에서 가장 편안한 것도, 엄마에 대한 믿음이 그만큼 깊기 때문이다. 그 자리에 안정되어 있는 서안은 바로 그 믿음을 상징한다. 그래서 '신信'이다.

서안은 이 다섯 가지 덕을 고루 갖추고 있다. 그런데 나는 어떠한가? 아직 부족하다. 그러면 어찌해야 하나? 배움뿐이다. 옛사람들이 말하는 배움(학문)이란, 단순한 지식의 습득을 이르는 게 아니다. 성실한 마음으로 진리를 연구하여 그것을 몸소 실천하는 것이, 진정한 배움이다.

38

궤안 _ 동병상련의 대상

| 삼징궤 | 三懲几 |

그 다리가 부러진 게

첫 번째 징계할 일이요

그 모서리가 손상된 게

두 번째 징계할 일이요

그 변辨을 깎아 버린 게

세 번째 징계할 일이다

궤안이여! 궤안이여!

지금 비록 징계하더라도

어느 누가 너를 연민하랴!

| 名 | 物 | 記 |

궤안은 '삼징三懲' 이니, 세 가지를 징계해야(고쳐야) 하기 때문이다.

折其足 一可懲 傷其隅 二可懲 剝其辨 三可懲 几哉几
哉 今雖懲矣 人誰汝矜

삼(三) : 셋 / 징(懲) : 징계하다 / 궤(几) : 궤안, 의자 / 절(折) : 부러지다 / 우(隅) : 모퉁
이, 모서리 / 박(剝) : 깎다 / 변(辨) : 평상의 받침목 / 긍(矜) : 불쌍히 여기다

　궤안几案(의자)의 이름은 삼징궤三懲几라 하였다. '삼징' 이란 잘못
된 세 가지를 징계한다는 뜻이니, 그 궤안이 세 군데 고장 나 있었
기 때문이다.

　첫 번째, 다리가 부러졌다. 다리가 부러진 궤안에 사람이 앉으
면, 이내 기우뚱하고 쓰러지고 만다. 그것은 자기가 맡은 임무를
제대로 감당하지 못하는 것을 비유한다. 『주역』에서는 그것을 세
발솥의 비유로 설명하였다.

　　"세발솥의 발이 부러져, 삼공三公에게 바칠 음식을 엎었다.(鼎折
　足, 覆公餗.)"

　　　　　　　　　　　　　　　　　　　-『주역』 정괘鼎卦

　세발솥은 한쪽 다리가 부러지면 솥이 뒤집혀, 그 속에 담긴 음식
마저 엎어 버린다. 그것은 제 기능을 다하지 못하는 것이므로 고쳐
야만 한다. 궤안도 마찬가지다. 한쪽 다리가 부러진 궤안에는 사람
이 앉을 수 없으므로, 사람이 앉을 수 있도록 고쳐야 한다. 사람 역
시 자기가 맡은 임무를 감당할 능력이 부족하다면, 부지런히 노력

하여 그 임무를 감당할 수 있는 역량을 길러야 한다.

　두 번째, 모서리가 손상되었다. 모서리를 뜻하는 한자로는 '염廉'과 '우隅'가 있다. '염'은 '변邊'을 가리키고, '우'는 '각角'을 가리키는데, 변과 각이 결합하여 삼각형·사각형·오각형 같은 다각형을 이룬다. 이 가운데 모양이 네모지고 반듯한 사각형의 형상은, 우리말 '방정方正하다'에서 알 수 있듯, 바른 언행과 품성의 비유로 쓰이곤 한다. '방정'이란 원래 네모지고 반듯하다는 뜻이다. '염우廉隅'라는 말도 '행실과 품성이 반듯하다'는 뜻으로 쓰인다. 그렇다면 궤안의 모서리가 손상된 것은, 행실과 품성이 반듯하지 못한 것을 비유한다. 그러므로 그것은 징계해야 마땅하다.

　세 번째, 변辨이 깎여져 있다. '변'은 궤안의 받침목으로, 궤안의 몸통 아랫부분과 다리의 윗부분에 해당하며, 몸통과 다리가 구분되는 곳을 가리킨다. 『주역』에서는 평상의 비유를 들어, 변을 깎는게 정도正道를 없애는 것이라 하였다.

　　"평상의 변을 깎으니, 정도를 없애므로, 흉하다.(剝牀以辨, 蔑貞, 凶.)"
　　　　　　　　　　　　　　　　　　　　－『주역』 박괘剝卦 육이六二

　박괘의 초육初六에서는 '평상의 다리를 깎는다' 했는데, 육이에서는 더 진전되어 '평상의 변을 깎는다' 했다. 이것은 소인이 득세하여 군자가 점차 밀려나는 상황을 비유하는 것이다. 이런 때 군자는 세상에 나아가 활동하는 게 이롭지 않다고 『주역』은 일러 주고 있다. 기준이 처한 현실이 그러했다. 기묘사화로 사림들이 대대적으로 숙청당하고, 반정공신들이 다시 득세한 상황이었다. 이런 때는 섣불리 나서지 말고, 스스로를 징계하여 제 몸을 바르게 가다듬는 데 힘써야 할 시기이다.

그러나 무덤 같은 집에서 죽을 날만 기다려야 하는 지금, 그의 삶이 어찌 살아 있는 것이랴! 이제는 징계해도 때가 너무 늦어 버렸다. 다리는 부러지고, 모서리는 손상되었으며, 급기야 변까지 깎여 버린 궤안처럼! 그저 나무토막 몇 개가 흉물스럽게 쌓여 있는 그런 궤안을, 뒤늦게 고쳐 본들 어느 누가 가엾게 여기겠는가! 처지가 비슷한 그 자신만이 동병상련을 느낄 뿐.

39

잣 _ 어버이의 은혜

| 대모관 | 戴慕冠 |

높은 데에 임하였으니

공경함이 극진해야 하는 것이요

덮어 감싸는 게 간절하니

사모함의 본보기로 삼아야 하리라

군자는 그것을 보고서

하늘이 위로 높이 임했음을 알고

어버이의 보살핌이 간절함을 안다

공경하지 않으면 천리天理를 거스르고

사모하지 않으면 효성孝誠이 쇠퇴하리니

본성을 온전히 하여 천명에 이르러야만

부모를 욕되지 않게 하리라

아아! 애닯도다

| 名 | 物 | 記 |

갓은 '대모戴慕'이니, 모髦의 먼지를 떨어냄을 생각한다는 뜻이다.

尊而臨 敬之極 庇而切 思之則 君子以 知天之臨 知親
之切 不敬則悖 不思則衰 盡性而至命 其無忝乎 嗚呼
悕矣

대(戴) : 머리에 이다, 받들다 / 모(慕) : 사모하다 / 대모(戴慕) : 받들어 사모하다 / 관
(冠) : 관, 갓 / 비(庇) : 덮어 감싸다 / 사지칙(思之則) : 『시경』 「하무下武」에, "길이 효
도하고 사모하는지라, 효도하고 사모하는 것이 본보기가 된다(永言孝思, 孝思維則)"
하였다 / 친(親) : 어버이 / 패(悖) : 어그러지다 / 진성이지명(盡性而至命) : 『주역』 「설
괘전」에 "이치를 연구하고 본성을 온전히 발휘하여, 천명에 이른다(窮理盡性, 以至於
命)"하였으며, 『근사록』 「가도家道」에 "본성을 온전히 발휘하여 천명에 이르는 것이,
반드시 효도하고 공경하는 데 근본을 두고 있다(盡性至命, 必本於孝弟)"하였다 / 첨
(忝) : 더럽히다, 욕되게 하다 / 무첨(無忝) : 욕되게 하지 말라. 여기서는 부모에게 욕
을 끼치는 일이 없도록 하라는 말. 『시경』 「소완小宛」에, "일찍 일어나고 늦게 잠들어
서, 너를 낳아 주신 부모를 욕되게 하지 말라(夙興夜寐, 無忝爾所生)"하였다 / 희
(悕) : 슬프다

"아버지는 내 몸을 낳으시고, 어머니는 내 몸을 기르셨다. 배로써
나를 품어 주시고, 젖으로 나를 먹여 주셨다. 밥으로 나를 배부르게
하시고, 옷으로 나를 따뜻하게 하신다. 은혜는 높기가 하늘과 같고,
덕은 두텁기가 땅과 같다. 사람의 자식이 된 자가, 어찌 효도하지
않을 수 있으랴?"

『사자소학』은 이렇게 시작한다. 우리는 세상에 태어나기 전부터
어머니의 뱃속에서 극진한 보살핌을 받는다. 뱃속에 있는 열 달에
가까운 기간 동안 어머니는 언제나 몸가짐 마음가짐을 조심하고,

말이나 생각도 가려서 한다. 몸과 마음이 건강한 아이가 태어나길 바라면서! 그리고 세상에 태어나서도 바깥을 출입할 때 우리를 늘 품에 안고 다니고, 아직 밥을 먹지 못하는 기간 동안 젖으로써 우리를 먹이며, 그것은 우리의 몸속에서 피와 살이 된다.

갓난아이가 좀더 자라 품에서 벗어날 때쯤엔 정성이 듬뿍 담긴 밥으로 배고프지 않게 하고, 따뜻한 옷을 입혀 주어 추위를 면하게 한다. 비록 스스로는 덜 먹고 덜 입을망정 자식들에겐 조금이라도 더 나은 먹을거리 더 나은 입을거리를 주려고 노력한다. 그것은 이 세상 모든 어버이의 공통된 마음일 터이다.

그러니 그 은혜는 하늘만큼 높고 땅만큼 두터운 게다. 요즘 어버이날 부르는 노래에도, "높고 높은 하늘이라 말들 하지만 … 푸른 하늘 그보다도 높은 것 같아", "넓고 넓은 바다라고 말들 하지만 … 푸른 바다 그보다도 넓은 것 같아" 한다.

고대에는 어버이의 은혜를 잊지 않기 위해 아침마다 일어나면 '모髦'에 묻은 먼지를 떨었다고 한다(『예기』「내칙」). '모'란 아기의 배냇머리를 잘라 만든 것으로, 자식이 부모의 은혜를 잊지 않는다는 뜻을 상징하는 머리 장식을 가리키며, 『소학』「명륜」편에는 이렇게 주석을 달고 있다.

"자식이 태어나 석 달이 되면, 그 아이의 배냇머리를 잘라 뿔상투를 만들어 머리에 채우는데, 남자는 왼쪽에 차고 여자는 오른쪽에 차다가 관례冠禮를 하고 비녀를 꽂게 되면 채색으로 장식하여 갓 위에 둔다. 이것은 부모가 낳아 주고 길러 준 은혜를 잊지 않는다는 의미이며, 부모가 돌아가시면 제거한다."

갓 위에 '모'를 얹어 두고 아침마다 '모'에 묻은 먼지를 떠는 것은, 어버이에게 물려받은 신체를 소중히 하는 것이요, 어버이의 은혜를 늘 잊지 않고 오래도록 효도하고 사모하기 위함이다. 그래서 갓(冠)의 이름을 '대모관戴慕冠'이라 하였으니, '대모'란 공경히 받들고 간절히 사모한다는 뜻이다.

갓은 사람의 머리 위에 있으며, 사람은 그 갓을 매개로 하늘과 만난다. 그리고 하늘은 세상 가장 높은 곳에 있으니 절대 공경의 대상이요, 어버이의 은혜가 하늘같다 하였으니 어버이 역시 절대 공경의 대상인 것이다.

또한 갓은 사람의 머리를 덮어서 감싸고 보호한다. 물론 사람의 몸에서 어느 것 하나 소중하지 않은 게 없겠으나, 그 중에서도 가장 소중한 것은 머리이다. 바로 그 머리를 갓이 감싸서 보호하고 있으니, 그것은 어버이가 자식을 소중하고 간절하게 보살피는 것을 상징한다.

옛 선비들은 갓을 늘 쓰고 다녔으며, 그 갓의 이름을 '대모관'이라 하였으니, 그것은 어버이를 공경하고 사모해야 한다는 가르침을 언제 어디서고 잊지 않기 위함이다.

40

허리띠 _ 긴장과 해이

| 해혹대 | 解惑帶 |

풀어진 것을 능히 여미나니

몸가짐이 이로써 단속되고

맺힌 것은 반드시 풀리나니

마음이 어찌 막히리오!

절박하게 하면 구속되고

순리대로 하면 저절로 통하는 법

생각을 느긋하게 하고

마음을 안정시켜

내버려두지도 말고 미리 기대하지도 말되

전일하게 하고 공경을 다할지어다

| 名 | 物 | 記 |

허리띠는 '해혹解惑'이니, 묶인 것을 풀 수 있기 때문이다.

披能斂 形乃束 結必解 心何塞 迫之即拘 順之自通 緩
其思 定厥中 勿舍勿正 克專克敬

해(解) : 풀다 / 혹(惑) : 미혹하다, 의심하다 / 대(帶) : 띠 / 피(披) : 풀다 / 렴(斂) : 거두
다, 여미다 / 형(形) : 몸, 차림새 / 색(塞) : 막다 / 박(迫) : 절박하다 / 물사(勿舍) : 무익
하다 하여 내버려두지 말라는 뜻 / 물정(勿正) : '正'은 '결과를 미리 기대한다'는 뜻
이며, '勿正'은 결과를 앞당기려 기약하지 말라는 뜻

· ✿ ·

흐트러진 옷자락을 단정히 여미기 위해 우리는 허리띠를 사용한
다. 그러나 너무 단단하게 조이면 몸이 힘들어 괴롭고, 너무 느슨
하게 풀면 옷매무새가 쉽게 흐트러진다. 옷매무새도 흐트러지지
않고 몸도 힘들지 않으려면, 조이거나 푸는 것을 알맞은 정도로 조
절해야 한다. 지나치게 느슨한 것은 단단하게, 지나치게 단단한 것
은 느슨하게!

사람의 마음도, 너무 느슨해져 '해이' 하면 방만해지고, 너무 팽
팽해져 '긴장' 하면 안절부절 편안치 못하게 된다. 허리띠로 흐트
러진 옷자락을 여미듯, 느슨하게 풀어진 마음을 단속하기 위해 어
느 정도의 긴장은 필요하다. 그러나 그것이 지나쳐서는 괴롭고 조
급해지기만 할 뿐이다.

'긴장緊張'의 '張' 과 '해이解弛'의 '弛' 에는 공통적으로 '弓(활
궁)' 자가 들어 있다. 이 두 글자의 어원을 살펴보면, '張' 은 '활에
시위를 건다' 는 뜻이요, '弛' 는 '활의 시위를 푼다' 는 뜻이다(『설문

해자,). 그래서 시위를 걸어 놓은 활을 장궁張弓(얹은활)이라 하며, 시위를 벗긴 활을 이궁弛弓(부린활)이라 한다. 활은 시위를 걸어 놓은 장궁의 상태로 보관하지 않고, 시위를 풀어 놓은 이궁의 상태로 보관한다. 팽팽한 상태가 오래도록 지속되면 탄력이 떨어져 활의 수명이 단축되기 때문이다. 바이올린이나 기타 같은 현악기를 장기간 보관할 때 느슨하게 줄을 풀어 두는 것도 그와 같은 이치이다.

공부를 하거나 수행을 할 때도 너무 팽팽하게 긴장해서는, 그 공부와 수행이 제대로 될 리 없다. 긴장하면 긴장할수록 절박하면 절박할수록 더욱 더 집착하고 구속되게 마련이니, 그런 상태로는 오래 지속하지도 못하고 자칫 미혹된 길로 빠질 수도 있다. 따라서 흐트러진 마음을 가다듬되, 긴장되고 절박한 마음은 느긋하게 안정시켜야 한다. 그것이 순리요, 깨달음은 그렇게 함으로써 얻어진다. 옛사람들은 그렇게 공부를 하고 그렇게 수행을 하였다.

"어찌 두 다리를 꼬고 거만하게 걸터앉아 있으면서 마음이 태만하지 않은 자가 있겠는가? 옛날 여여숙呂與叔(북송의 학자 여대림呂大臨)이 6월에 구지산에 왔었다. 그가 한가로이 거처할 때 내(정이程頤)가 살펴보았는데, 볼 때마다 무릎을 꿇고 앉아 있었으니, 돈독하다 할 만하다. 배우는 자는 모름지기 공경하여야 한다. 다만 구속되고 절박해서는 안 되니, 구속되고 절박하면 오래 지속하기 어렵다."

-『근사록』,「존양」

'구속되고 절박하면 오래 지속하기 어렵다'는 것에 대해, 퇴계 이황은 "구속하면 몸이 피곤하고 손상되므로 싫어하면서 괴로워하는 마음이 생기고, 너무 절박하게 하면 마음이 번거롭고 조급해지므로 편안하지 못하니, 이 때문에 오래 지속하기 어렵다"(「퇴계집」「답이굉중문목答李宏仲問目」) 하였다. 석가모니도 출가하여 곡식 몇 톨과 물 한 모금으로 하루하루를 보내는 극심한 고행을 하다가, 문득 '육체를 괴롭히는 것은 육체의 극복이 아니라, 도리어 육체에 집착(구속)하는 것'이라는 생각이 들어 수행의 방법을 바꾼 바 있으니, 그 의미가 서로 통한다 하겠다.

구속되고 절박하면 조급해져서 오래 지속하기 어려울 뿐만 아니라, 결과를 앞당기려는 기대심이 생기고, 기대심이 생기면 결과를 빨리 얻고자 조장助長하려는 마음이 생겨난다.

> "반드시 어떤 일에 종사하되, 그 결과를 앞당기려 기약하지 말고(勿正), 마음에 잊지도 말며(勿忘), 억지로 자라도록 돕지도 말지니(勿助長), 송나라 사람처럼 되어서는 안 될 것이다. 송나라의 어떤 사람이 볏모가 자라지 못하는 것을 안타까이 여겨 뽑아서 올려 주었다. 그는 멍청하게 돌아와 가족들에게, '오늘은 무척 피곤하군. 내가 볏모가 자라도록 도와주었거든' 하고 말하였다. 아들이 달려가서 보았더니, 볏모는 말라 있었다. 세상에는 볏모가 자라도록 억지로 돕지 않는 사람이 적다. 무익하다 하여 내버려두는(舍) 사람은 김매지 않는 사람이요, 억지로 자라도록 돕는 사람은 볏모를 뽑아 올리는 사람이니, 무익할 뿐 아니라 도리어 해로운 것이다."
>
> ─맹자」「공손추 상」

김을 매고 거름만 줄 뿐, 나머지는 순리에 맡겨 두어도 벼는 저절로 자라게 돼 있다. 벼가 빨리 자라야 한다는 생각에 지나치게 구속되어 조급한 마음이 생겼고, 그 조급함 때문에 마음이 미혹되어 급기야는 볏모를 뽑아 주었으니, 이는 순리를 거스른 것이다. 그 결과 벼가 자라기는커녕 도리어 말라 죽고 말았다.

빨리 자랐으면 하는 마음에 볏모를 뽑아 올려 준 사람은 지나치게 긴장한 사람이라 할 것이요, 그와 반대로 김도 매지 않고 거름도 주지 않는 사람은 지나치게 해이해진 사람이라 할 것이다. 그것을 경계하기 위해 "내버려두지도 말고(勿忘) 미리 기대하지도 말라(勿正)" 하였으니, '물사勿忘'는 무익하다 하여 김도 매지 않고 내버려두는 사람을 경계하는 말이요, '물정勿正'은 결과를 미리 기대하여 벼가 자라도록 억지로 돕는 사람을 경계하는 말이다.

너무 느슨하면 단단히 조이고 너무 단단하면 느슨하게 풀어야 하는 허리띠는, 긴장과 해이의 적절한 균형을 찾도록 깨우치고 있다. 그 허리띠의 이름을 해혹대解惑帶라 하였으니, '해혹'이란 미혹된 마음을 풀어 버리라는 뜻이다.

실마리가 순조로워

무늬가 어지럽지 않고

꿰매어 붙인 솔기는

결이 앞뒤로 똑같도다

몸을 본떠 만들었으니

예禮로써 제어할 것이며

거동을 장중하게 하고

위엄을 아름답게 하라

|名|物|記|

옷은 '양위養威'니, 그 형상이 엄정하기 때문이다.

順其緒 文不亂 合其縫 理互貫 象于體 制以禮 莊其儀
懿厥威

양(養) : 기르다 / 위(威) : 위엄 / 의(衣) : 옷 / 서(緒) : 실마리 / 봉(縫) : 꿰매다, 솔기 /
리(理) : 결, 무늬 / 의(懿) : 아름답다

옷은 사람의 몸을 본떠서 만든 것으로, 옷의 움직임은 사람의 움
직임과 늘 함께한다. 옷소매가 움직이는 것은 사람의 팔이 움직이
는 것이요, 바짓가랑이가 움직이는 것은 사람의 다리가 움직이는
것이다. 그렇게 사람의 모든 행동은 옷이란 형식을 통해 겉으로 드
러난다. 그런 의미에서 옷은 '사람의 형식'이라 하겠다.

그런데 옷이란 형식을 빌려 겉으로 드러나는 사람의 움직임은,
제멋대로 방치하다 보면 끝내는 방종해지게 마련이다. 그러므로
그것을 단속하고 제어할 수단이 필요하니, 그것이 곧 '예禮'이다.

'예'는 '무불경毋不敬(경이 아닌 게 없음)'에 근본 정신을 두고 있다.
그래서 '예'를 갖춘다 함은 곧 '경敬'을 실천하는 것이 된다. 그리
고 '경'의 핵심은 '성誠'이니, 사회적인 측면에서는 상대방의 존재
가치를 존중하고 성심(誠)으로 대하는 것이요, 개인적인 측면에서
는 자기의 몸과 마음을 성실(誠)하게 가다듬는 것이다. 다시 말해,
다른 사람을 대할 때 공손과 성심을 가지고 대하는 것도 '경'이요,
마음이 흐트러지지 않도록 정성을 다하는 것도 '경'이요, 공부를

하거나 일을 할 때 게으름 피지 않고 성실하게 하는 것도 '경'이다. 그렇게 본다면 '예'는 곧 '경'이요, '경'은 곧 '성'이라 할 수도 있겠다.

'성'이란, 순수함이요, 진실함이요, 거짓이 없는 것을 이른다. 사람의 몸과 마음이 순수하고 진실하고 거짓이 없게 되면, 몸가짐과 마음가짐은 자연스레 위엄을 갖추게 된다. 바로 이 위엄(威)을 기른다(養)는 뜻에서 옷의 이름을 양위의養威衣라 하였다. 여기서 말하는 '위엄(威)'은 다른 사람에게 위세를 부린다는 말이 아니라, 자기 자신을 점잖고 엄숙하게 한다는 뜻이다. 우리말 '의젓하다'의 사전적 의미가 '말이나 행동 따위가 점잖고 무게가 있다'인데, 이 글에서 말하는 '위엄'의 의미에 매우 가깝다. 그렇다면 '양위의'를 '의젓함을 기르는 옷'으로 풀이해도 좋을 것이다.

몸가짐이 의젓하면 행동은 저절로 단정해진다. '예'의 궁극적인 목적도, 외면의 행동을 단정하게 제어함으로써 마음을 바르게 하는 데 있으니, '양위의'는 곧 '예'의 상징물이 된다. 게다가 옷을 만들 때는, 바느질을 가지런히 하여 무늬가 어지럽지 않게 하고, 옷 솔기의 바느질 선은 앞뒤로 그 결을 똑같이 한다. 그 모습이 또한 엄정하고 치밀하므로, 그것 또한 외면의 행동을 엄숙하게 단속하는 '예'를 상징한다.

따라서 사람의 몸을 본떠 만든 옷을 입는 것은, 곧 '예'로써 몸을 제어하는 것을 의미한다. 그런 의미를 가진 옷을 입고 있으니, 마땅히 거동은 장중하고, 위엄은 아름다울 수밖에!

42

이불 _ 형제의 우애

| 우사금 | 友思衾 |

이불 피가 짧으니

누구와 함께 덮으랴!

이불 솜이 얇으니

누구와 함께 따뜻하랴!

추워도 함께 덮지 못하고

배고파도 함께 먹지 못하니

형제를 그리는 생각이

내 마음을 슬프게 하도다

| 名 | 物 | 記 |

이불은 '우사友思'이니, 대피大被(큰 이불)가 그립기 때문이다.

> 短其被 誰與同庇 薄其綿 誰與同暖 寒不相衣 飢不並
> 飯 鴒原之思 使我心悲
>

우(友) : 우애 / 사(思) : 생각하다 / 금(衾) : 이불 / 비(庇) : 덮다 / 영원(鴒原) : 『시경』
「상체常棣」에 나오는 말로, 형제간의 우애를 상징한다. "척령이 언덕에 있으니, 형제
의 위급함을 구원하네. 좋은 벗이 있다 한들, 길게 탄식만 할 뿐.(脊令在原, 兄弟急難
每有良朋, 況也永歎)" '脊令在原'은 '鶺鴒在原'으로도 쓰며, 이것을 줄여 '鴒原'이라
하였다

· ✿ ·

한나라 때 강굉姜肱이란 사람은 두 아우와 우애가 매우 지극하였
다 한다. 그들은 늘 한 이불을 덮고 함께 잠을 잤으며, 각자 장가들
어 아내를 맞은 뒤에도 서로 그리워하여 따로 자지 못할 정도였다
한다. 이 고사를 강굉대피姜肱大被 또는 강굉동피姜肱同被라 한다.

또 당나라 현종玄宗은 형제들과 우애가 매우 돈독하여, 즉위한
초기에 기다란 베게와 커다란 이불을 만들게 하여 여러 형제들과
함께 잠을 잤다고 한다. 이 고사를 장침대피長枕大被라 한다.

이 두 고사에서 유래하여 '대피'는 형제간의 우애를 상징하는
말이 되었다. 원래 '피被'자에는 '옷'이라는 뜻과 '이불'이라는
뜻이 함께 들어 있는데, 옷을 가리킬 때는 소피小被, 이불을 가리킬
때는 대피大被라 구분하기도 한다.

이불의 이름을 우사금友思衾이라 한 것은, 강굉과 현종의 고사를
염두에 둔 것이다. '우사'란 형제간의 우애를 생각한다는 뜻이니,
지난날 한 이불을 덮고 함께 잠을 잤던 형제를 그리워하는 애틋한

마음을 담고 있는 이름이다.

그러나 유배객이 된 지금 그가 덮고 있는 이불은 피도 짧으려니와 솜도 얇기 그지없다. 형제들과 함께 덮으려 해도 다 덮을 수도 없고, 그 이불을 덮는다 한들 함께 따뜻해지기도 어려운 게 현실이다. 그러니 지난날 형제들과 한 이불을 덮고 잤던 시절이 그립고, 강굉과 현종이 형제들과 함께 덮고 잤던 '대피'가 부러울 수밖에!

기준에게는 위로 네 형이 있었다. 기형奇迵, 기원奇遠, 기괄奇适, 기진奇進. 이 가운데 특히 넷째 형인 기진과 가장 우애가 깊었다고 한다.

> "나(기진)는 동생 자경子敬(기준의 자)과 우애가 가장 깊었다. 늘 함께 이불에 누워서 우리 형제는 마땅히 세상의 한 모퉁이를 책임져야 한다고 하였다."
>
> —「고봉집」「과정기훈過庭記訓」

넷째 형 기진이 자기 아들 기대승奇大升에게 한 말이다. 한나라 강굉처럼, 당나라 현종처럼, 이들 형제도 어린 시절 함께 한 이불을 덮고 자며 원대한 꿈을 키워 갔다. 그러나 중도에 뜻하지 않은 액운을 만나 머나먼 변방에 유배를 온 처지가 되었으니, 예전처럼 형제가 한 이불을 덮고 자는 게 이제는 꿈속에서나 가능한 게 되었다. 그러니 마음이 슬프고 시름겨울 수밖에!

> 꿈속의 긴 이불은 깨고 나니 아니었고 　　　夢裏長衾覺卽非
> 변방의 소리에 밤마다 괜히 시름겹네요 　　　邊聲夜夜空愁子
>
> —기준, 「여러 형들에게(簡諸兄)」

43

베개 _ 성실한 자기반성

| 구성침 | 九省枕 |

낮이라고 어찌 생각지 않으랴만

밤이면 더욱더 마음 쓰이도다

앉았다고 어찌 생각지 않으랴만

누웠으면 더욱더 애가 타는도다

가을밤이 깊어 가고

겨울밤이 길어 가면

이리저리 뒤척이며 편안치 못하니

나로 하여금 거듭 반성하게 하도다

| 名 | 物 | 記 |

베개는 '구성九省'이니, 누워서도 잊지 않겠다는 뜻이다.

畫豈不念 夜益耿耿 坐豈不思 臥愈怲怲 秋宵之深 冬
夜之永 展轉不安 令我增省

■|六|十|銘|

구(九) : 아홉 / 성(省) : 살피다, 반성하다 / 침(枕) : 베개 / 경경(耿耿) : 근심이 많아 불
안하여 잠이 오지 않는 모양 / 병병(怲怲) : 근심으로 애태우는 모양 / 소(宵) : 밤 / 전
전(展轉) = 전전輾轉. 전전반측輾轉反側의 줄임말로, 생각과 고민이 많아 잠을 이루
지 못해 이리저리 뒤척이는 모양

다른 사람을 위해 일을 도모함이 충실하지 못한 것은 아닌가?

벗과 사귀는 데 신의를 잃은 것은 아닌가?

스승에게 배운 것을 익히지 않은 것은 아닌가?   -『논어』「학이」

공자의 제자인 증자曾子는 날마다 이 세 가지로 자기 몸을 살폈
다 한다. 하루를 보내는 동안 자기가 한 말이나 행동에 혹시라도
잘못한 게 있었던 건 아닌지 돌이켜 살펴보고서, 잘못이 있으면 그
즉시 고치고 잘못이 없더라도 더욱 분발하겠다는 마음이었다. 이
것을 일일삼성一日三省 또는 삼성오신三省吾身이라 한다.

현재의 내 모습은 물리적 거울에 비춰서 살펴보고, 과거의 내 모
습은 마음의 거울에 비춰서 살펴본다. 마음의 거울은 지나간 시간
에 내가 한 말과 행동이 저장된 공간이며, 그곳에 저장된 기억을
통해 나를 돌이켜(反) 살피는(省) 것을 우리는 반성反省이라 한다.

그런데 인간은 망각의 동물인지라, 마음의 거울에 저장된 기억

은 그리 오래 가지 않는다. 그래서인지 한번 잘못을 저지르고도 시간이 흐르면 자기도 모르는 사이에 똑같은 잘못을 되풀이하는 경우가 많다. 반성이 부족한 탓이다.

그렇다고 반성을 하는 게 잘못과 실수를 예방하기 위한 것만은 아니다. 철저한 자기반성은 내가 더욱 성숙하고 발전하는 토대도 된다. 날마다 반복해서 자기를 반성하다 보면, 그 과정에서 개선하고 변화해야 할 점을 찾고 깨달을 수 있기 때문이다.

이것이 곧 자기반성의 목적이요, 자기에게 성실한 삶이다. 성실한 삶을 살았던 증자는 죽는 그 순간까지도 자기의 행실에 잘못이 없는 바른 삶을 살고자 하였다.

증자가 병이 깊어졌을 때였다. 시중을 들고 있던 동자가 말했다.
"화려하고 아름다운 게 대부의 대자리 같습니다."
그 대자리는 노나라의 실권자 계손씨가 하사한 것이었다. 이 말을 들은 증자는 자기 신분에 맞지 않는 것임을 깨닫고는, 곧바로 그 대자리를 바꾸게 하였다. 그러나 그의 병이 위중하였던 터라, 곁에 있던 제자와 아들이 한사코 말렸다. 증자는 말했다.
"내가 올바름을 지켜서 죽는다면, 그것으로 그만이다."
결국 증자의 뜻에 따라 대자리를 바꾸었으나, 바꾸는 도중에 증자는 임종하였다.　　　　　　　　　　　　　　　　　-『예기』「단궁 상」

증자가 날마다 자기반성을 하였던 것은, 몸가짐과 마음가짐을 늘 반듯하게 유지하기 위한 것이었는데, 마음가짐을 삼가고 몸가짐을 단속하는 더 구체적인 방법으로 구사九思와 구용九容이란 게 있다.

　"볼 때는 밝게 볼 생각을 하고, 들을 때는 밝게 들을 생각을 하고,
낯빛은 온화하게 할 생각을 하고, 외모는 공손히 할 생각을 하고,
말은 진정성 있게 할 생각을 하고, 일은 공경스럽게 할 생각을 하
고, 의심은 물어 볼 생각을 하고, 분노는 제재할 생각을 하고, 이득
을 보면 의롭게 할 생각을 하라."(구사九思)　　　　　　－『논어』「계씨」

　"발 모양은 중후하게 하고, 손 모양은 공손하게 하고, 눈 모양은
단정하게 하고, 입 모양은 차분하게 하고, 목소리는 조용하게 하고,
머리 모양은 곧게 하고, 숨소리는 엄숙하게 하고, 서 있는 태도는
덕스럽게 하고, 낯빛은 장엄하게 하라."(구용九容)　　　　－『예기』「옥조」

　이러한 선철先哲들의 가르침을 거울삼아 베개의 이름을 구성침
九省枕이라 하였다. 여기서 '구성'의 의미는 분명하지 않은데, 두
가지 정도로 추론할 수 있겠다. 첫째, '구성'을 글자 그대로 풀이
하면, '아홉 번 반성한다'는 뜻이 된다. 그런데 '아홉(九)'이라는
숫자는 수數의 끝을 상징하여 '많다, 끝없다'는 뜻을 가지고 있으
므로, '구성'은 끝없이 자기를 반성한다는 뜻으로 볼 수 있다. 둘
째, 구사九思와 구용九容의 九, 그리고 삼성三省의 省 자를 따서 '구
성九省'이라 한 것으로 보아도 그 의미가 통한다. 어떤 것이던 '거
듭 반성한다'는 의미를 담고 있음은 분명하다.

　사람이 가장 나태해지기 쉬운 시간이 밤에 베개를 베고 누웠을
때이다. 그런 시간에도 거듭 자기를 반성하는 성실한 삶을 살고자
하였으니, 자기를 반성하는 데 아침저녁이 따로 없었다. 그래서 아

침이나 저녁이나, 앉으나 누우나, 늘 한결같이 몸가짐과 마음가짐을 단정히 가다듬고 또 가다듬는다.

아침엔 새로 세 번 목욕하여 몸의 허물 씻어 내고　朝新三浴洗身累

밤에는 오만 상념 살피느라 잠잘 겨를 없도다　　夜省萬念無暇眠

−기준, 「스스로 살핌(用前韻自省)」

44 자리 _ 본성을 회복하는 공간

| 금태석 | 禁怠席 |

고요함은 움직임의 근본이요

밤은 낮의 근원이니

근원이 고요하다면

근본이 보존되리라

고요함을 지켜 존양存養하고

감응하기 전에 성찰省察하라

마음이 혹시라도 게을러지면

사특함과 망령됨이 나오리니

아침이 오도록 나태하지 말고

정신을 하나로 모을 일이로다

| 名 | 物 | 記 |

자리는 '금태禁怠'이니, 밤에도 나태하지 않겠다는 뜻이다.

靜爲動之本 夜乃畫之源 源其靜 本斯存 守寂而養 未
感而察 神氣或倦 邪妄斯出 鷄鳴弗怠 克精克一

■ |六 | 十 | 銘 | ■

금(禁) : 금하다 / 태(怠) : 게으르다 / 석(席) : 자리 / 수적이양(守寂而養)·미감이찰(未
感而察) : 여기서 적寂은 적연부동寂然不動을, 감感은 감이수통感而遂通을 뜻한다 /
권(倦) : 게으르다 / 계명(鷄鳴) : 닭이 우는 소리, 곧 아침을 뜻한다 / 극정극일(克精克
一) : 유정유일惟精惟一과 같은 의미로, 한 가지 일에 마음을 쏟아 최선을 다한다는
뜻.『서경』「대우모」에, "사람의 마음은 사욕으로 위태롭고, 도를 지키려는 마음은 희
미하니, 오직 정신을 하나로 모아, 진실로 그 중정中正을 잡으라(人心惟危, 道心惟微,
惟精惟一, 允執厥中)" 하였다

정중동靜中動이니, 고요함 속에는 움직임이 잠재되어 있다. 밤은
고요함의 시간이요, 그 고요함 속에는 낮의 움직임이 뿌리를 두고
있다. 그래서 밤은 고요함을 유지하고 기르는 시간이자, 낮의 움직
임을 준비하는 시간이다.

이 고요한 밤에 길러지는 맑고 깨끗한 야기夜氣를, 맹자는 잃어
버린 사람의 본성을 되찾는 방법으로 강조하기도 하였다.

"우산牛山의 나무는 예전에 아름다웠다. 그런데 큰 나라의 교외에
있는 까닭으로 도끼와 자귀로 벌목한다. 그러니 어찌 아름다워질
수 있으랴! 밤낮으로 자라나고 비와 이슬이 적셔 주어 싹이 돋아나
지 않는 건 아니지만, 싹이 돋아나는 대로 소와 양을 방목하기 때문
에 저렇게 민둥산이 되었다. 사람들은 그 민둥산만 보고 일찍이 좋

은 재목이 없었다고 여긴다. 그러나 이것이 어찌 산의 본성이랴!

사람의 내면에 보존된 것에도 어찌 인의仁義의 마음이 없겠는가! 그럼에도 제 양심을 잃어버리는 것은, 도끼와 자귀로 아침마다 벌목하는 것과 같다. 그러니 어찌 아름다워질 수 있으랴! 밤낮으로 자라나고 이른 아침에 맑은 기운을 흡수한다 할지라도, 좋아하고 싫어하는 그 양심이 다른 사람들과 서로 비슷한 점이 얼마 되지 않을 터인데, 낮에 하는 행위가 그것마저도 짓눌러 없애곤 한다. 짓눌러 없애는 일이 반복되다 보면 밤사이에 길러지는 야기夜氣를 보존할 수 없고, 그 야기마저 보존할 수 없게 되면 짐승과 다름없게 된다. 사람들은 짐승 같은 행실만 보고는 그런 사람에게는 일찍이 좋은 재질이 없었다고 여긴다. 그러나 이것이 어찌 사람의 성정性情이랴!

그러므로 잘 기르기만 한다면 어떤 것이든 자라나지 않는 게 없고, 잘 기르지 못한다면 어떤 것이든 소멸되지 않는 게 없다.

공자가 말하기를, '잡고 있으면 보존되고 놓아 버리면 없어지며, 드나드는 일정한 때도 없고 어디로 향할지 알 수 없는 것은, 오직 사람의 마음을 두고 한 말이로다' 하였다."　　　　－『맹자』 「고자 상」

신라의 천 년 고도古都 경주 인근의 산이 우산처럼 그랬다. 신라의 전성기에 경주는 인구 백만의 대도시였다. 그 많은 사람들이 궁궐과 집을 짓기 위해 도끼와 자귀를 들고 산에 들어가 굵고 좋은 소나무를 베어 갔다. 이런 일이 천 년 동안 계속되다 보니, 산에서 곧고 굵은 소나무는 자취를 감추고, 현재처럼 굽고 볼품없는 소나무만 남게 되었다 한다.

그리고 불과 수십 년 전까지만 해도 우리나라에는 도처에 민둥산이 있었다. 전쟁으로 나무가 타 버리거나 땔감으로 나무를 베어 버린 탓이다. 나무뿐이 아니었다. 산에서 자라는 풀까지도 모조리 베어다 가축을 먹이거나 두엄으로 이용했다. 오죽했으면, "산에 산에 산에다 나무를 심자 / 산에 산에 산에다 옷을 입히자 / 메아리가 살게 시리 나무를 심자" 하는 노래까지 만들어 교과서에 실었겠는가! 그 시절 우리 산은 옷을 입혀야 할 만큼 헐벗고 있었다. 지금이야 그 민둥산에서 나무들이 잘 자라고는 있지만, 한반도 북쪽에는 여전히 헐벗은 민둥산이 많다. 그러나 그게 어디 금수강산을 자랑하는 우리 산의 본래 모습이랴!

사람 마음의 본래 모습도 이와 다를 바 없다. 맹자는 사람의 타고난 본성이 선하다고 보았다. 그러나 선한 본성은 외부와 접촉이 없는 고요한 상태에서나 유지되는 것이다. 벌목하고 소와 양을 먹임으로써 나무가 울창했던 산을 민둥산으로 만들듯이, 사람이 낮에 일을 하거나 다른 사람을 응대하다 보면 본래는 선했던 본성을 잃게 된다는 것이다.

그렇다고 한번 잃어버린 본성을 되찾을 수 없는 것은 아니다. 수십 년 전 어디를 가도 민둥산이었던 우리나라 산이었다. 이런 산에 나무를 심고 잘 가꾸자 지금은 나무가 울창하게 자라고 있다. 사람의 마음 역시 한때 잃어버렸다 해도 다시 잘 기르다 보면, 언젠가는 본래의 선한 마음을 회복할 수 있다는 게 맹자의 생각이다. 그리고 마음을 기르고 가다듬는 가장 좋은 시간이 밤이라 하였다.

깊은 밤이 되면 외부와 일체 접촉이 끊어지고 나만 홀로 남게 된다. 사위는 고요해져 깊은 정적에 잠긴다. 그 속에서 맑고 깨끗한 기운이 생겨나는데, 그 기운이 곧 야기이다. 이 야기를 보존하고 기르는 것은, 마음이 한 점의 사념邪念이나 망상妄想도 일어나지 않는 청명淸明한 상태에 이르고자 함이다. 불교로 말하면 선정禪定에 드는 것이요, 『주역』에서 말하는 '생각이 없고 함이 없는' 상태이다.

"생각이 없고 함이 없어 고요히 움직이지 않다가 감응하여 마침내 천하의 일에 두루 통한다.(无思也, 无爲也, 寂然不動, 感而遂通天下之故.)"
－『주역』「계사상전」

그런 경지에 이르기 위해, 기준은 "고요함을 지켜 존양存養하고(守寂而養), 감응하기 전에 성찰省察하라(未感而察)" 하였다. '고요함을 지킨다(守寂)' 함은 『주역』에서 말하는 적연부동寂然不動의 상태를 지킨다는 말이요, '감응하기 이전(未感)'이라 함은 외부와 접촉이 일어나 어떤 감정이 움직여 일어나기 이전이라는 말이다.

'적연부동', 곧 고요히 움직이지 않으니, 이 상태에선 본래부터 타고난 사람의 본성(性)이 온전히 갖춰져 있다. 이때는 본래의 선한 마음을 잘 보존하여 본성이 올바름을 계속 유지하도록 힘써야 하는데, 이것을 '존양存養' 또는 '존심양성存心養性'이라 한다.

"자기의 마음을 보존하여, 자기의 본성을 기름은, 하늘을 섬기는 방법이다.(存其心, 養其性, 所以事天也.)"
－『맹자』「진심 상」

그러나 사람은 외부와 아무런 접촉 없이 살아갈 수는 없기 때문에, '적연부동'의 상태에 있다가도 외부와 접촉이 일어나면 그 순간 희노애락의 감정이 움직여 일어나게 마련이다. 그러면 순수한 본성도 덩달아 상실되고 만다. 이런 때는 잘못된 길로 빠지지 않도록 끊임없는 '성찰'로 움직임을 바르게 이끌지 않으면 안 된다.

이 '존양'과 '성찰'은 옛 선비들에게 '경敬'을 실천하는 방법기도 했다. '존양'이란 마음이 고요할 때 '경'을 유지하는 방법이고, '성찰'이란 마음이 움직일 때 '경'을 유지하는 방법이다. 이 가운데 특히 생각이나 감정이 일어나기 이전의, 흔들림 없이 고요한 마음 상태를 보존하고 기르는 '존양'은 더욱 중요시되었다. 고요함은 움직임의 근본이고, 움직이기 이전의 고요한 마음이 바르게 되어야, 움직일 때의 마음도 바르게 되기 때문이다.

고요한 밤은 어수선한 낮 동안 잃어버린 본성을 회복하는 시간이요, 새로운 내일과 새로운 삶을 준비하는 시간이다. 그 시간을 보내는 자리의 이름을 금태석禁怠席이라 하였다. '금태'란 게으름을 금한다는 뜻이니, 순수한 본성을 보존하고 기르는 데 한결같이 집중하여 부지런히 힘쓰겠다는 의지를 담은 이름이다.

"야기로 순수한 본성을 길러 나가면, 다음날 아침이 새롭게 시작되리니, 언제나 이것을 생각하고 염두에 두어, 밤낮으로 부지런히 힘쓸지어다."

—진백, 「숙흥야매잠」

무늬를 환하게 밝혀 주고

바탕을 또렷이 드러내느라

제 몸이 더럽혀져도 마다치 않으니

사물이 이 때문에 깨끗해지는 게다

깨끗하지 않은 걸 깨끗하게 해 주되

먼저 자기 스스로 깨끗하지 않고서도

깨끗하게 하는 것을 나는 보지 못했다

이 때문에 군자는

자기 자신을 바르게 함으로써

다른 사람도 바르게 하는 게다

| 名 | 物 | 記 |

수건은 '자결自潔'이니, 먼저 자기를 바르게 다스리기 때문이다.

자(自) : 스스로 / 결(潔) : 깨끗하다 / 건(巾) : 수건 / 소(昭) : 밝다, 빛나다 / 문(文) : 무
늬 / 저(著) : 드러내다 / 사(辭) : 사양하다 / 수오(受汚) : 더러움을 받아들이다 / 격
(格) : 바르다, 바르게 하다. '정正'과 같은 뜻 / 물(物) : 다른 사람 / 정기이격물(正己
而格物) : 『맹자』의 '정기이물정正己而物正(제 몸을 바르게 하여 다른 사람을 바르게
함)'과 같은 뜻

"대인이 있으니, 제 몸을 바르게 하여 다른 사람을 바르게 하는
사람이다.(有大人者, 正己而物正者也.)"
　　　　　　　　　　　　　　　　　　　　－『맹자』「진심 상」

　더러운 수건으로는 얼굴을 깨끗이 닦을 수 없다. 더러운 걸레로
는 집 안의 먼지를 깨끗이 닦을 수 없다. 더러운 행주로는 밥상과
도마를 깨끗이 닦을 수 없다. 그리고 마음과 행실이 더러운 사람은
다른 사람을 깨끗하고 바른 삶으로 이끌어 줄 수 없다.

　수건이든 걸레든 행주든, 더럽혀진 상태로는 제 구실을 못한다.
더러운 수건으로 얼굴을 닦다가는 얼굴이 되레 더러워지고, 더러
운 걸레로 집 안을 닦다가는 집 안이 되레 더러워지고, 더러운 행
주로 밥상과 도마를 닦다가는 밥상과 도마가 되레 더러워진다. 수
건과 걸레와 행주가 제 구실을 다하려면, 그 스스로가 먼저 깨끗해
져 있어야 한다. 더럽혀졌다면 빨아서 깨끗해져야 한다.

　수건과 걸레와 행주는 물로 빨면 깨끗하게 할 수 있다. 그러나

사람은 물로 아무리 씻어도 마음과 행실까지 깨끗해질 수 없다. 그렇다면 사람은 무엇으로 깨끗하게 될 수 있는가? 수신修身이다. 수신이란, 몸을 닦는다는 뜻이지만, 그 근본은 마음을 바르게 하는 데 있다. 마음은 사람 몸의 주재자이므로, 마음이 바르게 되어야 행실도 바르게 닦을 수 있고, 마음이 바르지 못하다면 행실도 바르게 될 수 없는 법이다.

자기의 마음과 행실이 바르지 못하니, 그런 사람이 어찌 남을 바르게 이끌 수 있으랴! 마음과 행실이 바르지 못한 부모는 자식을 바르게 키울 수 없고, 마음과 행실이 바르지 못한 스승은 제자를 바르게 가르칠 수 없고, 마음과 행실이 바르지 못한 지도자는 사회와 국가를 바르게 이끌어 갈 수 없다. 따라서 다른 사람을 바르게 하려면, 먼저 제 마음부터 바르게 하고 제 몸부터 바르게 닦아야만 한다.

"참으로 자기 자신을 바르게 한다면 정치하는 데에 무슨 어려움이 있겠으며, 자기 자신을 바르게 하지 못한다면 어떻게 다른 사람을 바르게 할 수 있겠는가!" —『논어』「자로」

수건이 얼굴의 더러움을 닦고, 걸레가 집 안의 더러움을 닦고, 행주가 밥상과 도마의 더러움을 닦기 위해서도, 제 스스로가 먼저 깨끗해져야 한다. 이것이 수건이 수건이 되고, 걸레가 걸레가 되고, 행주가 행주가 되는 길이다. 수건의 이름을 자결건自潔巾이라 한 것은 이 때문이다. '자결' 이란 스스로 깨끗해진다는 뜻이다. 그리고 수건(巾)이라 하기는 하였으나, 여기서는 얼굴을 닦는 수건뿐만이 아니라, 걸레나 행주 따위도 모두 포괄하는 개념으로 보는 게 좋겠다.

수건과 걸레와 행주는 제 자신을 더럽혀서 다른 것을 깨끗하게 하는 물건이다. 얼굴에 얼룩이 묻으면 수건으로 깨끗이 닦아 내고, 집 안에 먼지가 쌓이면 걸레로 깨끗이 닦아 내고, 밥상과 도마에 음식 찌꺼기가 남아 있으면 행주로 깨끗이 닦아 낸다. 그런 의미에서 찻잔을 닦는 수건을 '수오受汚(더러움을 받아들임)' 라 하기도 한다.

그런데 '수오' 라는 이름만으로는 뭔가 부족하다. 이 이름에는 다른 것을 닦아 내는 데만 중심점이 있기 때문이다. 만일 다른 것을 닦아 내는 것으로 끝이라면, 수건도 걸레도 행주도 그것으로 끝이다. 더럽혀진 상태로는 다시 사용할 수 없으니 그런 것은 버려져야 마땅하다. 더 이상 수건이 수건이 아니요, 걸레가 걸레가 아니요, 행주가 행주가 아니다.

'자결' 이란 이름은 이와 다르다. 이 이름에는 '새로운 탄생' 이란 의미가 내포되어 있다. 비록 다른 데 묻은 더러움을 닦아 내느라 제 자신이 더럽혀질지라도, 제 자신을 다시 깨끗하게 하는 것을 잊지 않는다는 의미이다. 제 자신이 다시 깨끗해졌으니, 수건이 수건으로 다시 태어나고, 걸레가 걸레로 다시 태어나고, 행주가 행주로 다시 태어나는 것이다.

'수신' 도 그런 것이다. 사람이 다른 사람과 만나는 과정에서, 아니면 어떤 일을 하는 과정에서, 혹시라도 제 마음과 몸이 더럽혀질 수도 있다. 그것으로 끝이라면, 사람도 그것으로 끝이다. 필연코 남들에게 버림을 받고 만다. 그러니 제 마음과 몸이 더럽혀졌을 때에는, 끊임없는 반성과 성찰로 제 마음을 바르게 하고 제 몸을 닦을 줄 알아야 한다. 그것이 곧 군자가 되고 대인이 되는 길이다.

　더러운 수건, 더러운 걸레, 더러운 행주를 쓰겠는가? 아니면 깨끗한 수건, 깨끗한 걸레, 깨끗한 행주를 쓰겠는가? 선택은 나에게 달려 있다.

46 상자 _ 있어도 없는 듯

| 손출협 | 遜出篋 |

너의 입이 좁다랗고

너의 배가 깊숙하니

깊숙하게 보관해 두고

겸손하게 꺼낼지어다

상자에 좋은 옥이 들어 있을 때에는

신중히 간수하여 좋은 값을 기다려라

아무렇게나 태만히 방치하다가는

이는 도둑질을 가르치는 셈이라

있다 해도 없는 듯이 하면

어느 누가 너를 모욕하랴!

| 名 | 物 | 記 |

상자는 '손출遜出'이니, 그 내면의 온축을 높이고자 하는 뜻이다.

狹爾口 深爾腹 厚其藏 遜而出 韞必愼價 慢則誨盜 有
而若無 人誰汝侮

손(遜) : 겸손하다 / 출(出) : 꺼내다 / 협(篋) : 상자 / 협(狹) : 좁다 / 온(韞) : 감추다, 간
수하다 / 만(慢) : 태만하다 / 회(誨) : 가르치다 / 만즉회도(慢則誨盜) :「주역」「계사
상」에, "아무렇게나 태만히 보관하는 것은 도둑질을 가르치는 것이다(慢藏誨盜)" 하였
다 / 모(侮) : 모욕하다, 업신여기다

"유능함에도 무능한 사람에게 물으며, 들은 게 많음에도 들은 게
적은 사람에게 물으며, 있어도 없는 듯이 하며, 가득 찼어도 텅 빈
듯이 겸허하다.(以能問於不能, 以多問於寡, 有若無, 實若虛.)"

－「논어」「태백」

빈 수레가 요란한 법, 겸손하지 못하고 자만하는 사람은 없어도
있는 듯이 떠벌린다. 잘난 척, 아는 척, 똑똑한 척, 돈 많은 척! 그
러나 벼는 익을수록 고개를 숙이는 법, 겸손한 사람은 있어도 없는
듯 결코 자랑하지 않는다.

어린아이들은 종종 학교나 책에서 배운 지식을 자랑삼아 늘어놓
거나, 제 딴엔 어려운 일을 하고서 스스로가 대견하여 자랑을 늘어
놓는다. 그럴 때 어른들의 반응은 어떤가? "그런 건 나도 알아" 또
는 "그런 일쯤은 나도 할 수 있어" 하고 말하지 않는다. 이미 알고
있는 것임에도 새로 알게 된 것처럼, 대수롭지 않게 할 수 있는 일

임에도 어려워서 못하는 것처럼, 맞장구치며 스스로를 겸손하게 낮춤으로써 아이의 성취를 존중해 준다.

어른과 어른 사이라고 다를 바 없다. 소인小人은 겸손을 모르고 자랑을 늘어놓으며, 대인大人(또는 군자)은 겸손하여 결코 자랑하는 법이 없다. 그래서 소인은 작은 지식, 작은 성취, 작은 선행도 자랑하며 떠벌린다. 그러나 대인은 큰 지식, 큰 성취, 큰 선행도 자랑하지 않고 겸손하게 숨긴다.

이 때문에 소인에게는 내면으로 덕이 쌓일 틈이 없다. 쌓이면 쌓이는 대로 꺼내어 자랑하기 때문이다. 그러나 대인에게는 내면으로 덕이 두터이 쌓여 있다. 쌓이면 쌓이는 대로 깊이 간직하기 때문이다.

소인들도 곳간에는 재물을 그득그득 쌓아 둘 줄은 안다. 그러나 마음의 곳간에는 덕을 차곡차곡 쌓을 줄 모른다. 곳간에 쌓인 재물은 혹시라도 도둑을 맞을세라 있어도 없는 듯이 감출 줄은 안다. 그러나 마음의 곳간에 쌓인 덕은 조금만 쌓여도 그것을 꺼내어 자랑을 일삼는다. 재물이 귀한 줄은 알면서도, 덕이 귀한 줄은 모르기 때문이다.

'만장회도慢藏誨盜'라 했으니, 귀한 것을 보관하는 데 소홀하면 이는 도둑질을 가르치는 것이나 다름없다. 물론 남의 것을 훔쳐 가는 도둑질은 나쁘다. 그렇다고 도둑만 탓할 일도 아니다. 제 스스로 보관을 소홀히 한 것이니, 도둑맞은 사람에게도 일정한 잘못이 있는 것이다. 이 말은 재물을 쌓고 지키는 데만 경계가 되는 게 아니다. 덕을 쌓고 지키는 데도 결코 소홀히 여겨서는 안 될 말이다.

그러면 재물을 쌓거나 덕을 쌓아, 그것을 잘 지키기만 하면 되는
가? 물론 아니다. 재물을 쌓아 두기만 하고 잘 쓰지 못한다면 그게
무슨 소용이랴! 덕을 쌓아 두기만 하고 잘 쓰지 못한다면 그게 또
무슨 소용이랴!

"여기에 아름다운 옥玉이 있다면, 이것을 상자 속에 넣어 보관하
시겠습니까? 아니면 좋은 값을 구하여 파시겠습니까?"
"팔아야지, 팔아야지. 그러나 나는 좋은 값을 기다리는 사람이
다."
―「논어」「자한」

공자와 그의 제자 자공子貢 사이에 선문답처럼 오간 대화이다.
여기서 좋은 옥은 사람의 내면에 온축되어 있는 훌륭한 덕과 경륜
을 상징한다. 공자가 훌륭한 덕과 경륜을 지니고 있음에도 벼슬하
지 않자, 자공이 옥으로 비유하여 질문한 것이다. 공자는 좋은 값
을 기다려서 팔겠다 하였다. 자기를 알아주는 때를 만나면 기꺼이
벼슬하여, 평생토록 온축한 덕과 경륜을 마음껏 펼치겠다는 뜻을,
공자 역시 비유적으로 대답하였다.

그러나 때를 기다리지 못하고 하루 빨리 팔아야지 하는 성급한
마음에 자랑을 일삼다가는 옥도 잃고 덕도 잃게 된다. 자랑은 자만
심에서 비롯되고, 자만하면 손실을 초래하기 때문이다. 이 자랑과
자만을 경계하기 위해 상자의 이름을 손출협遜出篋이라 하였다.
'손출'이란, 겸손하게 꺼낸다는 뜻이다.

"군자는 의로움으로 기본 바탕을 삼고, 예로 그것을 행하고, 겸

손함으로 그것을 꺼내며, 믿음으로 그것을 완성하나니, 이런 사람이 군자로다.(君子, 義以爲質, 禮以行之, 孫[遜]以出之, 信以成之, 君子哉.)"

-『논어』「위령공」

'협협箧'이란, 좁고 긴 상자를 가리킨다. 상자가 좁으니 한꺼번에 많은 것을 꺼내려야 꺼낼 수 없고, 상자가 깊으니 그 속에 많은 것을 담아 둘 수 있다. 사람으로 말하면, 내면에 덕을 깊이 쌓아 두고서, 겸손하고 신중하게 꺼내어 쓰는 형상을 하고 있다. 덕이 깊으면서도 자랑하지 않고 겸손하니, 이런 사람을 어느 누가 모욕하랴!

47 | 붓 _ 배움의 열정
| 호학필 | 好學筆 |

머리가 뾰족하니

견고함을 뚫으려는 생각이며

자루가 곧으니

전일함을 잡으려는 생각이다

마음이 비옥하게 젖음은

도道가 깊어지기 때문이요

얼굴이 맑고 윤기 나는 것은

덕德이 윤택하게 한 것이로다

시서詩書의 말과

예악禮樂의 법을

고금古今으로 치달리며

사업으로 발휘시키나니

수고로워도 멈추지 않고

의義를 실천하며

끝내는 제 몸을 바쳐

인仁을 이룬다

붓은 '호학好學'이니, 문자에 노련하기 때문이다.

尖爲頭 思鑽其堅 直爲柄 思操其專 沃乃心 道之濬 粹
于面 德之潤 詩書之言 禮樂之法 馳騁今古 發揮事業
勞而不已 行其義 終委厥身 成其仁

■ |六|十|銘|

호(好) : 좋아하다 / 학(學) : 배우다 / 필(筆) : 붓 / 첨(尖) : 뾰족하다 / 찬(鑽) : 뚫다 /
병(柄) : 자루 / 조(操) : 잡다 / 옥(沃) : 물 대다, 비옥하다 / 준(濬) : 깊다 / 수(粹) : 맑
다 / 덕지윤(德之潤) : 『대학』에, "덕은 몸을 윤택하게 한다(德潤身)" 하였다 / 치빙(馳
騁) : 달리다

.⚘.

"열 가구 정도가 사는 작은 고을에도 나만큼 충직하고 신의 있는
사람은 있다. 그러나 나만큼 호학好學(배움을 좋아함)하는 사람은 없
다."
　　　　　　　　　　　　　　　　　　　　　　　　－『논어』「공야장」

누구보다 겸손과 양보를 강조했던 공자였지만, 배움에 대한 자
부심만큼은 이처럼 당당하고 단호했다. 그만큼 공자의 삶은 배움
의 연속이었고, 배움에 싫증나지 않는(學而不厭 : 『논어』「술이」) 삶이
었다.

공자에게 인간이란 곧 배움의 존재였다. 그리고 그 '배움'은 전
문적인 지식과 기능을 배우고 익히는 게 아니라, 인생의 근본을 밝
히고 그것을 실천에 옮김으로써 사람이 사람으로 사는 길을 배우
는 게 궁극적인 지향점이었다.

공자는 배우는 일뿐만 아니라, 남을 가르치는 일도 게을리 하지

않았다(誨人不倦 : 『논어』「술이」). 그래서 공자의 문하를 거쳐 간 제자가 3천 명에 이른다고 한다. 그런데 그 많은 제자 가운데 공자가 유일하게 '호학' 으로 인정했던 제자는 안회顔回뿐이었다. 누가 물어도 대답은 한결같았다. 호학하는 제자는 안회뿐, 그 외에는 없다고! 사실 안회만큼 공자의 가르침을 가장 잘 이해하고 몸으로 실천한 제자는 없었다. 그 안회가 어느 날 공자에 대해 이렇게 말한 바 있다.

"우러러볼수록 더욱 높고, 뚫을수록 더욱 견고하며(鑽之彌堅), 바라보니 앞에 계시다가도 홀연히 뒤에 계시도다. 선생님께서 차근차근 사람을 잘 이끄시어, 글로써 내 지식을 넓혀 주시고, 예로써 내 행실을 단속해 주신다. 그만두고자 해도 그만둘 수 없어, 나의 재주를 다했음에도 내 앞에 우뚝 서 계신 듯하다. 비록 따르고자 하나, 어디에서 시작할지 모르겠다." —『논어』「자한」

배움은 제자에게만 해당하는 게 아니다. 스승도 끊임없이 배워야 한다. 배움이 없는 스승은 우러러보면 볼수록 더욱 낮아지고, 뚫으면 뚫을수록 더욱 얄팍해지게 마련이다. 그래서 이른바 밑천이 일천한 스승은 자기의 깨달음을 전수하는 데 인색하다. 자기의 밑천이 금방 바닥 나 제자에게 뒤떨어질까 두려운 탓이다.

큰 스승은 그렇게 하지 않는다. 공자는 자기가 배움을 통해 터득한 진리를 다른 사람에게 전수하는 일에 매우 적극적이었고 자상하였다. 공자의 그런 가르침을 받으며, 하나를 들으면 열을 안다는 천재 안회가 자기의 재주를 다해 노력해 보지만, 스승 공자는 이미 저만치 더 멀리 가 있음을 경험하곤 한다. 무엇 때문인가? 공자의 배움 역시 끊임이 없었기 때문이다.

이런 의미에서, '견고함을 뚫으려 생각하는' 뾰족한 붓끝은, 배움에 대한 공자(또는 안회)의 열정을 상징한다.

배우는 사람에게 좋은 스승을 만나는 것은 큰 행운이다. 그러나 아무리 좋은 스승을 만난다 한들 마음이 없다면 그런 배움은 헛일이 되고 만다. 그러므로 배움에 앞서 우선 마음부터 잡고 봐야 한다. 공자는 말했다.

> "잡으면 보존되고 놓으면 없어져서, 아무 때나 나가고 들어오며, 그 방향을 알 수 없는 것은, 오직 사람의 마음을 이르는 것이다."
>
> —『맹자』「고자 상」

한참 책을 보는 동안 바로 옆에 있는 사람이 무슨 말을 해도 무슨 말을 했는지 도무지 모를 때가 있다. 마음이 책을 읽는 데만 집중했기 때문이다. 이런 게 조심操心, 곧 마음을 잡는 것이다. 반대로 한참 책을 보다가도 어느 순간 정신을 차리고 보면 바로 앞에 읽은 내용이 무엇인지 전혀 모를 때가 있다. 마음으로 딴 생각을 하면서 눈으로만 책을 보았기 때문이다. 이런 게 방심放心(또는 사심舍心), 곧 마음을 놓는 것이다.

배우는 사람은 마음을 어떻게 해야 할까? 당연히 조심해야 한다. 조심이란 집중이다. 책을 읽는다면 읽고 있는 책에, 일을 하고 있다면 하고 있는 일에 집중하는 것이다. 그렇다면 조심하는(마음을 잡는) 비결은 무엇인가? '주일主一' 하여 '경敬'을 실천하는 것이다.

- 우리는 이미 '주일통主一桶'에서 그것을 살펴본 바 있다. - 여기서 '경'은 남에게 공손한 태도로 대하는 '공경恭敬'의 '경'이 아니요, 자기에게 엄격한 태도로 대하는 '성경誠敬'의 '경'이다. 그래서 '주일'을 '성일誠—'이라 하기도 한다. 『주역』곤괘坤卦에, "경이 확립되어 내면이 곧게(바르게) 된다(敬以直內)" 하였으니, 이것이 바로 마음을 잡는 비결이다. 그래서 마음을 잡고 성실하게 한 가지에 집중하는 사람이 학업에서든 사업에서든 성취가 큰 법이다.

이런 의미에서, 곧은(直) 붓자루의 형상은, 마음을 성실하고 전일하게 잡는 '경'을 상징한다.

배움에 대한 열정으로 넘쳐흐르고, 성실하고 전일한 마음가짐을 상징하는 붓이다. 그래서 그 이름을 호학필好學筆이라 하였다.

이 붓에 먹물을 적시면, 붓털의 속까지 푹 젖어들고, 겉에도 윤기가 자르르 흐른다. 사람 역시 배움이 깊어지면 도와 덕이 마음속까지 푹 젖어들게 마련이며, 그 도와 덕이 마음속에서 뿌리를 내리면 그것은 다시 얼굴에 맑고 윤택하게 드러난다.

"군자의 본성은, 인의예지가 마음속에서 뿌리를 내려 그 빛이 발생하되, 얼굴에 맑고 윤택하게 드러나고(睟然見於面), 등에 가득하며, 온몸으로 퍼져 나가, 온몸이 말하지 않더라도 저절로 깨닫는다."

—『맹자』「진심 상」

붓을 휘둘러 쓰는 것은, 고금의 시서詩書와 예악禮樂에 관련된 것이다. 선비가 고금을 넘나들며 시서와 예악을 배우는 것은, 인격을 도야함으로써 도덕적 완성을 이루고자 함이다. 이것이 곧 선비의 사업이요, 붓은 그 사업을 돕는 도구이다.

붓은 선비의 사업을 돕는 일에 멈추지 않고 종사한다. 이것이 곧 붓의 '의義'이다. '의'란 '마땅하다(宜)'는 뜻이니, 붓이라면 붓으로서 마땅히 해야 할 일이요, 사람이라면 사람으로서 마땅히 해야 할 일이다.

붓이 붓으로서 마땅히 해야 할 일(義)을 하다 보면, 언젠가는 붓털이 닳거나 빠져 붓으로서 그 생명이 다하게 된다. 그것은 사람이 사람으로서 마땅히 해야 할 일(義)을 다하다가, 제 한 몸을 바쳐 인仁을 이루는 것이나 다름없으니, 곧 살신성인殺身成仁이다.

48

벼루 _ 곧고 바른 의지
| 지정연 | 志貞硯 |

검게 물들여도 빛깔이 변치 않고

갈아도 정절을 바꾸지 않으니

지키는 게 확고하고

이루는 게 온화하며

교제 속에서도 더럽혀지지 않고

침범을 당하여도 다투지 않는다

세태에 따라 변치 않으며

명성을 이루려 하지 않아

속세를 피해 은둔하여도

사람들에게 인정받지 못하여도

조바심을 내지 않는다

내가 너에게서 이것을 깨닫노라

| 名 | 物 | 記 |

벼루는 '지정志貞'이니, 확고하여 변하지 않기 때문이다.

涅未移光 磷不改貞 確乎其守 溫然其成 交而無瀆 犯
而不爭 不易乎世 不成乎名 遯世不見是而无悶 予於爾
感焉

지(志) : 뜻 / 정(貞) : 곧다, 바르다, 정절 / 연(硯) : 벼루 / 날·렬(涅) : 검게 물들이다 /
린(磷) : 돌이 닳아서 얇아지다 / 확(確) : 굳다 / 독(瀆) : 더럽혀지다, 함부로 하다 / 교
이무독(交而無瀆) : 『주역』 「계사전」에, "군자는 위로 사귀되 아첨하지 않고, 아래로 사
귀되 함부로 대하지 않으니, 기미를 아는 것이다(君子上交不諂, 下交不瀆, 其知幾乎)"
하였다 / 둔세(遯世) : 현실 사회를 피해 은둔하다 / 민(悶) : 근심하다

벼루는 먹을 가는 도구이다. 한자로는 '연硯' 자를 쓰는데, 먹을
가는 게 벼루의 가장 중요한 기능이기 때문에 '간다'는 의미의 '연
硏' 자로 쓰기도 한다. 좋은 벼루가 갖추어야 할 첫 번째 조건도 두
말할 것 없이 먹이 잘 갈리는 것이다. 그러나 먹만 잘 갈린다 하여
좋은 벼루가 되는 건 아니다. 좋은 벼루라면 먹이 잘 갈리면서도,
먹물의 번짐과 먹빛이 좋은 먹물을 만들 수 있어야 한다. 그러자면
벼루의 표면에 있는 미세한 봉망鋒芒의 강도가 적당해야 하는데,
봉망이 너무 약하면 먹이 잘 갈리지 않고, 반대로 너무 강하면 먹
물의 번짐이 거칠고 먹빛도 좋지 않기 때문이다. 좋은 벼루가 갖추
어야 할 또 하나의 조건은, 갈아 놓은 먹물을 흡수하지 않아야 한
다는 것이다. 공기 속으로 기화되어 먹물이 마르는 것이야 어쩔 수
없겠지만, 먹물이 벼루에 스며들어서 마르는 일은 없어야 한다.
  이런 조건을 잘 갖춘 좋은 벼루로, 우리나라에서는 남포연藍浦硯

과 위원연渭原硯이 가장 유명하고, 중국에서는 단계연端溪硯과 흡주연歙州硯이 가장 유명하다.

벼루는 만드는 재료에 따라 옥연玉硯·목연木硯·동연銅硯·칠연漆硯·도연陶硯·와연瓦硯·석연石硯 등 여러 가지가 있지만, 이 가운데 돌로 만드는 석연을 가장 보편적으로 사용한다. 형태도 사각형·직사각형·다각형·원형·타원형 등으로 다양하고, 여기에 사군자·용·십장생十長生 같은 갖가지 문양을 조각하기도 한다. 이 때문에 벼루는 하나의 독립적인 조각품이자 공예품으로 그 예술적 가치를 인정받기도 하며, 서예를 하는 사람이라면 누구나 좋은 벼루 하나쯤은 갖기를 소망한다.

그것은 다른 문방사우인 종이·붓·먹을 애호하는 것과는 사뭇 다른데, 그 원인은 벼루의 수명과 관계가 깊다. 종이는 한번 사용하면 다시 사용하기 힘들고, 붓과 먹도 몇 달, 길어야 몇 년을 사용하면 털이 빠지거나 닳아서 없어져 버린다. 이와 달리 벼루는 평생을 사용할 수도 있고, 더 길게는 몇 대를 대물림할 수도 있다.

"붓의 수명은 날수로 헤아리고, 먹의 수명은 달수로 헤아리며, 벼루의 수명은 세대로 헤아린다." － 당경唐庚, 「가장고연명家藏古硯銘」

이처럼 오래 두고 사용하는 것이기 때문에, 좋은 벼루를 만드는 장인은 벼루의 기능성을 충분히 살리면서, 아울러 조형미를 갖추는 데도 각고의 노력을 기울인다.

벼루가 오랜 수명을 유지할 수 있는 비결은 단단한 돌로 만들어졌기 때문이다. 돌은 예로부터 십장생의 하나로서 장수의 상징이 되어 왔다. 그래서 장수를 기원하는 말로 '석수石壽'라는 말을 쓰기도 한다. 또한 돌은 장수를 상징할 뿐만 아니라, "꽃은 무슨 일로 피면서 쉬이 지고 / 풀은 어이하여 푸르는 듯 누르나니 / 아마도 변치 않을손 바위뿐인가 하노라" 하는 윤선도의 「오우가五友歌」에서 볼 수 있듯, 오래도록 변치 않는 돌은 절개의 상징물로도 이용되곤 한다.

"절개가 돌과 같아, (시간을 지체하지 않고) 하루를 넘기지 않으니, 바르고 길하다."
　　　　　　　　　　　　　　　　　　　　　　　　　－「주역」 예괘豫卦

『주역』의 '예괘'는 '즐거움'을 상징하는 괘이며, 즐거움은 많은 사람들이 추구하는 것이다. 그러나 즐거움을 지나치게 탐닉하다 보면, 자기도 모르는 사이 타락에 빠지기 일쑤다. 우리는 역사의 교훈으로 그것을 배워 왔다. 그럼에도 범인들은 그 교훈을 망각하고, 이따금 즐거움의 나락에 빠져 헤어나지 못하곤 한다. 그러나 군자는 결코 그런 즐거움에 연연하는 법이 없다. 명석한 판단력으로 떠날 때와 멈출 때의 기미를 알아채고, 시간을 지체하는 일 없이 곧바로 행동으로 옮긴다. 자기의 중심과 본성을 굳게 지키기 때문이다. 그래서 즐거움 속에서도 그 즐거움에 물들지 않는다. 외부의 자극을 받아도 늘 변치 않는 돌처럼!

"단단하다 하지 않으랴! 갈아도 얇아지지 않으니. 희다고 하지 않으랴! 검은 물을 들여도 검어지지 않으니.(不曰堅乎, 磨而不磷. 不曰白乎, 涅而不緇.)"
　　　　　　　　　　　　　　　　　　　　　　　－「논어」 「양화」

벼루란 무엇인가? 검은 돌이다. 그리고 검은빛은 벼루의 본성이요, 좋은 벼루는 먹물을 흡수하지 않는다. 그래서 시커먼 먹을 갈아도 벼루는 먹물에 물들지 않고 타고난 제 빛깔을 온전히 유지한다. 또한 단단함은 벼룻돌의 본성이다. 그래서 먹을 갈고 또 갈아도 좀처럼 얇아지지 않는다. 사람으로 말하면, 외부의 자극으로 자기의 뜻이 더럽혀지거나 훼손되지 않고, 타고난 본성을 확고하고 곧게 지키는 그런 사람이다.

벼루의 이름을 지정연志貞硯이라 한 것은 이 때문이다. '지정'이란, 뜻이 곧고 바르다는 의미이다. 뜻이 곧고 바른 사람은 다른 사람과 교제하여도 제 몸을 더럽히지 않고, 다른 사람의 침범을 당하여도 다투는 법이 없다.

근묵자흑近墨者黑이라 했으니, 먹을 가까이하는 자는 검게 물들게 마련이다. 그러나 벼루는 늘 가까이에서 먹과 교제하지만, 결코 먹물에 물들어 제 자신이 더럽혀지지 않는다. 어디 그뿐인가! 사람은 다른 사람이 손으로 자기 얼굴을 문지르기라도 하면 불쾌감으로 발끈하곤 하지만, 벼루는 먹으로 얼굴을 문지르고 붓으로 얼굴을 간지럽혀도 앙갚음하려고 다투는 법이 없다. 그저 온화하게 모든 것을 다 포용한다.

더구나 벼루는, '세태에 따라 변치 않으며, 명성을 이루려 하지 않아, 속세를 피해 은둔하여도, 사람들에게 인정받지 못하여도, 조바심을 내지 않으니', 『주역』에서 말하는 잠룡潛龍의 미덕을 오롯이 지니고 있다.

"용의 덕을 지니고 은둔한 사람이니, 세태에 따라 변치 않고, 명성을 이루려 하지 않아, 속세를 피해 은둔하여도 조바심을 내지 않고, 사람들에게 인정을 받지 못하여도 조바심을 내지 않으며, 즐거우면 행하고, 근심스러우면 떠나간다. 그 확고한 뜻을 **빼앗을** 수 없나니, 이런 사람이 '잠룡' 이다.(龍德而隱者也, 不易乎世, 不成乎名, 遯世无悶, 不見是而无悶, 樂則行之, 憂則違之. 確乎其不可拔, 潛龍也.)"

—『주역』 건괘乾卦 문언전

49

먹 _ 우주를 품은 빛깔

| 회문묵 | 晦文墨 |

환하디환하면 쉬이 드러나고

밝디밝으면 쉬이 오염되나니

오염되면 밝음이 해를 입고

드러나면 반드시 어리석어 보인다

작다 하여 어찌 커지지 않으랴!

성신誠信이 있으니 어찌 미덥지 않으랴!

은은히 드러나게 할 것이요

또렷하여 상실되지 않게 하라

비단옷에 홑옷을 덧입는 것을

군자가 숭상하는도다

| 名 | 物 | 記 |

먹은 '회문晦文'이니, 광채를 품었으되 그 광채를 드러내지 않기 때문이다.

皎皎易著 昭昭易汚 汚則害明 著必見愚 孰微不昌 孰
信不孚 有闇而章 無的而喪 尙褧之錦 君子尙之

회(晦) : 어둡다, 감추다 / 문(文) : 글, 무늬, 채색 / 묵(墨) : 먹 / 교(皎) : 희다, 밝다 /
저(著) : 드러나다 / 소(昭) : 밝다, 환하다 / 숙(孰) : 어찌 / 미(微) : 작다 / 부(孚) : 진실
하고 믿음이 있다 / 암(闇) : 어둡다, 어렴풋하다 / 장(章) : 드러나다 / 적(的) : 또렷하
다 / 상(喪) : 잃다 / 상(尙) : 더하다 / 경(褧) : =경絅, 홑옷 / 상경지금(尙褧之錦) : 『시
경』에서는 '의금경의衣錦褧衣(비단옷을 입고 홑옷을 입는다)'라 했고, 『중용』에서는
'의금상경衣錦尙絅(비단옷을 입고 홑옷을 덧입는다)'이라 했는데, 화려한 비단옷의 무
늬가 겉으로 드러나는 것을 싫어하는 뜻이다

.·❀·.

화려함을 거두어 가슴속에 품으라   斂華于衷

오래되면 바깥으로 환히 비치리라   久而外燭

−이덕무李德懋, 「회잠晦箴」

먹빛은 세상의 모든 색을 품고 있다. 세상의 모든 색을 품고 있
음에도, 요란하게 화려함을 뽐내지 않는다. 화려함을 뽐내지 않음
에도, 하얀 종이에 간결하게 그은 묵선墨線만큼 깊은 울림을 주는
것도 흔치 않다. 그런 까닭에 동아시아의 전통에서 먹은 다른 어떤
채색 안료보다 많은 사랑을 받아 왔다.

먹빛은 마음의 빛깔이다. 세상의 근원적인 진리는 보이지 않는
데 잠재되어 있는 법이다. 그러므로 눈에 보이는 색깔에 얽매어서
는 사물의 참모습을 보지 못한다. 먹빛은 마음의 눈을 뜨고 마음의

눈으로 사물을 보게 한다. 그 순간 사물의 참모습은 우리의 마음속으로 들어온다.

"먹을 운용하여 오색을 갖추는 것을 '득의得意'라 하니, 마음이 오색에 얽매이면 물상物象이 어그러지고 만다."

　　　　　　　　　　　　　　　　　　－장언원張彦遠, 『역대명화기歷代名畵記』

먹빛은 신비롭다. 세상의 모든 색을 품고 있음에도, 그 어떤 색도 드러내지 않는다. 그러면서도 오묘하게 세상의 모든 색을 은은히 드러낸다. 어두운 듯 보이지만 밝음이 내재되어 있고, 탁한 듯 보이지만 맑음이 내재되어 있다. 쉬이 드러나지도 쉬이 오염되지도 않으니, 밝음을 해칠 일도 없고 어리석음을 드러내 보일 일도 없다.

그런 빛을 가진 먹의 이름을 회문묵晦文墨이라 하였다. '회문'이란, 문文을 드러내지 않고 감추어 속으로 품는다는 뜻이다. '문文'은 글자나 문장을 뜻하기도 하지만, 화려한 무늬를 뜻하는 글자이기도 하다. 따라서 '회문'이라 하면, 화려함을 속으로 감춘다는 뜻이니, 온갖 채색을 품은 먹과는 참 잘 어울리는 이름이다.

먹의 크기는 손 안에 잡힐 정도로 자그맣다. 그러나 그것으로 천언만어千言萬語를 쓸 수도 있고, 우주의 삼라만상을 화폭에 담아낼 수도 있다. 작지만 크게 드러나는 것이다. 게다가 속이 비지 않고 가득 차 있어 빈틈이 없으니 충실하다 하겠으며, 겉과 속이 다르지 않고 한결같으니 미덥다 하겠다. 충실함과 믿음, 그것이 곧 성신誠信이다.

성신이 있는 군자는 덕행과 학식을 자랑하기보다는 내면으로 쌓는 데 힘을 쓴다. 군자가 덕행을 닦고 학식을 쌓는 것은, 남에게 알려지기를 바라는 것도 아니요, 남에게 자랑하기 위한 것도 아니다. 그저 자기 자신을 계발하고 수양하기 위한 것일 뿐이다. 그래서 군자는 자기의 덕행과 학식을 드러내 놓고 자랑하지 않는다. 세상의 모든 색을 품은 먹이 그 색을 드러내지 않듯 겸손하게 감춘다. 화려함을 속으로 감추는 '회문'이요, 화려한 비단옷에 허름한 겉옷을 걸치는 '의금상경衣錦尙絅'이다.

"『시경』에 '화려한 비단옷을 입고 허름한 겉옷을 걸친다(衣錦尙絅)' 하였으니, 그 비단옷의 화려한 무늬가 겉으로 드러나는 게 싫기 때문이다. 그러므로 군자의 도는 은은하더라도 나날이 드러나고, 소인의 도는 또렷하더라도 나날이 사라진다. 군자의 도는 담담하여도 싫증나지 않고, 간소하면서도 화려하게 문채가 나고, 온화하면서도 조리가 있으니, 먼 것이 가까운 데서 시작함을 알고, 바람이 일어나는 근원을 알며, 은미한 게 환히 드러나는 것을 안다."

—「중용」

50 부채 _ 만족하는 삶
| 안분선 | 安分扇 |

더워서 사용된들

무에 그리 기뻐하랴!

서늘하여 버려진들

무에 그리 성을 내랴!

만나는 상황에 순응하여

자기 분수에 편안하도다

| 名 | 物 | 記 |

부채는 '안분安分'이니, 사용되고 버려지는 데 관여하지 않기 때문이다.

炎而用 何喜 涼而舍 何慍 順所遇 安厥分

안(安) : 편안하다 / 분(分) : 분수 / 선(扇) : 부채 / 염(炎) : 덥다 / 량(涼) : 서늘하다 /
새(舍) : 버리다 / 온(慍) : 성내다 / 우(遇) : 만나다

맑은 바람을 일으키는 덕	風淸之德
습기를 제거하는 덕	祛濕之德
깔고 자게 하는 덕	藉寢之德
값이 저렴한 덕	價廉之德
만들기 쉬운 덕	織易之德
비를 피하게 하는 덕	避雨之德
햇빛을 가려 주는 덕	遮陽之德
장독을 덮어 주는 덕	覆甕之德

조선 후기의 문인 이유원李裕元의 『임하필기林下筆記』에 소개된
'팔덕선八德扇'이란 부채의 여덟 가지 덕이다. 이 부채는 황해도의
재령載寧과 신천信川 등지에서 풀잎을 짜서 만드는 둥근 부채인데,
농부들이 사용하는 것이라 한다.

대개의 부채는 이 여덟 가지의 덕을 가지고 있다. 그 가운데 뭐
니뭐니 해도 가장 중요한 덕은 맑은 바람을 일으키는 것이다. 요즘
이야 선풍기와 에어컨에 밀려나고 말았지만, 선풍기도 에어컨도

없던 시절에는 여름을 나는 데 부채만큼 요긴한 물건도 없었다.

그러나 그 시절에도 찬바람이 불어오는 가을이 되면, 여름날 그토록 애지중지하며 요긴하게 들고 다니던 부채라도 쓸모없는 물건이 되고 만다. 심지어 어디에 두었는지 까맣게 잊어버리기도 한다. 그래서 옛 시를 보면 추선秋扇(가을부채)은 '버림받은 여인'에 비유되곤 한다.

님의 소매 속을 드나들며	出入君懷袖
흔들흔들 미풍을 일으키나	動搖微風發
늘 두려운 건, 가을이 되어	常恐秋節至
서늘한 바람이 더위를 앗으면	凉颷奪炎熱
대나무 상자에 버려져서	棄捐篋笥中
은정이 도중에 끊어지는 것	恩情中道絕

한나라 때 반첩여班婕妤가 지었다고 전해지는 「원가행怨歌行」의 일부이다. 반첩여는 성제成帝의 총애를 독차지했던 후궁이었다. 그러나 뒷날 조비연趙飛燕에게 총애를 빼앗기자, 자기의 신세를 가을부채에 빗대어 이 시를 지었다고 한다. 원망하는 마음이 한껏 배어 있는 시이다. 인간의 마음이 원래 그렇다. 달면 삼키고, 쓰면 뱉고! 사랑받으면 좋아하고, 버림받으면 슬퍼하고!

허나 그것은 인간의 경망함이 빚어 낸 결과일 뿐, 부채는 그런 것에 전혀 아랑곳하지 않는다. 더워서 사용된들 기뻐하지 않고, 서늘하여 버려진들 성내지 않는다. 눈앞에 맞닥뜨리는 상황에 따라 일희일비하지 않는다. 그저 제가 맞닥뜨린 현실에 순응하고, 제 분수를 편안히 여길 뿐이다. 자기의 분수를 편안히 여기며 만족할 줄 아는 안분지족安分知足이요, 자기의 처지를 편안히 여기고 순리에 따르는 안시처순安時處順이다. 부채의 이름을 안분선安分扇이라 한 것은 그 때문이다. '안분'이란, 자기의 분수를 편안히 여긴다는 뜻이다.

사람도 부채처럼, 그렇게 세상을 살아야 한다. 세상이 알아주어 쓰인들, 세상이 몰라주어 버려진들, 그런 것에 일희일비해서는 안 된다. 벼슬자리에 등용되어 지위를 얻으면 나아가 자기의 경륜을 펼치면 그만이고, 지위를 잃고 물러나면 은거하여 자기를 수양하는 데 힘쓰면 그만이다. 그것을 고전 용어로 '용사행장用舍行藏'이라 한다.

"등용되면 나아가 도를 행하고, 버려지면 물러나 은둔한다.(用之則行, 舍之則藏.)"

                                                            -「논어」「술이」

등용되고(用) 버려지는(舍) 것은, 나와는 상관이 없다. 그러므로 그것에 마음을 기울여 관여할 일이 못 된다. 마음을 기울여 관여하다 보면 바라는 마음이 생기고, 바라는 마음이 생기면 집착하게 되고, 집착하게 되면 안절부절 편안할 수 없게 된다. 집착을 버리고, 바람을 버리고, 관여함을 버리면, 주어진 현실에 순응하게 되리니, 나아가 도를 행할(行) 때나, 물러나 은둔할(藏) 때나, 언제 어디서건 모든 상황에 편안해질 수 있다. 더워서 사용된들, 서늘하여 버려진들, 만나는 상황에 늘 만족하는 '안분선'처럼!

51 칼 _ 날카로움과 무딤

| 상둔도 | 尚鈍刀 |

날래게 사용하다가는

너의 칼날에 베이리니

제 능력을 잘 헤아려

노둔함을 추구하라

| 名 | 物 | 記 |

칼은 '상둔尚鈍'이니, 나아가는 게 빨라서 물러나는 것도 빨라질까 염려해서
이다.

快以用 嬰爾鋒 量其力 鈍爲功

상(尚) : 숭상하다 / 둔(鈍) : 무디다 / 도(刀) : 칼 / 쾌(快) : 날래다 / 영(嬰) : 부딪치다
/ 이(爾) : 너 / 봉(鋒) : 칼끝

칼의 이름은 상둔도尙鈍刀라 하였다. '상둔'이란, 둔鈍을 숭상한
다는 말이다. '둔'은, 노둔駑鈍(魯鈍)의 뜻이다. 그렇다고 여기서,
'둔'이 어리석고 미련하다는 뜻은 아니다. 어리석은 듯 미련한 듯,
어떤 한 가지에 집중하고 매진한다는 뜻이다. 곧 성실함이 깃든 노
둔함이라 하겠다.

칼은 날카롭다. 날카로우면 사람들이 경계하고 저항하게 마련이
다. 그래서 칼날의 날카로움만 믿고 함부로 사용하다가는, 강력한
저항에 부딪혀 그 예봉이 꺾여 버릴 수도 있고, 도리어 그 칼날에
자기가 다칠 수도 있다.

날카로움은 날램과도 통한다. 날램은 조급함을 부르고, 조급함
은 실패를 초래한다. 그래서 "날쌔게 나아가는 사람은 물러가는
것도 빠르다(其進銳者, 其退速)"(『맹자』 「진심 상」) 한다. 서두르느라 한
꺼번에 힘을 쏟다 보면 쉽게 지쳐 버리고, 지치면 포기하거나 성의
없이 건성으로 하게 마련이다.

노둔한 사람은 그렇지 않다. 미련한 듯 보여도, 한 가지에 꾸준
하고 성실하게 임한다. 공자의 제자 증자가 그랬다. 공자는 "삼參

이는 노둔해"(『논어』「선진」) 하고 말한 바 있다. '삼'은 증자의 이름이다. 증자는 공자 학문의 적통을 계승한 인물로 평가받는다. 그런 그에게 노둔하다 하였다. 왜 그랬을까? 이에 대해 여러 학자들은 설명한다. 한 가지만 성실하게 파고들 뿐, 여기저기 기웃거리느라 한눈팔지 않았기 때문이라고!

'둔鈍'의 가치는 높이 살 만하다. 그러나 성실함이 없는 '둔'이라면, 그저 어리석고 미련할 뿐이다. 성실함이 잠재되어 있는 '둔'이기에 가치 있는 것이요, 성실해야 목적한 바를 이룰 수 있다. 둔한 거북이가 날랜 토끼를 이긴 것도 성실했기 때문이다. 마부작침磨斧作針이요, 우공이산愚公移山이다. 한 가지에 성실하게 임하다 보면, 도끼도 바늘처럼 가늘게 만들 수 있고, 산을 다른 곳으로 옮길 수도 있다.

다음은 강희맹姜希孟이 지은 「등산설登山說」이다. 노둔하지만 성실한 사람과, 날래지만 불성실한 사람에 관한 이야기이다.

노나라에 세 아들을 둔 사람이 있었다. 첫째는 침착하고 성실하나 다리를 절었으며, 둘째는 호기심이 많고 건강했으며, 셋째는 경박하지만 매우 날래고 용맹하였다. 그래서 평소 일을 할 때면 셋째가 언제나 으뜸이었고, 둘째가 그 다음이었다. 첫째는 애써서 일을 해도 겨우 주어진 분량이나 채울 정도였으나, 나태하지는 않았다.

어느 날은 둘째와 셋째가 태산의 일관봉日觀峰에 누가 먼저 오르는지 겨루어 보기로 하였다. 그래서 둘이서 앞을 다투며 짚신을 수선하고 있는데, 첫째도 행장을 꾸리는 것이었다. 둘째와 셋째는, 서로 돌아보고 비웃으며 말했다.

"형님, 태산의 봉우리는 구름 위로 높이 솟아 천하를 굽어보고 있어요. 다리 힘이 좋은 사람도 오르기 어렵거늘, 절뚝거리는 다리로 어찌 감히 넘볼 수 있단 말이오!"

첫째는 빙그레 웃으며 대답했다.

"너희들 뒤만 따라가도 다행이겠지."

그렇게 삼형제는 태산 아래에 이르렀다. 둘째와 셋째가 큰형에게 당부하며 말했다.

"우리는 가파른 절벽도 단숨에 오를 수 있으니, 형님이 먼저 올라가는 게 좋겠소."

"그러마."

날이 칠흑같이 어두워졌을 무렵, 셋째는 그때까지도 산 밑에 있었고, 둘째는 산중턱까지 올라갔다. 첫째는 천천히 쉬지 않고 곧바로 산꼭대기에 올라, 산장에서 유숙하고, 새벽에 바다에서 떠오르는 해를 구경하였다.

세 아들이 집으로 돌아오자, 아버지가 무엇을 보았는지 물었다. 셋째가 먼저 말했다.

"제가 산기슭에 도착하였을 때는, 해가 아직도 많이 남아 있었습니다. 저는 저의 날렵함만 믿고, 주변의 계곡과 꼬불꼬불한 샛길을 이리저리 돌아다녔고, 기화요초를 모조리 모았습니다. 그렇게 한없이 서성이다 보니, 어느새 날이 저물었습니다. 그래서 바위 밑에서 잠을 자는데, 구슬픈 바람소리가 시끄럽게 들려오고, 계곡의 물소리가 요란하였으며, 여우와 멧돼지가 주위를 맴돌며 울어 댔습니다. 초조하고 두려운 마음에, 힘을 내서 내달리려 했지만, 호랑이와 표범이 무서워 그만두었습니다."

다음에 둘째가 대답했다.

"저는 겹겹이 늘어선 봉우리와, 깎아지른 절벽과, 높다랗게 날을 듯이 내달린 산줄기와, 비껴 지른 봉우리에 기울어진 고개를, 빠짐없이 구경하였습니다. 산봉우리는 갈수록 더 많아지고 더욱더 높아져, 다리의 힘도 그에 따라 지쳐 버렸습니다. 그 바람에 겨우 산중턱에 이르렀는데도, 날이 벌써 저물고 말았습니다. 그래서 저도 바위 밑에서 잠시 쉬고 있었는데, 구름과 안개가 자욱하여 지척을 분간할 수 없었고, 옷과 신발이 축축하게 젖었습니다. 산마루로 오르자니 아직도 아득하고, 산 아래로 내려가자니 그 역시 멀어서, 거기서 주저앉고 올라가지 못했습니다."

마지막으로 첫째가 대답했다.

"저는 제 다리가 절뚝거리는 것을 고려하고, 제 걸음이 느린 것을 염려하여, 곧장 한 길을 찾아 쉬지 않고 비틀거리며 올라갔습니다. 그러면서도 여전히 시간이 부족할까 걱정스러웠는데, 어느 겨를에 주위를 돌아다니고 멀리까지 구경할 수 있었겠습니까? 그래서 마음과 힘을 다해, 조금씩 기어가며 쉴 새 없이 올라갔더니, 하인이 '이제 정상입니다' 하였습니다. 하늘을 우러러보니 해가 손에 잡힐 듯이 가까웠고, 첩첩 산들을 내려다보니 울울창창하여 그 끝이 어디인지 알 수가 없었습니다. 그리고 산들은 마치 흙무더기 같았고, 계곡들은 꼭 주름살 같았습니다. 해가 바다로 잠기자 하계下界가 칠흑같이 어두워졌는데, 주위를 바라보니 별빛이 반짝거려 손금도 환히 보였습니다. 너무도 즐거운 나머지 잠자리에 들어도 좀처럼 잠이 오질 않았습니다. 새벽닭이 한번 울자 동방이 밝아오더니, 붉은 빛이 바다를 뒤덮었고, 금빛 파도가 하늘과 맞닿아, 마치 붉은 봉황과 금빛 뱀이 그 사이에서 요동치는 듯했습니다. 이윽고 수레바퀴 같은 붉은 태양이 둥글둥글 구르며, 오르락내리락하더니만, 눈 깜짝할 사이에 창공으로 떠올랐는데, 정말 빼어난 절경이었습니다."

세 아들의 말을 다 듣고는, 아버지가 말하였다.

"참으로 이런 일이 있었다. 자로子路(공자의 제자)의 용맹으로도, 염구冉求(공자의 제자)의 재주로도, 끝내 공자의 경지에 이르지는 못하였으나, 증자曾子는 노둔함에도 마침내 그 경지에 이르렀느니라. 너희들은 이것을 명심해야 할 것이다."

아들아! 덕업德業을 닦는 순서와 공명功名을 성취하는 길은, 모두 낮은 데서 높은 곳으로 오르고, 아래에서 위로 나아가는 것이다. 세상일에 그렇지 않은 게 없다. 그러니 힘을 믿고 자만하지 말고, 힘을 게을리 하여 자포자기하지 않는다면, 다리를 절면서도 스스로 노력한 사람처럼, 목적한 바를 이룰 수 있을 것이다. 이 말을 소홀히 여기지 말거라.

52 송곳 _ 날카로움의 경계

| 계리추 | 戒利錐 |

날카로움이 미덥다

하지 말라

뚫는 게 어렵지 않다

하지 말라

강하면 쉬이 부러지고

단단함엔 곤액이 많은 법

신중하지 못하여 다친다면

장차 그 누구를 원망하랴!

| 名 | 物 | 記 |

송곳은 '계리戒利'이니, 교묘한 말재주로 나라를 뒤엎는 것을 미워하기 때문이다.

莫謂利之可恃 莫謂鑽之無難 剛則易折 堅必多困 不愼
而傷 將誰之怨

■|六|十|銘|■

계(戒) : 경계하다 / 리(利) : 날카롭다, 재빠르다 / 추(錐) : 송곳 / 시(恃) : 믿다 / 찬
(鑽) : 뚫다, 옛글을 보면 '뚫는다(鑽)'는 말은 '부단한 노력'을 비유하는 경우가 많다

말 잘하는 사람에게는 옳은 것을 그른 것으로 만들고 그른 것을
옳은 것으로 만들며, 현인을 불초한 자로 만들고 불초한 자를 현인
으로 만드는 비상한 재주가 있다. 만일 임금이 그런 자의 말을 좋
아한다면 나라가 뒤집히는 것도 그다지 어렵지 않을 것이다. '주
초위왕走肖爲王'이니 '조광조가 인심을 얻었다'느니 하는 교묘한
말솜씨에 중종이 현혹되자, 온 조정이 발칵 뒤집히고 칼바람이 휘
몰아쳐 수많은 사람들이 무고하게 죽임을 당하거나 변방으로 유배
되었다. 기준이 이곳 온성에 유배된 것도 그 때문이었다. 그러니
어찌 경계하지 않고 미워하지 않으랴!

"교묘한 말재주로 나라를 뒤엎는 것을 미워한다.(惡利口之覆邦家
者.)"
－『논어』「양화」

공자의 이 말을 경계로 삼기 위해 송곳의 이름을 계리추戒利錐라
하였다(「명물기」). '계리戒利'는 날카로움을 경계한다는 뜻이니, 송
곳 끝의 뾰족하고 날카로움을 경계한다는 의미이다. 그런데 날카

로움은 종종 교묘하고 날랜 재주를 비유하기도 하므로, '리利'자에는 '재빠르고 교묘하다'는 뜻도 들어 있다. 그래서 말을 재빠르고 교묘하게 잘하는 것을 '이구利口' 또는 '이설利舌'이라 하기도 한다. 공자는 말솜씨가 교묘한 것을 지독하게 싫어했다. 알맹이는 없고 겉만 번지르르하며, 장차는 인仁을 해치고 나라를 망치기 때문이었다.

그런데 그게 어디 말뿐이랴! 무엇이건 날카롭거나 재빠르거나 교묘한 것은 그다지 믿을 게 못 된다. '날쌔게 나아가는 사람은 물러가는 것도 빠른' 법이요, 제 재주만 믿고 노력을 게을리 하기 십상이다. 물건을 '뚫는 게 어렵지 않은' 날카로운 송곳도 그 끝을 갈지 않으면 결국 무뎌지고 말듯, 사람도 날랜 재주만 믿고 노력을 게을리 하다가는 언젠가 큰 낭패를 당하고 만다.

날카로운 것은 쉬이 무뎌지고, 강한 것은 쉬이 부러지며, 단단한 것은 많은 어려움에 부딪히는 게 세상의 이치이다. 치망설존齒亡舌存이니, 사람이 늙어지면 단단한 이는 사라져도 부드러운 혀만은 끝까지 살아남는다. 노자老子의 표현을 빌자면, 굳세고 강한 것은 죽음의 상징이요, 부드럽고 약한 것은 생명의 상징이다.

"사람이 태어날 때는 부드럽고 약하지만, 죽으면 단단하게 굳는다. 만물과 초목도 태어날 때는 부드럽고 연하지만, 죽으면 메마르고 뻣뻣해진다. 그러므로 굳고 강한 것은 죽음의 무리요, 부드럽고 약한 것은 삶의 무리이다. 이 때문에, 군대는 강하다고 이길 수 있는 게 아니요, 나무는 강하면 꺾여 버린다. 강대한 것은 아래에 놓이고, 유약한 것은 위에 놓인다." 　　　　　　　　　　　　－「노자」

　스승 상창常摐이 병들자 노자가 문안을 갔다. (중략) 상창이 자기
의 입을 벌려서 노자에게 보여 주며 물었다.

　"내 혀가 있느냐?"

　"있습니다."

　"내 이가 있느냐?"

　"없습니다."

　"그 이유를 아느냐?"

　"혀가 남아 있는 것은 혀가 부드럽기 때문이고, 이가 없는 것은
이가 강하기 때문이 아닙니까?"

　"그래, 맞다. 세상만사의 이치가 여기에 다 들어 있으니, 내가 너
에게 무엇을 더 일러 주랴!" 　　　　　　　　　－「설원」「경신」

나라에 도가 있어야

공자는, 곧은 말을 하라 했다

천지가 서로 소통하는 조화로

초목들이 번성하게 자라나니

천지가 이미 닫혀 버렸음에도

여전히 주머니 묶는 걸 숭상한다면

주머니는 비록 허물이 없을지라도

그 시대는 선善하지 못한 시대이니

나는 주머니를 묶지 않음으로써

명철明哲한 세상을 기다리노라

| 名 | 物 | 記 |

주머니는 '불괄不括'이니, 주머니를 묶듯이 하면 허물도 없고 명예도 없다는
것과 반대의 의미를 취한 것이다.

邦之有道 聖云危言 交暢之化 草木其蕃 天地既閉 囊
猶尙括 囊雖无咎 時則不穀 我欲不括 以竢明哲

불(不) : ~하지 않다 / 괄(括) : 묶다 / 낭(囊) : 주머니 / 방(邦) : 나라 / 위언(危言) : 곧
은 말 / 성운위언(聖云危言) : 『논어』 「헌문」에, "나라에 도가 있으면 말도 꼿꼿하게 하
고 행동도 꼿꼿하게 하며, 나라에 도가 없으면 행동은 꼿꼿하게 할지라도 말은 삼가
야 한다(邦有道, 危言危行, 邦無道, 危行言孫)"는 공자의 말이 있다 / 창(暢) : 펴다, 통
하다, 창달하다 / 번(蕃) : 번성하다 / 곡(穀) : =선善. 착하다, 좋다 / 사(竢) : 기다리다
/ 명철(明哲) : 선악과 시비를 변별하는 밝은 지혜

.｡◦❀◦｡.

"주머니를 묶듯이 하면, 허물도 없으며, 명예도 없으리라.(括囊,
无咎, 无譽.)"

−『주역』 곤괘坤卦

『주역』의 이 구절에서 비롯하여 '괄낭'이라 하면, 주머니의 주
둥이를 졸라매듯 입을 꼭 다물고 말을 하지 않는 것을 비유한다.
여기서는 주머니의 이름을 불괄낭不括囊이라 하였으니, 『주역』의
이 구절과는 반대의 의미를 취한 것이다. 그렇다면 그게 무슨 뜻인
가? 몸 사리지 않고 할 말은 하겠다는 뜻이다.

공자는, "나라에 도가 있으면 말도 꼿꼿하게 하고 행동도 꼿꼿
하게 하며, 나라에 도가 없으면 행동은 꼿꼿하게 할지라도 말은 삼
가야 한다"(『논어』 「헌문」) 하였다. 올바른 도가 통하는 안정된 세상
에서는 말과 행동을 모두 곧고 바르게 하고, 혼탁한 세상에서는 행
동은 곧고 바르게 하되 말은 조심하여 화를 피하라는 의미이다.

『주역』 곤괘의 문언전에서도 이와 비슷한 취지의 말이 나온다.

"천지가 변화하면 초목이 번성하고, 천지가 닫히면 현인이 은둔하니, 『주역』에서 '주머니를 묶듯이 하면 허물도 없으며 명예도 없다' 한 것은, 삼가야 한다는 말이다.(天地變化, 草木蕃, 天地閉, 賢人隱, 易曰, 括囊无咎无譽, 蓋言謹也.)."

그러나 천지가 닫혀 버린 세상, 곧 부조리와 모순으로 가득 찬 혼탁한 세상에서는, 초목이 자라지 못해 결실을 맺지 못함은 물론이요, 그런 세상에서는 사람도 제대로 살아갈 수가 없다. 현실이 이러함에도, 제 한 몸 지키자고 현실을 외면하고 불의에 침묵한다면, 그런 사람은 선비가 아니다. 순자荀子의 표현을 빌자면 부유腐儒, 곧 썩은 선비이다.

"『주역』에 이르기를, '주머니를 묶듯이 하면 허물도 없으며 명예도 없다' 한 것은, 썩은 선비를 두고 한 말이다.(易曰, 括囊無咎無譽, 腐儒之謂也.)"

　　　　　　　　　　　　　　　　　　　　　　　-『순자』「비상非相」

진정한 선비라면, 현실의 부조리와 모순에 저항하고, 비판적인 태도를 취할 수 있어야 한다. 행동은 물론이요, 때로는 말로써, 때로는 글로써 나서야만 한다. 그것이 곧 선비의 직언直言이요 직필直筆이다. 물론 그 과정에서, 허물(죄)을 뒤집어쓸 수도 있겠으나, 선비의 사명과 명예는 그렇게 함으로써 지켜진다. 주머니를 묶지 않겠다 함은, 곧 직언과 직필을 꺾지 않겠다는 의지의 표현이며, 직언과 직필을 꺾음으로써 구차하게 살면서 명예를 잃느니, 선비의 사명을 다함으로써 명예를 굳게 지키겠다는 뜻이다.

선비가, 지식인이, 자기의 사명을 다할 때, 세상은 명철明哲해진다. 이때의 명철은 세상에서 흔히 말하듯, 세상물정을 잘 살피고 말과 행동을 조심함으로써 제 한 몸 잘 보존한다는 의미의 명철보신明哲保身과는 그 뜻을 달리한다. 명철보신이란, 원래 『시경』 「증민烝民」 시에 나오는데, 이에 대한 다산 정약용의 풀이가 이 글에서 말하는 '명철'의 의미와 잘 부합한다.

"선악을 변별하는 것을 '명明'이라 하고, 시비를 변별하는 것을 '철哲'이라 하며, 어리고 약한 사람을 붙잡아 주는 것을 '보保'라 한다. 보保는 보뭇이니, 아들이 양쪽 곁에서 부축하는 것을 본뜬 글자이다. 대신大臣의 의리는, 사람으로 임금을 섬기는 것이다. 그런 까닭에 선악을 밝게 변별하여 어진 선비를 등용하고, 시비를 밝게 변별하여 빼어난 인재를 발탁한다. 이렇게 등용되고 발탁된 어진 선비와 빼어난 인재가 내 몸을 붙들도록 하고, 내 몸이 붙들어짐으로써 한 사람(임금)을 섬긴다. 이것이 대신의 직분이다.

지금 세속에서는 이 시(『시경』 「증민」)에 대해 해석하기를, 이해利害를 구별하는 것을 '명明'이라 하고, 말할 때와 침묵할 때를 아는 것을 '철哲'이라 하며, 몸을 온전히 하여 화를 모면하는 것을 '보保'라 한다. 정현鄭玄이나 주자朱子의 풀이에 이런 말이 어른거리지도 않았으나, 수많은 사람들이 한 입으로 부화뇌동하여 깨뜨릴 수 없게 되었다. 그 때문에 제 한 몸을 온전히 하고, 제 한 집안을 보존하는 것을, 참으로 지극한 비결로 여긴다. 그러나 이 뜻이 확립되고 나면, 임금이 앞으로 누구와 함께 나라를 다스리랴?"

—정약용, 「답김덕수答金德叟」

'불괄낭', 곧 주머니를 묶지 않는다 함은, 직언과 직필을 꺾지 않음으로써 선악과 시비를 분명하게 판단하는 명철한 선비가 되고자 하는 결연한 뜻을 담은 것이다.

기준은 '괄낭' 하는 썩은 선비가 되지 않으려 하였다. 일신의 안녕을 꾀하느라 불의에 침묵하지 않으며, 살아 있는 시대정신을 지키기 위해 불의에 침묵하지 않고 맞서려 하였다. 『중종실록』에서는 기준에 대해, "강개하여 일을 논할 때면 고려하는 바가 없었고, 늘 임금 앞에서 곧은 말과 격렬한 논의로 언론을 격렬하게 하여, 듣는 사람들의 마음을 용동聳動시켰다. 그러나 대신大臣들은 대체로 그를 미워하였다"(중종 12년 10월 30일) 하였으니, 평소 왕의 면전에서도 직언을 서슴지 않았음을 알 수 있다. 기묘사화 때 그가 뒤집어쓴 죄목도, "사리에 맞지 않고 과격한 논의에 부화뇌동했다"는 것이었으니, 불의에 침묵하지 못하는 그의 강직한 언사言辭가 정치 모리배들의 심기를 건드렸던 것이다.

임금 사랑 나라 근심으로 화禍를 이루었고	愛君憂國仍成禍
서슴없이 곧은 말을 하다 해害가 생겼도다	直道危言竟害生
삶도 탐하지 않거늘 어찌 죽음이 두려우랴	本不貪生誰畏死
황천皇天이 아래로 임하여 매우 밝고 밝으리라	皇天臨下太昭明

—기준, 「옥중에서 소매에 쓴 글(獄中袖書)」

그가 두려워한 건 죽음이 아니었다. 바른 말을 못하고 비굴하게 제 한 몸 보존함으로써 지식인의 사명을 저버리는 게 두려웠고, 불의에 타협함으로써 밝은 하늘에 죄를 짓는 게 두려웠다.

우리 근현대사에서 '마지막 선비'라 불리는 심산心山 김창숙金昌淑도, 도연명의 「귀거래사歸去來辭」에 「반귀거래사反歸去來辭」로 화답한 바 있으니, 기준의 「불괄낭」과 같은 마음이었다. 일제 강점기에 격렬하게 항일독립 투쟁을 벌였고, 해방 뒤에 민족통일과 반독재 운동을 치열하게 이끌었던 그다. 일제의 고문을 받고 앉은뱅이가 되었는가 하면, 반독재 운동을 이끌다 괴한의 테러를 받았던 그다. 그는 자기 한 몸의 안정을 찾겠다고 조국의 현실을 차마 외면하지 못했다. 그런 뜻을 「반귀거래사」에 담았으니, 불의와 반동에 직언과 직필은 물론이요, 행동으로 항거하겠다는 확고한 의지를 표현한 것이다.

부조리한 현실을 외면하고 침묵하는 자는 참선비가 아니요, 썩은 선비이다. 「불괄낭」과 「반귀거래사」는 모두 올곧은 선비 정신을 지켜서 썩은 선비가 되지 않겠다는 단호한 자기 다짐이다. 그래야 역사 앞에 부끄럽지 않고 떳떳할 수 있다. 「반귀거래사」는 이렇게 끝을 맺는다.

환한 백일白日 같은 이 마음　　　　　　皦白日之此心
귀신에게 물어도 떳떳하리라　　　　　質諸鬼神可無疑

54 빗 _ 마음을 다스리는 도구
| 이분즐 | 理紛櫛 |

만 갈래로 나뉘어져 뒤섞여도

근본에서 하나로 통합되는 법

근원을 추구하면 근본에 가까워지고

말단에 힘을 쓰면 근본에서 멀어지리

뿌리에서 뻗어 나온 가지를

헝클어지지 않게 다스리되

큰 벼리를 들면

그물의 가닥이 모두 꿰어지듯

예禮로써 단속하여

흐트러지지 않게 하라

| 名 | 物 | 記 |

빗은 '이분理紛'이니, 머리카락을 단정하게 빗는다는 뜻이다.

萬殊紛綸 一統于本 求源則近 力末者遠 由根連枝 因
治制亂 宏綱以擧 群條共貫 約之于禮 勿使其散

리(理) : 다스리다, 이치 / 분(紛) : 어지럽다 / 즐(櫛) : 빗 / 수(殊) : 다르다 / 분(紛) : 어
지럽다, 섞이다 / 륜(綸) : 실, 다스리다 / 분륜(紛綸) : 어지러운 모양 / 굉(宏) : 크다 /
강(綱) : 벼리 / 조(條) : 가지, 실 / 약지우례(約之于禮) : 약지이례約之以禮. 예로써 요
약(단속)하다

빗은 흐트러진 머리카락을 단정히 빗는 데 사용하는 도구이다.
때로는 머리카락에 묻은 때와 비듬을 제거하거나, 머리에 꽂아 장
식하는 데도 이용되었다. 예로부터 우리나라 사람들은 용도와 크
기가 다채로운 여러 종류의 빗을 사용하였는데, 그 종류는 크게 얼
레빗, 참빗, 면빗, 음양소陰陽梳, 상투빗 등이 있다. 얼레빗은 빗살
이 굵고 성긴 반원형의 큰 빗으로, 생김새가 반달 모양이라 '월소
月梳'라고도 하며, 엉클어진 머리카락을 대충 가지런히 할 때 사용
한다. 참빗은 빗살이 가늘고 촘촘한 대빗으로 '진소眞梳' 또는 '세
소細梳'라고도 하며, 머리카락을 정갈하게 다듬는 데 사용한다. 면
빗은 관자놀이와 귀 사이에 난 가늘고 고운 머리카락을 빗어 넘기
는 데 쓰이는 작은 빗으로 '면소面梳'라고도 한다. 음양소는 빗살
이 한쪽은 성기고 한쪽은 촘촘한 빗이다. 상투빗은 상투를 틀 때
머리카락을 정리하던 빗으로, 좁고 빗살이 깊은 게 특징이다. 단정
한 차림을 매우 중요시했던 옛사람들은 하루의 일과를 빗질로 시

작하여, 머리카락 한 올이라도 흐트러지지 않도록 유의하였다.

그렇다고 빗질을 하는 게 외모를 단정하게 하기 위한 것만은 아니었다. 빗질은 건강을 유지하는 유용한 수단이기도 했다.

"머리카락은 자주 빗어야 한다. 머리카락은 혈血의 여분이다. 하루에 한 번은 빗어야 한다. 머리카락을 자주 빗으면 눈이 밝아지고 풍風을 없애 준다. 그래서 도가道家에서는 늘 새벽에 빗질을 120번씩 하였다."
　　　　　　　　　　　　　　　　　　　　　－『동의보감』, 「외형편」

그뿐이 아니다. 옛사람들은 빗으로 헝클어진 머리카락을 단정하게 가다듬듯, 머리를 빗을 때마다 몸에 쌓인 허물을 닦아 내고, 마음속에 얽혀 있는 잡념과 혼란을 다스리는 데도 힘을 기울였다.

머리에 있는 때는	頭有垢
빗으로 빗어 내고	梳以攘之
몸에 있는 허물은	身有愆
예로써 막아 내고	禮以防之
마음에 있는 망념은	心有妄
경으로 제어하라	敬以將之

　　　　　　　　　　　　　　　　　　－권득기權得己, 「소명梳銘」

빗이 머리의 때를 빗어 내는 수단이라면, 예禮는 몸(행실)의 허물을 빗어 내는 수단이요, 경敬은 마음의 망념을 빗어 내는 수단이란 말이다. 기준도 이런 의미를 담아 빗의 이름을 이분즐理紛櫛이라 하였다. '이분'이란 어지러운 것을 다스려 바로잡는다는 뜻이니,

빗으로 헝클어진 머리카락을 단정하게 가다듬듯, 몸과 마음의 허물과 혼란을 단정하게 바로잡겠다는 다짐이다.

수백만 가닥에 이르는 사람의 머리카락은 하나의 머리에 근본을 두고, 하나의 머리에서 수백만 가닥의 머리카락이 자라난다. 세상의 이치 또한, 가지가지의 현상은 하나의 근본으로 귀결되고, 하나의 근본은 가지가지의 현상으로 나타난다. 비유하자면, 나무의 수많은 가지가 하나의 뿌리에 근본을 두고, 하나의 뿌리에서 수많은 가지가 뻗어 나는 것과 같다. 이것을 만수일본萬殊一本, 일본만수一本萬殊라 한다.

만수일본과 일본만수는, 성리학의 인성론人性論에서 중요한 개념의 하나이다. 성리학에서는 사람의 성품을 본연지성本然之性과 기질지성氣質之性으로 나누는데, 가지가지의 현상이 하나의 근본으로 귀결되는 만수일본이 곧 본연지성이고, 하나의 근본이 가지가지의 현상으로 나타나는 일본만수가 곧 기질지성이다. 본연지성이란 사람이 타고난 본모습이 간직된 순수하고 지극히 선한 상태를 가리키고, 기질지성이란 사람의 순수한 본모습이 감각과 욕망에 가려져 시비와 선악이 혼재된 상태를 가리킨다. 여기에서 발전한 성리학의 윤리관은, 사람이 수많은 감각과 욕망(기질지성)을 억제함으로써, 본래의 선한 모습(본연지성)을 회복할 것을 요구한다.

이 글에서 머리카락은 기질지성으로, 머리카락이 자라나는 바탕인 머리는 본연지성으로 형상화되어 있다. 따라서 빗으로 머리카락을 단정히 하는 것은, 기질지성인 감각과 욕망을 억제하여 본연지성인 선한 본모습을 회복하는 데 힘쓰는 것을 비유한다.

그리고 감각과 욕망을 억제하는 큰 벼리는, 바로 '예禮'이다. 벼리란 그물의 위쪽 코를 꿰어 놓은 줄을 가리키는데, 그것을 잡아당기거나 풀어서 그물을 오므렸다 펼쳤다 할 수 있다. 그물의 벼리처럼 사람의 가지가지 언행을 단속하고 제어하는 것은, '예'이다. 그래서 공자는 '예가 아니면, 보지도 말고, 듣지도 말고, 말하지도 말고, 움직이지도 말라'(『논어』 「안연」) 하였다.

사람의 몸에서 머리카락만큼이나 헝클어지기 쉬운 것도 없으며, 헝클어진 머리카락은 '빗'으로 단정하게 한다. 마찬가지로 사람의 마음은 머리카락만큼이나 흐트러지기 쉬우며, 흐트러진 마음은 '예'로써 단속한다. 그렇다면 '예'는 마음의 빗인 셈이다.

그 빗을 넣어 두는 빗접에는 이렇게 적어 놓기도 하였다.

더러운 때를 제거하고	去爾垢
엉킨 것을 풀 것이요	解爾紛
곧음을 뜻으로 삼아	直爲意
마음을 섬길지어다	事天君
그윽이 마음을 닦아	闇厥脩
찬란히 빛낼 것이요	煥其文
새롭고 또 새롭게 하기를	新又新
아침저녁으로 이어가라	繼朝曛

—기준, 「소첩명梳帖銘」

이(齒)는 본래 흰빛이로되

더러워지면 희지 않나니

희지 않은 것을 희게 할 수 있는 건

본래의 흰빛이 아직 남아 있기 때문

닦아 내어 이롭게 하고

헹구어서 청결히 하여

본래의 흰빛을 회복하되

묵은 때를 아까워 말라

| 名 | 物 | 記 |

칫솔은 '이頤'이니, 이(齒)를 청결하게 하기 때문이다.

齒之本白 染則不白 不白者可白 本白者猶在 利爾刮
潔爾漱 復厥白 毋吝舊

■|六|十|銘|

이(頤) : 턱 / 목(木) : 나무. 치목齒木 / 괄(刮) : 깎다, 닦다 / 결(潔) : 깨끗하다 / 수
(漱) : 양치질하다 / 린(吝) : 아끼다, 아까워하다

·⚜·

칫솔의 이름은 이목頤木이다. '이頤'는 이가 붙어 있는 턱을 뜻
한다. '목木'은 치목齒木이니, 곧 이를 닦는 데 쓰는 나뭇조각을 가
리킨다. 치목은 특히 버드나무의 가지를 잘라서 만드는데, 끝부분
을 여러 차례 씹어서 가늘게 솔처럼 쪼갠 다음, 그것으로 이나 입
안의 음식 찌꺼기를 닦아 낸다. 그래서 그것을 양지楊枝(버들가지)라
고도 한다. 이쑤시개를 뜻하는 일본어 요지ょうじ도, '楊枝'의 일본
식 발음이다. 우리말 '양치養齒질'도, 그 어원은 '양지楊枝질'이다.
그것은 원래 불교에서 유래한 것으로, 산스크리트어로 단타카스타
dantakāṣṭha라 한다. 불교에서는 구강 위생과 건강을 유지하기 위
해 오래 전부터 버드나무로 만든 치목을 사용하였는데, 이것은 승
려가 탁발 걸식을 할 때 항상 몸에 지니고 다니는 18가지 도구의
하나이기도 했다.

치목의 재료가 되는 버드나무는 정수 작용이 있어서 예로부터
우물가에 많이 심어 왔으며, 해열이나 진정에도 효과가 있다고 한
다. 또한 나뭇조각을 여러 번 씹는 과정에서 치아 사이에 끼어 있

는 음식 찌꺼기들이 제거되기도 하고, 잇몸의 혈액 순환이 촉진되기도 하며, 침도 많이 분비되는데 침은 세균을 씻어 내는 천연 구강 세척제 역할을 한다.

예나 이제나 아침에 일어나 세수를 하고 이를 닦는 것은, 인간의 삶에서 하나의 의식으로 자리잡은 지 오래이다. 그것은 몸을 청결하고 단정하게 하기 위한 것이기도 하려니와, 지난밤의 혼몽한 정신을 맑고 밝게 깨우기 위한 것이기도 하다.

이는 본디 하얀 빛이다. 그리고 하얀 빛은 밝음과 선善을 상징한다. 하얀 이처럼 사람의 본성도 선하다. 그것이 맹자의 성선설性善說이요, 맹자의 성선설을 계승한 조선의 선비들은 이러한 입장을 취하였다.

그런데 이가 본래는 비록 하얗지만, 음식 찌꺼기가 쌓여 더러워지면 누렇게 변한다. 그러므로 묵은 음식 찌꺼기를 닦아 낸다 하여 전혀 아까울 게 없다. 칫솔로 닦아 내고, 물로 헹구어서 청결하게 유지해야 한다. 사람도 본성이 비록 선하지만, 욕망에 가려지면 악으로 흐른다. 그러므로 묵은 욕망을 제거한다 하여 전혀 아까울 게 없으니, 늘 수신修身에 힘써서 욕망을 제거하고 선한 본성을 회복하여야 한다. 그것을 복초復初 또는 복성復性이라 한다. 잃어버린 처음의 본성을 회복한다는 뜻이다.

이를 깨끗하게 닦아 하얗게 하는 마음으로, 마음을 정결하게 닦아 본디부터 선한 처음의 본성을 되찾으라고, 칫솔은 우리를 깨우치고 있다.

광명이 다하는 건

기름이 고갈된 탓

어둠이 생기는 건

깜부기불에서 싹튼 것

싹이 튼 건 제거하고

고갈된 건 채워 넣어

그 공효를 무너뜨리지 말고

그 밝음을 끝없이 이어가라

| 名 | 物 | 記 |

등잔걸이는 '집희緝熙' 이니, 그 밝음이 계속되기 때문이다.

光之歇 由膏之渴 暗之生 由燼之萌 萌者去之 渴者添
之 毋虧厥功 用緝其熙

집 · 즙(緝) : 잇다, 계속하다 / 희(熙) : 밝다 / 경(檠) : 등잔걸이, 등잔을 적당한 높이에
얹도록 한 등잔 받침대를 등경燈檠이라 한다 / 헐(歇) : 쉬다, 다하다 / 고(膏) : 기름 /
갈(渴) : 마르다 / 신(燼) : 깜부기불(불꽃 없이 붙어서 거의 꺼져 가는 불) / 맹(萌) : 싹
트다 / 첨(添) : 더하다 / 휴(虧) : 이지러지다

등잔은 기름을 연료로 불을 켜는 그릇이다. 재료에 따라 토기土
器, 도기陶器, 자기磁器, 석기石器, 유기鍮器, 철기鐵器 등 여러 가지
가 있다. 이 등잔에 기름을 채우고, 종이 · 솜 · 노끈 따위로 심지를
만들어 넣어 불을 밝힌다. 불을 더 밝게 하려면 심지를 2개 사용하
기도 하는데, 이것을 '쌍심지' 라 한다.

그런데 등잔만 가지고는 높이가 낮아서 방 전체를 밝히기 어렵
기 때문에, 적당한 높이에 등잔을 올려놓고 불빛이 널리 퍼지게 하
려고 등가燈架나 등경燈檠을 사용하기도 한다. 등가와 등경을 우리
말로는 모두 '등잔걸이' 로 통용해 쓰는데, 엄밀하게 구분하면 등
가와 등경은 모양이 서로 다르다. 등가는 기둥 윗부분에 바로 등잔
을 올려놓게 만든 것으로, 등경과는 달리 기둥에 등잔걸이를 거는
단이 없다. 등경은 단이 있는 기둥에 등잔을 올리는 등잔걸이를 건
것으로, 등잔을 걸어 놓은 모양이 '두斗' 자와 비슷하다 하여 '광
명두리(光明斗)' 라고도 한다. 특히 등경은 적당한 간격으로 단을 여

러 개 만들어 필요에 따라 등잔의 높이를 조절할 수 있게 하였다.

전깃불이 없던 시절, 등잔불은 해가 진 뒤의 칠흑 같은 밤을 은 은히 밝혀 주는 우리네 삶의 동반자였다. 그 아래서 선비들은 책을 읽었고, 아낙네들은 바느질을 하였다. 그러나 밤이 낮만큼이나 밝 고 화려한 지금, 등잔불은 역사의 뒤안길로 사라지고 추억으로만 남게 되었다.

등잔을 올려놓는 이 등잔걸이의 이름은 집희경緝熙檠이라 하였 다. '집희'란, 계속하여 밝게 한다는 뜻으로, 『시경』에서 따온 이 름이다.

나날이 나아가며 다달이 진보하여   日就月將
배움이 계속 밝아 광명에 이르도다   學有緝熙于光明
                                −『시경』「경지敬之」

기름을 연료로 하는 등잔이기에, 기름이 다하면 밝게 타오르던 등불은 꺼지고, 탈 듯 말 듯 타다 남은 깜부기불에서 어둠의 싹이 튼다. 여기서 '기름'은 노력의 상징이요, '싹'은 게으름의 싹을 비 유한다. 게으름의 싹은 처음부터 잘라 버리고, 꺼지지 않는 마음의 등잔불을 끊임없이 밝혀야 한다. 기름의 자양분으로 등불은 밝게 타고, 노력의 자양분으로 배움은 더욱 밝아져서 일취월장日就月將 하게 되리니!

기준보다 약간 앞선 시기의 학자 김일손金馹孫의 「단경명短檠銘」 에도 이와 유사한 내용이 보인다.

기름에 의지하여 밝게 타오르고　　　　　　　托膏而焰

기름이 다하면 어둠침침해지듯　　　　　　　膏盡則晻

배움에 의지하면 총명해질 것이요　　　　　　賴學則明

배우지 않는다면 총명을 잃으리라　　　　　　失學則盲

불어리 _ 순수한 마음과 올곧은 행실

| 불미구 | 弗迷簾 |

내면이 비어 있어

밝음에 다른 게 섞이지 않고

바깥이 방정하니

사기邪氣가 들어가지 못한다

사기가 들어가지 못하면

내면으로 선한 기운이 충만하고

밝음에 다른 게 섞이지 않으면

바깥으로 밝은 빛이 발산되리라

내면으로 선한 기운이 충만하고

바깥으로 밝은 빛이 발산되니

무엇이 두렵고 무엇이 무서우랴!

| 名 | 物 | 記 |

불어리는 '불미弗迷'이니, 폭풍과 뇌우雷雨 속에서도 흔들리지 않기 때문이
다.

虛其內 明不雜 方其外 邪不入 不入則充內 不雜則照

外 旣充且照 何懼何畏

불(弗) : 아니다 / 미(迷) : 미혹하다, 혼미하다 / 구(篝) : 배롱焙籠, 불어리(불티가 바람
에 날리지 않도록 등잔이나 화로 따위에 들씌우는 기구) / 잡(雜) : 뒤섞이다 / 방
(方) : 네모, 방정하다 / 사(邪) : 사악하다 / 충(充) : 채우다 / 조(照) : 비추다 / 구(懼) :
두려워하다 / 외(畏) : 두려워하다

풍전등화風前燈火라 했으니, 바람 앞의 등불은 언제 꺼질지 몰라
위태롭기 그지없다. 이리 흔들 저리 흔들, 제 몸 하나 가누지 못하
며 혼미한 상태에 빠진다. 그러나 불어리를 씌운 등불이라면 사정
이 달라진다. 웬만한 바람에는 끄덕이 없다.

"깊은 산기슭에 들어가게 하였는데, 폭풍과 뇌우 속에서도 혼미
해지지 않았다.(納于大麓,, 烈風雷雨, 弗迷.)"   ―『서경』「순전」

『서경』의 이 구절에서 의미를 취하여, 불어리의 이름을 불미구弗
迷篝라 하였다. '불미'란 혼미해지지 않는다는 뜻이며, '불어리'는
불티가 바람에 날리지 않도록 등잔이나 화로 따위에 들씌우는 기
구를 가리킨다.

불어리는 내부가 텅 비어 있어, 불의 형상과 꼭 닮았다. 팔괘 가
운데 이괘離卦(☲)는 불을 상징하며 가운데(--)가 비어 있다. 가운
데의 --를 세로로 세우면 그 형상이 더욱 분명한데, ☲에서 --를

세로로 세우면 ▢ 모양이 되어 가운데가 비게 된다. 불어리의 내부도 이렇게 텅 비어 있어, 불빛의 밝음을 가리거나 어지럽히는 어떠한 방해물도 없다.

기준이 만든 불어리도 ▢ 모양으로 생겼다. 기준의 문집인 『덕양유고』에 「서구등사면書籌燈四面」이란 제목의 시가 있는데, 이 제목을 풀이하면 '구등(불어리를 씌운 등)의 네 면에 쓴다'는 뜻이다. 네 면에 쓴다 했으니, 그 모양이 사각형임을 짐작할 수 있다. 그리고 네모나고 반듯한 사각형의 형상은, 종종 바른 언행과 품성의 비유로도 쓰인다.

이 글에서 불어리의 텅 빈 내부는 욕망 따위에 가려지지 않은 순수한 마음을 비유하고, 네모난(방정한) 외면은 올바른 행실을 비유한다. 곧 마음을 텅 비워 어떠한 잡념도 들지 못하게 하고, 행실을 반듯하게 하여 사기邪氣가 마음속으로 침범하지 못하게 하는 것을 상징한다.

사기가 마음속으로 스며들지 못하면, 내면의 마음은 순수한 기운으로 충만할 것이다. 그리고 내면의 마음이 어떠한 잡념도 없이 순수하여, 본래의 선한 마음을 보존하고 있다면, 그것은 다시 외면의 행실로 드러나게 된다.

마음이 선한 본성으로 충만하고, 그 선한 마음이 밖으로 드러나 행실이 바르고 곧으니, 어떠한 상황에 처한들 무엇이 두렵고 무엇이 무서우랴! 폭풍이 불어와도 뇌우雷雨가 몰아쳐도 끄떡없는 구등처럼.

이 불어리의 네 면에는 다음의 시도 써 놓았다.

1

태극이 이오二五(음양오행)를 생성하여	太極生二五
밝고 밝음으로 온갖 어두움 비추도다	离明燭群蒙
밝디밝은 양陽의 정기가 지극함은	赫赫至陽精
조물주가 솜씨를 발휘한 것이로다	發揮造化工
불은 건조해야 기운이 상쾌하건만	得燥始爽氣
가목假木(기름)으로도 공을 이루었다	假木方成功
밖으로 베푸는 건 미칠 수 있겠으나	外施雖有及
안으로 온축하는 건 통하기 어렵다	內蘊難自通
돌이켜보면 흩어지지 않음이 귀하나니	反視貴不散
오묘한 운기運氣가 충만함을 알겠도다	運妙知所充
내가 하나의 구등을 만들었으니	我作一篝燈
허명虛明함이 마음속에 들었도다	虛明方寸中
어찌하면 만 근의 밀랍을 얻어	安得萬斤蠟
신광神光을 끝없이 보존할까?	神光保不窮
앉아서 긴 밤의 청명함을 보니	坐見長夜晴
밝은 게 백주 대낮과 똑같구나	明與白晝同

2

만물은 본래부터 고요하고 고요하며	萬物本寥寥
이리理는 기氣를 갖춰야 형체를 이루나니	理具氣仍形
이리理는 비록 본래부터 선할지라도	有理雖本善

기氣를 타야지만 운행할 수 있도다	乘氣乃能行
대용大用(커다란 작용)은 통합도 막힘도 있고	大用有通塞
전체全體(온전한 본체)는 밝음도 어둠도 있지	全體或昭冥
모름지기 외물에 이끌리는 걸 막아야 하고	須屏外物牽
또한 사념邪念이 일어나는 걸 살펴야 하리	且省邪念生
맑고 맑아 지극히 신령하고 고요하며	淵澄至靈靜
찬란한 빛으로 만물을 밝게 비추네	粲爛群品明
빛을 펼치면 우주를 아우르고	舒之宇宙並
빛을 걷으면 작은 걸 다투리라	卷來分寸爭
성인도 오히려 나태하지 않았거니	聖人猶不懈
공경과 의리는 둘 다 멈추지 말라	敬義兩無停
저 위의 넓디넓은 하늘은	浩浩上天載
본래 냄새도 소리도 없다	本無臭與聲

3

깜부기에 불붙이는 건 깜부기가 싫기 때문	點燼應嫌燼
불꽃을 돋우는 건 불꽃을 사랑하기 때문	挑花是愛花
기름이 다하지 않도록 더 보태는 건	願添膏不匱
실수 없이 오래도록 비추게 하려는 것	長使照無差

4

가운데가 비었으니 멀리까지 비출 수 있고	虛中能普照

바깥이 방정하니 사기邪氣의 침탈 없어지네 　　方外自除侵

눈앞의 만물을 분별하려 한다면야 　　欲辨眼前物

등잔 속의 심지를 밝혀야 하리라 　　須明鐙裏心

넘어지지 않도록 부축해 주고

위태롭지 않도록 붙잡아 주되

온 힘을 다하여도

그 마음 변치 않아

험난하건 평탄하건 한결같다

만약 절개를 굽힌다면

어찌 너에게 의지하랴!

| 名 | 物 | 記 |

지팡이는 '불굴不屈'이니, 그 절개가 곧기 때문이다.

扶其顚 持其危 鞠躬而盡瘁 罔渝乃心 險夷一視 苟屈
其節 焉用爾倚

불(不) : ~하지 않다 / 굴(屈) : 굽히다 / 장(杖) : 지팡이 / 부(扶) : 돕다, 붙들다 / 전
(顚) : 넘어지다 / 지(持) : 잡다, 지탱하다 / 국(鞠) : 굽히다 / 궁(躬) : 몸 / 췌(瘁) : 수고
롭다 / 국궁이진췌(鞠躬而盡瘁) : 제갈량諸葛亮의 「후출사표後出師表」에, "온 힘을 다
해 죽은 이후에야 그만둔다(鞠躬盡瘁, 死而後已)" 하였는데, 국궁진췌란 몸이 구부러
지고 수고로움을 다한다는 뜻이다 / 망(罔) : ~하지 않다 / 투(渝) : 달라지다, 변하다
/ 이(夷) : 평탄하다

.⋅ೞ⋅.

평탄해도 험난해도 절개가 한결같이 곧아　　　一節直夷險
군자가 그것을 본받아서 지팡이로 삼나니　　　以之君子杖
잠시라도 떼어놓아서는 안 될 것이다　　　　　斯須不離

–조태채趙泰采, 「등장명藤杖銘」

　지팡이는 길동무다. 특히 늙거나 다쳐서 다리가 불편한 사람, 눈
이 보이지 않는 사람, 험한 산길을 가는 사람에게는 반드시 있어야
할 길동무다.

　사람이 길을 가다 보면 평탄한 길도 만나고 울퉁불퉁한 길도 만
나게 된다. 지금 가고 있는 길이 어떤 길이든, 지팡이는 그 길이 좋
다느니 나쁘다느니 불평하거나 가리지 않는다. 울퉁불퉁한 길에서
도 가파른 길에서도 구부러지거나 꺾이지 않으며, 늘 한결같은 마
음으로 사람을 부축하는 데 제 힘을 다한다. 구부러지거나 꺾이지

않으니 절개가 곧다 하겠고, 마음이 한결같으니 신의信義가 있다
하겠다.

지팡이를 뜻하는 한자는 '장杖'이다. 그리고 지팡이는 사람이 몸
을 기대어 '의지'하는 도구이므로, 이 글자에는 '의지한다'는 뜻
도 들어 있다. 장막여신杖莫如信이란 말이 있다. 의지할 만한 것으
로 신의만 한 게 없다는 뜻이다. 우리가 무언가에 의지한다는 것은
그 무언가를 믿는다는 뜻이다. 어떤 종교에 의지한다는 것은 그 종
교를 믿는다는 뜻이요, 자식이 부모에게 의지하고 부모가 자식에
게 의지하는 것은 자식이 부모를 믿고 부모가 자식을 믿기 때문이
다. 지팡이 역시 사람의 든든한 의지처가 되기 위해서는 '신의'가
있어야 한다. 그러나 구부러지거나 꺾여 버리는 지팡이는 믿을 수
가 없다. 믿을 수 없으니 그런 지팡이에는 내 몸을 맡겨 의지할 수
없다. 따라서 내 몸을 맡겨 의지할 수 있으려면, 반드시 지팡이가
구부러지거나 꺾이지 않는다는 믿음이 전제되어야만 한다.

지팡이의 이름을 불굴장不屈杖이라 한 것은 이 때문이다. '불굴'
이란 굽히거나 꺾이지 않는다는 뜻이다.

사람이 인생의 길을 갈 때도 지팡이와 같은 불굴의 의지를 지녀
야 한다. 사람이 살다 보면 모든 일이 순탄하게 풀릴 때도 있고, 난
관에 부딪쳐 어려움을 당할 때도 있게 마련이다. 난관에 부딪쳤다
하여 그것을 회피하거나 의지와 지조를 굽히는 사람은, 결코 자기
가 뜻한 바를 이룰 수 없다. 제 뜻을 이루지 못할 뿐만 아니라, 가
정에서도 사회에서도 국가에서도 신뢰받지 못하게 된다. 신뢰를
받지 못하니 결국 그런 사람은 없느니만 못한 존재가 되고 만다.

촉한蜀漢의 선제先帝 유비劉備가 죽고 나라가 위태로워지자, 후사를 위임받은 제갈량諸葛亮은, "온 힘을 다해 죽은 이후에야 그만두겠습니다"(「후출사표」) 하며, 기울어져 가는 나라를 부흥시키는 데 전력을 다하였다. 유비가 그에게 아들과 나라를 믿고 맡길 수 있었던 것도, 이와 같은 불굴의 의지와 절개가 있었기 때문이다. 한 나라는 이런 사람의 힘으로 유지된다. 지조를 꺾고 절개를 굽히는 사람은 나라가 위태로워져도 그런 데는 전혀 관심을 두지 않는다. 오직 제 한 몸 지키는 데만 급급할 뿐!

"(나라가) 위태로운데도 붙잡아 주지 못하고, 넘어지는데도 부축해 주지 못한다면, 장차 그런 신하를 어디에 쓰겠느냐!(危而不持, 顚而不扶, 則將焉用彼相矣!)"
　　　　　　　　　　　　　　　　　　　　　　　　　－『논어』「계씨」

59 | 신발 _ 평소의 본분

| 소리혜 | 素履鞋 |

남의 위에 오르려 하지 않으면

인仁을 다 쓰지 못할 것이요

수고로워도 스스로를 낮추면

덕德은 날마다 높아질 것이다

평소의 처지대로 행하되

실천을 미덥게 할 것이요

나의 큰 도道를 밝혀

예禮가 아니면 그쳐라

| 名 | 物 | 記 |

신발은 '소리素履'이니, 함부로 행동하지 않기 때문이다.

無欲上人 仁不可勝 勞而自下 德日以升 素位而行 惟
信之履 昭我大方 非禮則止

소(素) : 평소 / 리(履) : 밟다, 실천하다 / 소리(素履) : 평소의 본분. 『주역』 이괘履卦에,
"평소의 본분대로 해 나가면 허물이 없다(素履往, 无咎)" 하였으며, 이괘는 예禮를 상
징한다 / 혜(鞋) : 신발 / 소위이행(素位而行) : "군자는 평소 자기의 처지에 따라 행하
고, 그 밖에 다른 것은 원하지 않는다.(君子, 素其位而行, 不願乎其外.)"(『중용』) / 소
(昭) : 밝다 / 방(方) : 도道

·❀·

　기원전 484년, 중국 춘추시대 노나라와 제나라 사이에 전쟁이
일어났다. 이때 노나라의 맹무백孟武伯은 우군右軍을 이끌고 전투
에 나섰다. 당시 노나라는 맹손씨(중손씨)·숙손씨·계손씨의 세 가
문이 실권을 장악하고 있었는데, 맹무백은 아버지 맹의자孟懿子의
뒤를 이어 맹손씨 가문의 후계자가 될 사람이었다. 그런데 맹무백
이 이끄는 우군은 교전 중에 곧바로 달아났고, 제나라의 군대는 그
뒤를 바짝 추격하였다. 이때 우군의 맹지반孟之反은 늦게 도망쳐
후퇴하는 군대의 맨 뒤에 있게 되었는데, 성문 가까이 와서는 화살
을 뽑아 말을 때리며, "이놈의 말이 빨리 달리지 못하는구만!" 하
고 투덜댔다. 이런 맹지반을 두고 공자는, "맹지반은 자기 공을 자
랑하지 않는구나. 패주하면서 후군으로 있다가, 성문에 들어갈 즈
음에야 말을 채찍질하면서 '내가 맨 뒤에 오려 했던 게 아니라, 말
이 빨리 달리지 못했기 때문이다' 하였으니!"(『논어』, 「옹야」) 하고 칭
찬하였다.

전쟁에서 진격할 때는 물론 선봉의 역할이 중요하다. 그러나 퇴각할 때는 후군의 역할이 무엇보다 중요하다. 뒤에서 추격하는 적을 효과적으로 막아 주지 못하면, 모든 병사들이 위태로워지기 때문이다. 그만큼 후군은 위험에 고스란히 노출되어 있다. 그럼에도 맹지반은 자기의 공로를 자랑하지 않고 겸손했다. 그저 말이 잘 달리지 못한 탓이라고!

맹지반은 맹손씨 가문의 일족으로 노나라의 대부大夫가 된 사람이다. 그는 전투가 시작되자 곧바로 달아났던 맹무백과는 사뭇 다른 태도를 취했다. 적의 화살을 맞아 가며 자기 편 군사들이 안전하게 퇴각할 수 있도록 끝까지 뒤를 지켰으니, 지배 계층으로서 사회적 책임을 다한 사람이었다 하겠다.

맹지반과 극명하게 대비되는 사례가 한국전쟁 당시에도 있었다. 1950년 6월 28일 새벽 2시 30분, 어둠을 가르고 서울의 한강 인도교가 폭파되었는데, 그것은 북한군의 남하를 막겠다는 의도였다. 그러나 그 때문에 다리를 건너던 수많은 피난민들의 목숨이 폭파 연기와 함께 사라져야 했다. 그뿐만이 아니다. 국군의 주력 부대도 퇴로를 잃은 채 병기를 내버리고 뿔뿔이 흩어지고 말았다. 폭파를 지시한 자는 전날 새벽에 이미 특별 열차를 타고 대전으로 안전하게 도망친 뒤였다. 폭파를 불과 몇 시간 앞두고는 서울을 끝까지 지키겠다는 공허한 연설도 하였다. 결국 저 혼자 살겠다고 제 나라 국민을 죽음으로 몰아간 것이다. 이것이 대한민국의 첫 대통령이란 자의 작태였다. 첫 단추가 잘못 끼워져서인지 그로부터 30년이 지난 뒤, 무참한 학살극을 벌이고 대통령이 된 자도 나왔다.

윗자리에 오르려는 욕망과 그 자리를 지키려는 집착에 눈이 멀어, 국민의 안전을 지켜야 하는 대통령의 본분을 저버린 자들이다. 평소의 본분을 저버린 그들은 결국 그 허물이 역사에 길이 남게 되었다. 맹지반은 비록 전쟁에 패하여 퇴각하기는 하였으나, 끝까지 자기의 본분을 다하였기에 허물이 남지 않았다. 그것을 『주역』에서는 이렇게 경계하고 있다.

"평소의 본분대로 해 나가면 허물이 없다.(素履往, 无咎.)"

－『주역』 이괘履卦

소리혜素履鞋란 신발의 이름은 『주역』의 이 구절에서 의미를 취한 것이다. 여기서 '이履'는 '밟다, 행하다, 실천하다'의 뜻이고, '소리素履'는 평소의 본분 또는 평소의 행동을 뜻하는 말이다.

그렇다면 신발의 평소 본분은 무엇인가? 사람의 발을 대신하여 땅바닥을 밟는 것이다. 신발은 진창이건 돌길이건 가리지 않고, 사람의 발 아래에서 때로는 더러운 것을 밟기도 하고 때로는 고통을 대신하기도 한다. 그것이 바로 신발의 본분이다. 그런데 신발이 만약 사람의 머리 위에 놓이게 된다면, 그것은 신발의 본분을 저버리는 것이니, 신발은 신발이로되 신발이라 하기가 부끄러워진다. 그것은 국민의 안전을 지켜야 하는 평소의 본분을 저버린 자가, 대통령은 대통령이로되 대통령이라 하기가 부끄러운 것과 같다.

맹지반은 평소의 본분을 저버리지 않았다. 후퇴하는 자기 편 군사를 보호하는 데 최선을 다하였고, 그런 자기의 공로를 자랑하지도 않았다. 이런 맹지반에 대해 송나라 때의 학자 사량좌謝良佐는 이렇게 말한 바 있다.

"사람이 남의 위에 오르려 하지 않는 마음을 갖는다면, 사람의 욕심이 날로 사라지고 하늘의 이치를 밝게 알리니, 무릇 자기를 자랑하거나 남에게 뽐낼 만한 것은 구태여 말할 게 못 된다. 그러나 배움을 모르는 자들은 남의 위에 오르려는 마음을 어느 때고 잊지 않으니, 맹지반과 같은 사람을 본보기로 삼을 만하다.(人能操無欲上人之心, 則人欲日消, 天理日明, 而凡可以矜己誇人者, 皆無足道矣. 然不知學者, 欲上人之心, 無時而忘也, 若孟之反, 可以爲法矣.)" —『논어집주』「옹야」

사람이 평소의 본분을 망각하면, 남의 위에 오르는 데 집착하게 되고, 그런 사람들은 남을 해치는 일도 서슴지 않는다. 더구나 남을 해치면서도 불가피한 선택이었노라고 얼토당토않는 변명을 늘어놓기 일쑤다. 남을 해치려는 마음이 커지면 커질수록 마음속에서 '인仁'은 점점 사라지게 되며, 사람에게 만약 '인'이 없다면 그런 사람은 더 이상 사람이라 할 수 없다. 그러므로 남보다 앞서려거나 남의 위에 오르려는 욕망을 버려야 한다. 대신 그 자리에 남을 해치지 않으려는 마음으로 가득 채워야 한다. 그러면 마음속으로 '인'은 한없이 충만할 것이니!

"사람이 능히 다른 사람을 해치지 않으려는 마음을 확충해 나간다면, 인을 이루 다 쓸 수 없을 것이다.(人能充無欲害人之心, 而仁不可勝用也.)"
—『맹자』「진심 하」

남의 위에 오르고자 하면 남을 해치게 되고, 남을 해치게 되면 불인한 짓을 저지르고, 불인한 짓을 저지르면 사람들이 외면하고 멸시한다. 그런 까닭에 인격적으로 성숙한 사람은, 남의 위에 오르고자 하는 욕망을 버리고 스스로를 겸손하게 낮춘다. "스스로를 높이는 자는 사람들이 끌어내리고, 스스로를 낮추는 자는 사람들이 높여 준다(自上者人下之, 自下者人上之)"(정약용, 『주역사전周易四箋』) 하였으니, 스스로를 겸손하게 낮추는 것은 곧 스스로를 높이는 길이 된다.

그래서 스스로를 높이는 자는 소인이 되고, 스스로를 낮추는 자는 군자가 되는 것이다. 군자는 결코 남의 위에 오르는 데 집착하지 않으며, "평소 자기의 처지에 따라 행하고, 그 밖에 다른 것은 원하지 않는다."(『중용』)

사람의 발 아래에서 묵묵히 제 본분과 역할을 다하는 신발이니, 그것은 우리가 배워야 할 또 하나의 군자상이다.

빗자루 _ 마음의 빗자루

| 부옥추 | 富屋箒 |

비로 쓸고 물 뿌리면

집 안에 윤기가 흐르지만

티끌과 오물로 정결치 못하면

땅의 도가 어찌 밝게 드러나랴!

가린 것을 없애는 데 힘쓰면

숨은 것이 환히 드러나리니

그 뜻을 받들어 실천하고

몸가짐에 이것을 이어가라

| 名 | 物 | 記 |

빗자루는 '부옥富屋'이니, 능히 집을 윤택하게 하기 때문이다.

惟掃惟汎 乃屋之潤 塵穢不淨 地道何光 懋去其蔽 惟
隱之彰 奉以周旋 儀繫是將

부(富) : 부유하다 / 옥(屋) : 집 / 추(箒) : 빗자루 / 소(掃) : 쓸다 / 신(汎) : 물 뿌리다 /
윤(潤) : 젖다, 윤택하다 / 진(塵) : 티끌 / 예(穢) : 더럽다, 오물 / 무(懋) : 힘쓰다, 노력
하다 / 폐(蔽) : 덮다, 가리다 / 창(彰) : 밝다, 드러나다 / 의(儀) : 거동, 몸가짐 / 예
(繫) : 어조사, 이것 / 장(將) : 이어가다

· ✿ ·

'부옥추富屋箒'란, '집을 부유하게 하는 빗자루'로 풀이된다. 그
렇다면 '소지황금출掃地黃金出(땅을 쓸면 황금이 나온다)'이란 말도 있으
니, 빗자루로 땅을 쓸어 황금을 얻고 부자가 되려는 세속적이고 물
질적인 욕망을 담은 이름일까? 앞서 살펴본 59개의 이름과 비교할
때, 다소 느닷없게 느껴지는 이름이 아닐 수 없다. 그러나 '부옥富
屋'이란 말의 어원을 알고 보면, 그 느닷없음이 전혀 당혹스럽지
않게 된다. 빗자루의 이름 '부옥'은 『대학』에 나오는 '부윤옥富潤
屋'을 줄인 것이다.

"부는 집을 윤택하게 하고, 덕은 몸을 윤택하게 하니, (덕이 있으면)
마음이 넓어지고 몸이 펴진다. 그러므로 군자는 반드시 그 뜻을 성
실히 하는 것이다.(富潤屋, 德潤身, 心廣體胖. 故君子, 必誠其意.)"

─『대학』

'윤택'이란 말의 사전적 의미는, '윤기 있는 광택'과 '살림이 풍

274

부함'이다. 부유한 집에는 살림이 풍부하니 후자의 의미에서 집을 윤택하게 하는 것이요, 비로 자주 쓸면 집에 윤기가 흐르니 전자의 의미에서 집을 윤택하게 하는 것이다. 그런 의미에서 부와 비는 모두 집을 윤택하게 하는 수단이 된다. 따라서 '부옥추'란 이름에는 부가 집을 윤택하게 하듯이, 성실하게 비질하여 집을 윤택하게 하겠다는 마음이 담겨 있다.

그런데 부로 집을 윤택하게 한다 하였지만, 여기서 중요한 것은 그런 데 있지 않다. "덕은 근본이요, 재물은 말단이다(德者本也, 財者末也)"(『대학』) 하였으니, '부윤옥'은 '덕윤신德潤身(덕은 몸을 윤택하게 한다)'을 강조하기 위한 하나의 비유에 불과하다. 다시 말해 부가 집을 윤택하게 하듯이, 덕은 몸을 윤택하게 한다는 의미이다. 굳이 '부'를 비유로 든 것은, 예나 이제나 세상 사람들은 마음의 덕을 기르는 것보다 물질적 부를 쌓는 데 더 관심이 많고, 제 마음을 아름답게 가꾸는 것보다 제 집을 화려하게 꾸미는 데 더 관심이 많고, 제 마음을 넓히는 것보다 제 집을 넓히는 데 더 관심이 많고, 덕을 얘기하는 것보다 부를 얘기하는 데 더 관심이 많기 때문이다. 그러나 옛 선비들은 보통의 사람들이 '부'를 추구하는 그 마음으로 '덕'을 기르는 데 온 힘을 쏟았다.

'덕德'은 '덕悳'과 통용하는 글자이며, '덕悳'은 '직直'과 '심心'이 결합된 글자이니, '덕'이란 바르고 곧은(直) 마음(心)이다. 마음이 바르고 곧으니, 그것이 얼굴에 드러나 얼굴 표정이 온화하고, 말씨에 드러나 말씨가 부드럽고, 행동에 드러나 행동이 겸손하다. 이런 게 바로 '덕이 몸을 윤택하게 하는' 것이다. 또한 마음이 바르고, 얼굴이 온화하고, 말씨가 부드럽고, 행동이 겸손하니, 그런 사람은 뭇 사람들이 따르게 마련이다. 공자도 "덕은 외롭지 않고, 반드시 (따르는) 이웃이 있다"(『논어』, 「이인」) 하였다. 그래서 '덕'은 '득得(얻음)'으로 풀이하기도 한다. 주희의 표현을 빌면, "도를 행하여 마음에 얻음이 있는 것(行道而有得於心)"(『논어집주』, 「위정」)이다. 그렇다면 덕이란, 다른 사람의 마음을 얻는 것이요, 제 마음의 바름을 얻는 것이라 하겠다.

그리고 마음이 바름을 추구하니 마음이 한없이 넓어지는 것이요, 마음이 곧으니 괜스레 주눅 들거나 위축되지 않고 몸이 당당하게 펴지는 것이다.

덕은 그냥 얻어지는 게 아니다. 오랜 세월 자기를 단련하는 부단한 노력과 정성이 없이는 결코 얻을 수 없다. 그래서 덕이 있는 군자는 자기의 뜻을 성실하게 하는 것이요, 그렇게 쌓은 덕이라야 마음을 풍요롭게 하는 진정한 '부'가 될 수 있다. '부옥'이란 빗자루의 이름에 담긴 의미도 바로 이것이다.

평소 덕을 추구했던 옛 선비들은 비질하는 작은 일에도 결코 소홀하지 않았다. 물 뿌리고 비로 쓰는 것을 고전 용어로 '쇄소灑掃'라 하는데, 옛 선비들은 이것을 일상의 모든 행위와 학문의 기본으로 매우 중시하였다. 물을 뿌리는 것은 먼지를 가라앉히고자 하는 것이요, 비로 쓰는 것은 티끌과 오물을 말끔히 없애려는 것이다. 그것은 사람의 마음에도 그대로 적용할 수 있으니, 물을 뿌려 먼지를 가라앉히듯 마음을 차분히 가라앉히고, 비로 티끌을 쓸어 내듯 마음을 정갈하게 가다듬어 온갖 잡념을 없애야 한다. 일이나 학문은 모두 그 다음의 문제이다.

그렇다면 빗자루는 이제 더 이상 마당을 쓰는 도구만이 아니다. 빗자루로 마당의 티끌을 쓸면 마당이 깨끗하고 순수해져 땅의 본모습이 드러나고, 마음의 허물을 쓸면 마음이 차분하고 정갈해져 마음의 본모습이 드러난다. 그리고 깨끗하고 순수한 땅의 본모습 속에는 땅의 도가 오롯이 담겨 있고, 차분하고 정갈한 마음의 본모습 속에는 마음의 덕이 오롯이 담겨 있다.

'땅의 도'란 무엇인가? 『주역』 곤괘坤卦의 표현을 빌자면, 땅의 도는 '곧고(直) 반듯하고(方) 큰(大)' 것이며, 이것은 사람이 마음으로 갖추어야 할 덕이기도 하다.

"곧고 반듯하고 크니, 따로 배우지 않아도 불리할 게 없다.(直方大, 不習無不利.)"
　　　　　　　　　　　　　　　　　　　　　　　　　－『주역』 곤괘

"육이의 움직임이 곧고 반듯하니, 따로 배우지 않아도 불리할 게 없다는 것은, 땅의 도가 밝게 드러나기 때문이다.(六二之動, 直以方也, 不習无不利, 地道光也.)"
　　　　　　　　　　　　　　　　　　　　　　　　　－『주역』 곤괘

땅의 도를 '직방대直方大'라 한 것은, 현대의 과학 이론이 도입되기 이전 옛사람들의 관념이 반영된 것이다. 넓은 평원에서 땅을 바라보면 저 멀리로 평평하고 곧은 대지의 끝과 하늘이 맞닿은 지평선이 보인다. 그래서 땅의 도는 곧다(直). 하늘은 둥글고 땅은 네모나다(천원지방天圓地方)는 게 옛사람들의 일반적 관념이었으며, 네모난 것은 반듯함을 뜻한다. 그래서 땅의 도는 반듯하다(方). 땅은 넓고 커서 그 위에 세상의 만물을 싣고 있다. 그래서 땅의 도는 크다(大). 이와 같이 곧고 반듯하고 크다는 땅의 도를 사람이 제 마음의 덕으로 체득하기만 한다면, 그런 사람은 따로 지식을 배우거나 익히지 않더라도 순조롭지 못하거나 막히는 일이 없을 것이다. 『주역』곤괘의 문언전에서는 그것을 이렇게 풀이하고 있다.

"곧다(直) 함은 바르다는 뜻이요, 반듯하다(方) 함은 의롭다는 말이다. 군자는 경敬이 확립되어 내면이 곧게 되고, 의義가 드러나 외면이 반듯하게 되나니, 경과 의가 확립되면 덕이 외롭지 않다. 따라서 '곧고 반듯하고 크니 따로 배우지 않아도 불리할 게 없다'는 것은, 그 행하는 바에 의심이 없다는 뜻이다.(直, 其正也, 方, 其義也. 君子, 敬以直內, 義以方外, 敬義立而德不孤, 直方大, 不習无不利, 則不疑其所行也.)"

마당에 쌓여 있는 티끌과 오물을 비로 쓸어 마당을 깨끗하게 하는 것은, 곧고 반듯하고 크다는 땅의 도를 밝게 드러내고자 함이다. 그리고 그 비를 다시 들어 마음에 쌓여 있는 잡념과 번뇌를 쓰는 것은, 마음을 정갈하게 함으로써 곧고 반듯하고 큰 덕을 마음으로 갖추고자 함이다.

명물기

| 名物記 |

　군자는 치지致知(사물의 이치를 연구하여 지식을 밝히는 일)할 때 풀 한 포기 먼지 한 톨 같은 미세한 것도, 그 이치를 궁구하여 한 마음의 본체를 밝히고 만 가지 일의 작용에 통달하지 않으면 안 된다. 하물며 사물이 긴요하고 몸에 절실한 것임에랴! 그 가운데 날마다 늘 접하여 잠시도 멀리할 수 없는 것은 먼저 강구해야 할 것이다. 저 것(사물의 이치)을 밝게 알기만 하면 이것(내 마음의 이치)을 깨닫게 되리니, 그렇게 하여 바로잡아 경계하는 뜻을 의탁하는 것 또한 관물찰기觀物察己(사물을 보고서 내 몸을 성찰함)의 도이다.[1] 하늘을 살펴 스스로 힘쓰고, 땅을 살펴 덕을 두텁게 하는 것[2]이 이러한 예이다. 그러나 도는 정해진 형체가 없고 사물은 정해진 형상이 있으므로, 형상에 따라 이름을 짓는 것이다. 그런 다음 이치가 응집되고 마음이 작용되는 것은, 또한 느끼는 바가 어떠한가에 달려 있을 뿐이다.

　거처하는 집을 둘러싼 울타리는 '총리叢籬'이니, 『주역』 감괘坎卦의 '총극叢棘(가시나무 숲)'에서 따온 것이다. 울타리를 이루는 나무는 '입주立株'이니, 우뚝하니 세워져 있기 때문이다. 울타리의 구멍은 '질욕지혈窒慾之穴'이니, 엄밀하게 막혀 있기 때문이다. 집은 '광거지와廣居之窩'니, 그 좁음을 싫어하기 때문이다. 집 건물의 안쪽으로 방 같은 게 셋 있으니, 그 서쪽을 둘로 나누어서 하나는

방으로 삼고 하나는 부엌으로 삼았다. 부엌은 '천선지조遷善之竈'
니, 능히 변혁할 수 있기 때문이다. 방은 '암실暗室'이니, 밤에 휴
식하는 곳이다. 온돌은 '정사지돌靜俟之堗'이니, 안정되고 묵중하
며 불을 받아들이는 용도이기 때문이다. 서쪽에 걸려 있는 선반은
'유종지판有終之板'이니, 물건을 담고 있어도 떨어지지 않기 때문
이다. 또 집 건물의 가운데를 둘로 나누어, 그 남쪽은 비워서 잡동
사니를 두었으며, 그 북쪽은 흙을 쌓아서 평상을 만들고, 아침과
낮의 거처로 삼아 '낙천지당樂天之堂'이라 하였으니, 근심을 잊는
다는 뜻이다. 평상의 남쪽에 주먹돌을 쌓아 만든 섬돌은 '승계升
階'이니, 마루로 올라가는 곳이기 때문이다. 섬돌의 남쪽에 있는
지게문은 '명이지호明夷之戶'이니, 울타리에 가려져 있기 때문이
다. 지게문 위에 지붕을 뚫어 만든 바라지창은 '허유虛牖'이니, 속
을 텅 비워 밝은 빛을 받아들이기 때문이다. 동쪽으로 난 벽은 '군
자지벽君子之壁'이니, 중심을 잡고 똑바로 서 있기 때문이다. 북쪽
으로 난 창은 '시창時窓'이니, 아침이면 열고 저녁이면 닫아 시의時
義에 따르기 때문이다. 위에 있는 작은 서가는 '재도지가載道之架'
이니 서책을 얹어 두기 때문이다. 집 건물의 동쪽은 동복僮僕의 거
처이며, 그곳에 있는 문은 '우문愚門'이니, 여닫지 않기 때문이다.
바깥에 있는 작은 길은 '유호지로由戶之路'이니, 공자가 '외출할
때 문을 지나가지 않으랴?' 한 가르침에서 뜻을 취한 것이다. 시창
에서 북쪽으로 바깥에 있는 나무 평상은 절선節宣[3]하기 위해 만든
것으로 '건상蹇牀'이니, 그 다리가 절뚝거리기 때문이다. 깔아 놓
은 갈대 삿자리는 '비점比簟'이니, 교차하고 나란히 엮이어 무늬(文

章)를 이루었기 때문이다. 위로 지붕을 덮는 처마는 '자비지첨自卑
之簷'이다. 곁에 세워져 있는 굴뚝(煙桶)은 '주일지통主一之桶'이다.
굴뚝은 경敬을 말한 것이고, 처마는 공恭(공손)을 말한 것이다. 서너
자 둘레의 땅이 뜰이니 '종용지정從容之庭'이다. 흙을 여덟아홉 치
(寸)쯤 모아 텃밭으로 삼았으니 '불원지전不怨之田'이다. 텃밭은 덕
을 말한 것이고, 뜰은 포용을 말한 것이다. 부엌에서 바깥으로 작
은 돌을 늘어놓아 만든 다리는 '계의지교揭衣之橋'이니, 그 땅이 진
창이기 때문이다. 다리 서쪽으로 있는 측간은 '거악지측去惡之厠'
이니, 그 냄새가 고약하기 때문이다.

　일용하는 도구 가운데, 항아리는 '곤困'이니 물이 말라 있기 때
문이며, 가마솥은 '뇌雷'이니 (물이 끓으면) 소리가 나기 때문이며,
세발솥은 '폐廢'이니 사용하지 않기 때문이며, 화로는 '지지知止'
이니 부엌을 가까이하기 때문이며, 물병은 '수구守口'이니 굳게 막
는다는 뜻이며, 대야는 '봉수奉水'이니 평평하여 기울지 않기 때문
이며, 목욕통은 '일신日新'이니 묵은 때를 씻어 내기 때문이며, 사
발은 '오영惡盈'이니 겸손함을 지켜서 보존하고 있기 때문이며, 술
잔은 '무량無量'이니 덕으로 계승하여 받든다는 뜻이며, 숟가락은
'소양小養'이니 입과 몸을 기르기 때문이며, 젓가락은 '손일損一'
이니 둘이 서로 대응하기 때문이며, 서안書案(책상)은 '오덕五德'이
니 다섯 가지 덕을 겸비하였기 때문이며, 궤안几案(의자)은 '삼징三
懲'이니 세 가지를 징계해야(고쳐야) 하기 때문이며, 갓은 '대모戴
慕'이니 모髦의 먼지를 떨어 냄을 생각한다는 뜻이며, 허리띠는
'해혹解惑'이니 묶인 것을 풀 수 있기 때문이며, 옷은 '양위養威'이

니 그 형상이 엄정하기 때문이며, 이불은 '우사友思'이니 대피大被를 덮고 있기 때문이며, 베개는 '구성九省'이니 누워서도 잊지 않겠다는 뜻이며, 자리는 '금태禁怠'이니 밤에도 나태하지 않겠다는 뜻이며, 수건은 '자결自潔'이니 먼저 자기를 바르게 다스리기 때문이며, 상자는 '손출遜出'이니 그 내면의 온축을 높이고자 하는 뜻이며, 붓은 '호학好學'이니 문자에 노련하기 때문이며, 벼루는 '지정志貞'이니 확고하여 변하지 않기 때문이며, 먹은 '회문晦文'이니 광채를 품었으되 그 광채를 드러내지 않기 때문이며, 부채는 '안분安分'이니 사용되고 버려지는 데 관여하지 않기 때문이며, 칼은 '상둔尙鈍'이니 나아가는 게 빨라서 물러나는 것도 빨라질까 염려해서이며, 송곳은 '계리戒利'이니 교묘한 말재주로 나라를 뒤엎는 것을 미워하기 때문이며, 주머니는 '불괄不括'이니 주머니를 묶듯이 하면 허물도 없고 명예도 없다는 것과 반대의 의미를 취한 것이다. 빗은 '이분理紛'이니 머리카락을 단정하게 빗는다는 뜻이다. 칫솔은 '이頤'이니 이(齒)를 청결하게 하기 때문이다. 등잔걸이는 '집희緝熙'이니 그 밝음이 계속되기 때문이다. 불어리는 '불미弗迷'이니 폭풍과 뇌우雷雨 속에서도 흔들리지 않기 때문이다. 지팡이는 '불굴不屈'이니 그 절개가 곧기 때문이다. 신발은 '소리素履'이니 함부로 행동하지 않기 때문이다. 빗자루는 '부옥富屋'이니 능히 집을 윤택하게 하기 때문이다.

무릇 사물은 저마다 대소大小의 쓰임이 있고 귀천貴賤의 차별이 있으며, 합하여 세어 보니 예순 가지이고 이름도 함께 붙였다. 이름(名)이란 무엇인가? 명命이다. 이름을 지어 사물에 명함으로써 마음속에 기록하는 것이다. 대저 마음과 사물은 본래 이치가 다르지 않다. 마음이 아니면 사물을 묘하게 할 수 없고, 사물이 아니면 마음을 운용할 수 없다. 그러나 사물은 형체가 있어 쉽게 보이고, 마음은 자취가 없어 알기 어렵다. 알기 어려우면 보존하기 어렵고, 쉽게 보이면 쉽게 드러난다. 보아서 반드시 실제의 쓰임을 알고, 바깥을 밝혀서 안을 빛내고, 드러내어서 능히 보존한다. 또한 움직임을 제어하여 고요함을 기름으로써, 움직임과 고요함의 간격이 없어지고 안팎이 한 이치가 되나니, 경敬이 아닐 수 있으랴! 이런 뜻으로 기록하노라.

1. "어떤 이가 물었다. '사물을 관찰하여 자신을 살피는 것은 또한 사물을 봄으로 인하여 자기 몸에 돌이켜 찾는 것입니까?' 정이程頤가 대답했다. '굳이 그렇게 말할 게 없으니, 사물과 나는 그 이치가 하나이다. 저것(외물의 이치)을 밝게 알기만 하면 곧 이것(내 마음의 이치)을 깨닫게 되니, 이것이 안과 밖을 합하는 방법이다.' (問, 觀物察己, 還因見物, 反求諸身否? 曰, 不必如此說, 物我一理, 纔明彼, 卽曉此, 此合內外之道)"(『근사록』, 「치지致知」)

2. 『주역』 건괘 상전象傳에 "하늘의 운행이 굳세니, 군자가 보고서 스스로 힘쓰고 쉬지 않는다(天行健, 君子以, 自强不息)" 하였고, 곤괘 상전에는 "땅의 형세가 곤坤이니, 군자가 보고서 두터운 덕으로 만물을 포용한다(地勢坤, 君子以, 厚德載物)" 하였다.

3. 절선(節宣) : 시간의 변화에 따라 몸을 잘 조리하는 것을 뜻한다.

명후

| 銘後 |

내가 죄인이 된 이래로 근심스럽고 두렵게 살아간 지 몇 해가 지나도록, 지혜는 더 늘지 않아 마음이 날로 혼미해지고, 행실은 더 닦여지지 않아 덕이 날로 구차해졌다. 그러니 아마도 마음을 잡고 환난을 염려하는 일(操心慮患)[1]이 이르지 않아, 장차 거름흙으로 만든 담장에 흙손질할 수 없게[2] 되니, 그것은 피민罷民[3] 가운데서도 심한 것이로다. 이렇게 개탄한 나머지, 죽을 사람이라 남은 생이 얼마 되지 않으니, 몸 밖의 일은 다시는 조금도 마음에 두지 않겠다고, 나 스스로 생각하였다. 다만 죄를 징계하지도 못하고, 마음을 새롭게 하지도 못하고서, 하루아침에 홀연히 죽어 버리면, 끝내 구천에서도 한을 품게 될 것이다. 그러니 어찌 애통하지 않으랴! 이 때문에 감정이 솟구쳐 스스로 분발함으로써, 옛 폐단을 버리고 새로운 것에 나아가기를 구하는 것이니, 큰 환난을 겪는 가운데 마음이 실마리를 잃어서, 스스로 지탱하지 못하는 자에게, 바로 이 말이 경계가 될 것이다.

말은 비록 어리석고 비루하나, 뜻은 스스로 경계하는 데 있으니, 힘을 쓰지 않는다 할 수는 없으리라. 그러므로 말은 반드시 꾸밀 필요가 없어 질박하게 했을 뿐이요, 뜻은 깊게 할 필요가 없어 충실하게 했을 뿐이다. 가까운 것은 먼 것의 근본이요, 낮은 것은 높은 것의 기반이다.⁴ 형상을 빌린 것은 그 은미한 것을 드러내기 위한 것이요, 사물을 미루어 헤아린 것은 그 다름을 같게 하기 위한 것이다. 사방으로 널리 통하는 것은 지혜요, 편안히 지키는 것은 인仁이다. 만약 안으로 그것을 독실하게 기르지 않고 구차하게 겉으로만 일삼는다면, 이 말은 실로 스스로를 속이는 과장된 말이 되리니, 명문銘文이 나에게 무슨 의미랴!

아아, 완고하고 우둔한 사람은 제 몸만을 도모하고 지혜는 모자라며, 오직 작록爵祿만을 탐하여 시인詩人의 가르침에 어둡고, 철인哲人의 높은 행적을 등진다. 이미 그 처음에 선하지 못하여 이름을 욕되게 하고 몸을 망치게 되어, 사세가 다급하고 곤궁해진 뒤에야 반성하여 유종의 미를 구구하게 바란다면, 또한 부끄럽지 않겠는가?

옛날의 선비는 이와 달랐다. 때를 얻으면 의지를 북돋우고 도를 행하며, 자기 임금을 요순堯舜처럼 되게 하여 천하의 사람들이 모두 그 혜택을 받게 하였다. 때를 얻지 못하면 초연히 사양하여 아득히 해를 멀리하며, 진세塵世의 바깥을 떠돌아다니고 만물의 위에서 만물을 내려다보며, 치란治亂에는 마음을 기울이지 않고 영욕榮辱이 자기 몸에 미치지 않게 함으로써, 타고난 성품을 온전히 하고 기꺼이 초목과 함께 썩어 갔다. 그들이 우리같이 자질구레하고 안달복달하며 스스로를 도모하지 못하는 자를 본다면 어떠하겠는가?

비록 그러하나 때를 만나고 못 만나는 것은 운명이요, 화와 복은 제 스스로 구하지 않는 게 없다. 능히 맞닥뜨린 상황을 편안히 여겨서 그 도를 선하게 한다면, 또한 자립할 수 있게 되어 다른 것을 부러워하지 않을 것이다. 그러니 어찌 죽음이 다가온다는 이유로, 그 뜻을 막을 수 있으랴! 공자께서는, "아침에 도를 들으면 저녁에 죽더라도 괜찮다" 하였다. 그래서 증자曾子는 임종할 때 대자리를 바꾸었고(역책易簀)[5], 황패는 옥중에서도 『상서尙書』를 배웠다.[6] 내가 명銘을 지은 뜻이 이러하다. 아아, 그것으로 그만이다.

　　신사년(1521) 늦여름 어느 날 덕양자德陽子가 짓노라.

1. 조심여환(操心慮患) : 마음을 잡고 환난을 염려한다는 뜻으로, 『맹자』 「진심 상」에 나온다. "사람들 가운데 덕의 지혜와 기술의 지식이 있는 자는 항상 어려움 속에 있다. 오직 외로운 신하와 서자들은, 마음 잡기를 위태로운 듯이 하며, 환난을 염려함이 깊다. 그 때문에 사리에 통달하는 것이다.(人之有德慧術知者, 恒存乎疢疾. 獨孤臣孼子, 其操心也危, 其慮患也深, 故達.)"

2. 『논어』 「공야장」에 나온다. 어려움 속에 있는 사람은 마음을 잡고 환난을 염려하여 지혜를 늘리고 몸을 수양하지만, 자신은 그렇게 하지 못해 쓸모없는 사람처럼 되어 가는 것을 비유한 말이다.

3. 피민(罷民) : 일정한 주거지 없이 타락하여 전전하는 백성.

4. "군자의 도는 비유하자면, 먼 길을 갈 때 반드시 가까운 곳에서 출발하는 것과 같고, 높은 곳에 오를 때 반드시 낮은 곳에서 시작하는 것과 같다."(『중용』)

5. 증자가 병이 깊어졌을 때, 시중들던 동자가, "화려하고 아름다운 게 대부의 대자리 같습니다" 하였다. 그 대자리는 노나라의 실권자 계손씨가 하사한 것이었다. 이 말을 듣고는, 증자는 자기 신분에 맞지 않는 것임을 깨닫고, 대자리를 바꾸게 하였다. 곁에 있던 제자와 아들이, 병이 위중하다며 한사코 말렸으나, 증자는 "내가 올바름을 지키셔 죽는다면 그것으로 그만이다" 하며, 기어코 바꾸게 하였다.(『예기』 「단궁 상」)

6. 한漢나라 때의 황패黃霸가, 하후승夏侯勝과 함께 옥살이를 하는 동안 하후승에게 『상서尙書』를 가르쳐달라고 하니, 하후승은 죄를 짓고 죽을 목숨이라며 사절하였다. 그러자 황패는, "아침에 도를 들으면 저녁에 죽더라도 괜찮습니다" 하며 간청하여, 마침내 『상서』를 배웠다 한다.(『한서』 「하후승전」)

위리기

| 圍籬記 |

정덕正德 경신년(1520) 여름, 나는 큰 죄를 지었음에도 특별한 성은으로 감형되어, 다시 함경도 온성부로 유배되었다. 그곳에서 울타리 안에 갇혀 다른 사람과 교통하지 못하게 되었으니, 대개 그것은 안치安置[1]된 뭇 사람들 가운데서도 별도의 제한을 둠으로써 중죄임을 보이는 것이다.

얼마 뒤, 조정에서는 죄인이 제 맘대로 드나들며 거처에 안주하지 못하고 이탈할 것을 염려하여, 각 도의 감사監司에게 영을 내려서 불시에 사찰하여 보고하도록 하였다. 온성부는 서울에서 가장 멀어, 겨울의 마지막 달이 지나서야 비로소 도사都事의 검사를 받았는데, 울타리의 높이와 가옥의 크기를 한 자 한 치까지 헤아려서 일일이 자세히 기록하였다. 그렇게 가서는 온성부에 다음과 같이 건의하였다.

"지난 폐조廢朝(연산군)에는 법망이 매우 치밀하고 죄인에게 극심한 제재를 가하여 감히 수족을 둘 곳조차 없게 하였으며, 관용을 베푸느라 엄하게 하지 않으면 그 고을에 죄를 주었다. 지금 조정에서 별도로 관리에게 명하여 감찰하게 하였으니, 그 뜻은 장차 극도로 곤궁하게 함으로써 편안하지 못하도록 하는 것이다. 그러니 수령이 잘 받들어 이행하지 않으면, 그것은 수령의 죄다. 이 배소配所는 울타리가 비록 높고 견고하지만 그다지 엄장하지 않으며, 가옥이 비록 허물어지고 새지만 그다지 비좁지 않으니, 장차 고을에 질책이 미쳐도 어쩔 수 없으리라. 그러니 옛 것을 새롭게 고치고 성긴 것을 빽빽하게 바꾸어, 다시 훗날을 기다리는 것만 못할 것이다."

이에 성 아래 호인胡人들을 모아 길고 큰 나무를 베게 하고, 고을의 수레를 동원하여 가시나무를 가득 실어 날랐는데, 멀리까지 이어져 있어 소리가 서로 들릴 정도였으며, 길거리를 가득 메웠고 산처럼 높이 쌓았다. 그리고 관부官府의 동북쪽 모퉁이의 작은 가옥을 골라서 마구간을 없애고 담을 철거하고 땅에 구획을 정하고 사방의 위치를 바르게 하여, 높은 나무를 세우고 두텁게 울타리를 두르고 자잘한 가시나무를 쌓았다.

안팎으로 날카로운 가시가 교차되어 있고, 견고하여 털끝만큼도 흔들리지 않으며, 빽빽하여 바늘 들어갈 틈도 없다. 둘레는 오십 척 가량이요, 높이는 무려 너덧 장丈이나 된다. 처마와는 겨우 지척 거리에 있고, 처마 위로 솟아 나온 게 3분의 2가 넘는다. 이 때문에, 햇빛이 들지 않아 하늘을 보면 마치 우물 속에 있는 듯하니, 비록 대낮이라도 황혼 무렵 같다.

울타리 남쪽에는 작은 구멍을 뚫어 음식을 반입하는 통로를 내었다. 바깥으로 네 면에는 작은 막사를 지어 경비 초소를 두었다. 제도가 엄밀하고 모두 물샐 틈 없어, 지난번의 것과 비교해 보면 몇 갑절이나 더하다. 바라보니 빽빽한 게 험준한 산의 숲속과도 같아, 그 속에 사람의 거처가 있는지 전혀 헤아릴 수 없을 정도이다. 시쳇말로 '산 무덤'이라 할 것이다.

가옥의 제도는 남쪽 지방 사람들의 침저형砧杵形(다듬잇방망이 모양) 가옥과 닮았으나 차이가 크다. 그 지반은 웅덩이처럼 들어갔고 그 재목은 구불구불 휘었으며, 나뭇가지를 엇갈리게 엮어서 노끈으로 이리저리 묶었으며, 거름흙으로 벽을 바르고 거친 쑥으로 덮었다. 방에는 겹문이 없고, 문에는 문지방이 없다. 창문과 벽과 지게문과 뜰, 그리고 늘어놓은 생활 집기들은 모두 추레하고 누추하게 하는 데 온 힘을 쏟았다. 참으로 사람이 감당할 수 있는 거처가 아니다.

공사를 마치고 그곳으로 옮겨 갇혔는데, 그 달의 보름날이었다. 처음에는 마치 중천重泉에라도 들어간 듯, 위를 쳐다보아도 하늘이 없고, 아래를 내려다보아도 땅이 없었다. 검푸르고 어둠침침하여 보아도 사물이 보이지 않고, 빽빽하게 꽉 막히어 숨을 쉬어도 공기가 통하지 않았다. 차꼬와 수갑보다 더 심하게 구속하고, 거적과 휘장보다 더 지나치게 덮어서 가리니, 몸과 마음이 상도常道를 잃을 지경이었다.

스스로 다짐하기를, 아침저녁으로 온갖 잡념을 다 떨쳐버리고 오직 죽을 날만 기다리려 하였다. 그러나 추위와 굶주림에 핍박받으니, 점차 음식을 먹고서 남은 삶을 연장하고픈 생각이 들어 지금에 이르렀으니, 또한 괴로운 일이다. 일찍이 『주례』를 보니, '사환司圜은 피민罷民을 가르치되, 능히 고치는 자 가운데 죄질이 가장 심한 자는 삼 년 만에 풀어주고, 능히 고치지 못하고 담을 넘어 도망치는 자는 죽인다' [2] 하였다. 어리석은 나는 제멋대로 행동하여 지은 죄가 실로 깊음에도[3] 여전히 목숨을 보존하고 있으니, 하늘과 땅 사이에서 부끄러운 일이다. 그러니 마땅히 세월이 오래될수록 더욱 깊숙이 빠져들고, 인사人事가 변해 갈수록 더욱 심하게 곤궁하리라.

감괘坎卦의 상륙上六에 "동아줄로 묶어서 빽빽한 가시나무 숲속에 가둬 두되, 3년이 되어도 벗어나지 못하니 흉하다" 하였고, 곤괘困卦의 상륙에 "칡넝쿨과 위태로운 곳에서 곤궁에 빠졌으니, '움직일 때마다 뉘우침이 있을 것이라' 고 말하며, 뉘우치는 마음을 가지고 나아가면 길하리라" 하였다. 지금은 이미 벗어나지도 못하고 또 나아가지도 못하니, 마땅히 나에게 있는 것에 정성을 다하면서 기다려야 할 것이다. 내 힘으로는 용납받지 못하리니, 내가 그것을 어찌하겠는가?

옛날의 뜻있는 선비는, 몸의 곤궁을 근심하지 않고 도가 형통하지 못함을 근심하였으며, 삶이 중요하다고 생각하지 않고 죽음도 때로는 가볍다고 생각하였다. 그러므로 하늘의 이치를 즐거워하고 천명을 알아(樂天知命), 느긋하게 여유가 있었던 것이요, 목숨을 바쳐 자기 뜻을 실천하여(致命遂志), 어찌할 수 없는 상황에서도 편안히 여겼던 것이다. 그들은 화복禍福과 영욕榮辱을, 마치 허공에 뜬 구름 보는 듯이 하였으니, 어찌 구차한 말로 그 경지에 미칠 수 있으랴!

비록 그러하나, 일은 관 뚜껑을 덮은 뒤에야 정해지는 것, 지나간 것은 좇지 말 일이요, 앞으로 다가올 것은 진실로 무궁하리라. 만약에 능히 허물을 고쳐서 선善과 의義로 옮겨 가면 마음을 새롭게 할 수 있으리니, 그렇게 하여 종말을 순순히 받아들이면 그것으로 나의 소임을 다하는 것, 그러니 다시 무엇을 한스러워하랴! 그렇다면 이 울타리는 너를 곤궁하게 하는 것이 아니요, 장차 너를 옥처럼 아름답게 하리라.[4] 아, 힘쓸지어다.

신사년(1521) 유월 어느 날 덕양자德陽子는 짓노라.

---

1. 안치(安置) : 유배형의 한 가지로, 유배지에서 일정하게 거주를 제한하는 것.

2. 『주례』「추관秋官」 대사구大司寇 조에 나온다. 사환司圜은 벼슬 이름이고, 피민罷民은 일정한 주거지가 없이 타락하여 전전하는 백성을 가리킨다.

3. 충청도 아산에 유배되어 있을 때 어머니를 뵈려고 유배지를 이탈하였는데, 이것이 『주례』의 담을 넘어 도망친 자와 같아서 죽을죄로 여기고 있는 것이다.

4. 장재張載의 「서명西銘」에, "빈천과 근심은, 너를 옥처럼 아름답게 완성시키리라" 하였다.

역자 후기

　조선의 선비 정신을 이야기할 때, 빼 놓을 수 없는 인물들이 있으니, 기묘명현己卯名賢이 바로 그들이다. 기묘명현이란, 기묘사화 (1519, 중종 14)에 연루되어 화를 당한 일군의 선비들을 말한다.

　1506년 연산군이 권좌에서 축출되고, 그의 이복동생인 진성대군晉城大君이 왕으로 추대되었다. 그가 곧 중종이다. 그렇게 왕위에 오른 중종은 왕권을 제대로 행사할 수 없었다. 사사건건 반정공신들의 간섭을 받아야 했다. 심지어 사가의 아내마저 버려야 했다. 그런 중종에게 공신 세력을 견제하고 왕권을 강화하는 일은, 무엇보다도 절실하고 시급한 문제였다. 때마침 기회가 찾아왔다. 반정을 주도한 핵심 3인방 박원종, 유순정, 성희안이 차례로 죽은 것이다. 이 틈을 노려 중종은 공신 세력을 견제할 새로운 파트너를 구했다. 바로 그때 중종의 눈에 뜨인 사람들이 있었으니, 조광조를 비롯한 일군의 신진 사림士林들이 그들이다.

　1515년 조광조를 필두로, 중종의 전폭적인 지지를 받으며 중앙정계에 진출한 사림들은, 성리학을 학문적 기반으로 삼아 조선을 성리학적 질서로 재편하고자, 급격한 정치 개혁을 시도하였다. 소격서를 폐지하고, 향약과 현량과를 실시하였으며, 반정공신의 위훈을 삭제하는 등, 일련의 개혁을 거침없이 단행하였다.

그러는 사이, 권력 구조는 차츰 개편되어 사림들이 정국을 주도하게 되었고, 반정공신들은 점차 권력으로부터 소외되어 갔다. 당연히 반정공신들의 불만이 누적될 수밖에 없었다. 더구나 중종 14년(1519)에는, 사림들의 요구로 반정공신 76명의 위훈을 삭제하기도 하였다. 반정공신의 70%가 공신 자격을 박탈당한 사건이었다. 이 사건으로 반정공신들은 더욱 위기로 내몰렸다.

그들은 그대로 당하고만 있을 수 없었다. 그래서 마침내는 음모를 꾸미기에 이르렀다. 궁궐 뜰의 나뭇잎에 '주초위왕走肖爲王'이란 네 글자를 써서 벌레가 파먹게 하고, 그것을 중종에게 보였다. '走·肖' 두 글자를 합치면, '趙' 자가 된다. 따라서 '주초위왕'이라 하면, '조씨가 왕이 된다'는 뜻이 된다. 그 조씨란, 다름 아닌 당시 사림 세력의 중심점이었던 조광조이다.

때마침 중종도 도학 이념의 원리원칙대로 진행된 사림들의 끝없는 개혁에 염증을 느끼고 있었다. 아침부터 밤까지 이어지는 경연經筵도 견디기 힘들었다. 더구나 조광조가 민심을 얻었다는 유언비어까지 나돌았다.

"조광조가 대사헌이 되어 법 집행을 공정하게 하니, 사람들이 모두 감복하였다. 그가 매양 저자거리로 나가면 사람들이 모여들어 말 앞에 엎드리며, '우리 상전께서 오셨다'(속담에 자기 주인을 상전이라 부른다) 하였다. 그러자 남곤 등이 그가 인심을 얻었다고 은근히 유언비어를 만들어 냈다." —이이, 『경연일기經筵日記』

중종은 임금인 자기보다 더 높은 인기를 누리는 조광조가 두려웠을 터이다. 그 즈음에는 공신 세력 견제와 왕권 강화라는, 자기의 목적도 어느 정도 이루었다. 토끼를 잡은 셈이니 이젠 더 이상 사냥개는 필요가 없어졌다. 급기야 자기가 직접 선택한 정치적 파트너를 버려야 할 때라는 판단을 내리고 만다. 1519년 기묘년 11월 15일, 중종은 의금부에 음밀히 전교를 내렸다.

"조광조 · 김정 · 김식 · 김구 등은 서로 붕당을 맺고서, 자기들에게 아부하는 자는 천거하고, 자기들과 뜻이 다른 자는 배척하였으며, 기세를 믿고서 서로 의지하고, 권력 있는 요직을 차지하였으며, 후배들을 꾀어 사리에 맞지 않고 과격한 것이 습관처럼 되게 함으로써, 국론과 조정을 나날이 그릇되게 하였음에도, 조정 신하들이 그들의 맹렬한 기세가 두려워 감히 입을 열지 못하게 된 일과, 윤자임 · 박세희 · 박훈 · 기준 등이 사리에 맞지 않고 과격한 논의에 부화뇌동한 일들을 추고하라." —「중종실록」 중종 14년 11월 15일

이렇게 붙잡혀 오거나, 그들을 두둔하던 사림들은 모두 유배형을 받았으며, 그 가운데 조광조 · 김정 · 김식 · 기준 등은 유배지에서 사사되었다. 우리 역사는 이 사건을 '기묘사화'라 하고, 그 사건으로 목숨을 잃거나 유배된 이들을 '기묘명현'이라 한다.

기준奇遵(1492~1521)은 기묘명현의 한 사람이다. 본관은 행주, 자는 자경子敬 · 경중敬仲, 호는 복재服齋 · 덕양德陽이다. 서울의 만리재에서 태어났으며, 태어난 지 한 달 만에 아버지를 여의었다. 어려서부터 학문을 부지런히 연마하여, 13세에는 문리文理에 크게

통달하였다 한다. 17세부터는 그보다 열 살이 많은 조광조를 종유하였으며, 19세 때는 조광조와 함께 송도의 천마산·성거산에서 독서하기도 하였다. 22세 때 사마시司馬試에 합격하고, 이듬해 별시別試에 병과丙科로 합격하였다. 이후로 여러 관직을 거쳐 홍문관 응교應敎(정4품)에 이르렀다.

그는 조광조와 학문적·정치적 동지로서, 도학 이념에 입각한 왕도정치를 구현하는 데 온 힘을 쏟았다. 그런 까닭으로 도학 이념에 어긋나는 것을 보면, 비록 왕의 면전이라 해도 직언을 서슴지 않았다고 한다.

> "한 시대의 홍문관 동료들 가운데 기준은 가장 젊었으나, 학문이 풍부하여 그 명성이 조광조에 버금갔다. 강개하여 일을 논할 때면 고려하는 바가 없었고, 늘 임금 앞에서 곧은 말과 격렬한 논의로 언론을 격렬하게 하여, 듣는 사람들의 마음을 용동聳動시켰다. 그러나 대신大臣들은 대체로 그를 미워하였다."
>
> ─『중종실록』 중종 12년 10월 30일

이처럼 그는 임금의 면전에서도 불의를 보면 강직한 언사를 서슴지 않았다. 불의에 침묵하는 것은 선비의 사명을 저버리는 것이기 때문이었다. 그러나 그러한 강직한 언사로 인해 훈구 대신들의 미움을 받아, 기묘사화 때 조광조 일파의 핵심으로 지목받게 된다.

기묘사화가 일어나던 날 밤, 그는 홍문관에서 여느 때처럼 숙직을 하고 있었다. 그러다가 아무런 영문도 모른 채 의금부에 투옥된다. 죄목은, 사리에 맞지 않고 과격한 논의에 부화뇌동했다는 것이었다. 이에 대해 그는 이렇게 진술하였다.

"신은 나이 스물여덟 살입니다. 소싯적부터 옛 성현의 글을 읽어, 집에 있을 땐 효도와 우애를 다해야 하고, 조정에 있을 땐 충성과 의리를 다해야 한다고 생각하고 있습니다. 뜻이 같은 선비와 옛 성현의 도를 강구하여, 나라를 요순시대와 같은 치세에 이르게 하자고 기약하였고, 선한 자는 인정해 주고 선하지 못한 자는 미워하였습니다. 조광조와는 소싯적부터 교유하였으며, 김식·김구·김정과는 뒤늦게 상종하였습니다. 그들의 논의가 사리에 맞지 않고 과격한지는 모르겠으며, 함께 교유하였을 뿐입니다. 사사로이 부화뇌동하였다 하는데, 신은 진실로 그런 일이 없습니다."

-「중종실록」 중종 14년 11월 16일

기준의 해명에도 불구하고, 결국에는 곤장을 치고 충청도 아산으로 유배 보내라는 왕명이 내려지고 말았다. 변란의 우두머리로 지목된 조광조는 능주(전라도 화순)로 유배되었다. 사화를 일으킨 세력들은 여기서 멈추지 않았다. 조광조를 죽여야 한다는 상소가 빗발쳤으며, 망설이던 중종은 결국 조광조를 사사하라는 전교를 내린다. 그해 12월이었다.

기준이 아산으로 유배되었을 때 맏형 기형奇迥은 무장茂長(전북 고창군 무장면) 현감으로 있으면서 어머니를 모시고 있었다. 기준은 유배지를 다시 함경도 온성으로 옮기게 되자, 행여라도 어머니를 다시는 영영 만나지 못하게 될까 염려한 나머지, 어머니를 만나기 위해 한때 유배지를 이탈했다가 스스로 잘못을 깨닫고 도중에 돌아

온 일이 있었다. 그러나 이 일이 탄로나 또다시 의금부로 압송되어 문초를 받는 신세가 되었다. 어떤 기록에는 기준이 아산 현감 배철중에게 간청하여 허락을 받고 떠난 것인데, 뒷날 이 일이 발각되자 배철중이 자기 죄를 면하기 위해 기준이 도망쳤다가 돌아온 것이라는 거짓 진술을 했다고 한다. 그 때문에 중종 15년(1520) 6월에 장杖 1백에 처하고 위리안치하라는 전교가 내려졌다.

온성에 위리안치된 그의 생활은 극도로 곤고하였다. 배소配所는 울타리로 빽빽이 둘러싸여 대낮에도 햇빛이 들지 않았고, 숨을 쉬어도 바깥과 공기가 통하지 않을 지경이라, 마치 '산 무덤'과도 같은 곳이었다(「위리기」). 그곳에서 그가 할 수 있는 일이라곤 아무것도 없었다. 날마다 지난날을 회한하고 고향과 가족을 그리며 그저 눈물만 흘릴 뿐. 그러다 그는 문득 깨달았다. 근심과 고통에 얽매여 살아서는 안 되겠다고. 그런 삶은 죽어서도 후회를 남길 것이라고.

해를 맞으나 어두움 비추기 어렵고	邀日幽難燭
바람을 맞으나 울적함 달래지 못하네	迎風鬱未伸
하늘은 우물 속에서 얼굴 보이고	天容看在井
벽은 이웃이 없음을 대신 비춰 주네	壁照借無隣
불기가 없으니 무너진 온돌에 거처하고	火冷棲頹堗
옷이 홑겹이라 떨어진 자리를 깔았네	衣單籍弊茵
원컨대 종신토록 도를 즐기면서	願須終樂道
다시는 근심과 고통에 얽매지 않았으면	不復管愁辛

—기준, 「갇혀 사는 회포(囚懷)」

햇빛과 바람도 들지 않아 우물 속 개구리 같은 신세, 사방을 둘러봐도 이웃이라곤 전혀 보이지 않았다. 불을 때지 않아 온돌은 싸늘하게 식었고, 옷은 홑겹이라 냉기를 막으려고 다 떨어진 자리나마 깔고 앉았다. 이처럼 열악한 상황에 처해 있었음에도 그는 실의에 빠져 자포자기하지 않고, 삶이 남아 있는 동안 '도'를 즐기면서 근심과 고통의 구속에서 벗어나고자 하였다. '도'를 즐기며 심취하다 보면, 자연히 삶도 즐거워지게 마련이요, 그렇게 되면 현실의 고통과 구속은 더 이상 제약이 되지 않을 터이니! 옛날의 뜻있는 사람들의 삶이 그러하였다.

"옛날의 뜻있는 선비는 몸의 곤궁을 근심하지 않고 도가 형통하지 못함을 근심하였으며, 삶이 중요하다고 생각하지 않고 죽음도 때로는 가볍다고 생각하였다. 그러므로 하늘의 이치를 즐거워하고 천명을 알아 느긋하게 여유가 있었던 것이요, 목숨을 바쳐 자기 뜻을 실천하여 어찌할 수 없는 상황에서도 편안히 여겼다."

―기준, 「위리기」

옛날의 뜻있는 사람 가운데 특히 증자曾子와 황패黃霸의 전례는, 언제 죽을지 모르는 죽음의 문턱에 선 그에게 좋은 본보기가 되었다. 증자는 공자의 제자로 임종하는 순간까지도 자기의 실수를 고치고자 깔고 있던 대자리를 바꾸었으며, 한나라 때의 황패는 언제 죽을지 모르는 옥중에서도 함께 옥살이하던 저명한 학자 하후승夏侯勝에 간청하여 『상서尚書』를 배웠던 인물이다.

"때를 만나고 못 만나는 것은 운명이요, 화와 복은 제 스스로 구하지 않는 게 없다. 능히 맞닥뜨린 상황을 편안히 여겨서 그 도를 선하게 한다면, 또한 자립할 수 있게 되어 다른 것을 부러워하지 않을 것이다. 그러니 어찌 죽음이 다가온다는 이유로, 그 뜻을 막을 수 있으랴! 공자께서는, '아침에 도를 들으면 저녁에 죽더라도 괜찮다' 하였다. 그래서 증자는 임종할 때 대자리를 바꾸었고, 황패는 옥중에서도 『상서』를 배웠다."

—기준, 「명후」

죽는 날까지 한 점 부끄럼 없는 삶을 살려 했고, 죽는 순간까지 학문(또는 도)을 추구하는 열정을 잃지 않으려 했던 이들의 사례는, 이미 죽음의 그림자가 짙게 드리워졌던 기준에게 깊은 공명을 일으켰을 터이다. 그 때문에 그도 자기의 '도' 를 이루는 데 얼마 남지 않은 삶을 바치겠다고 마음을 다잡게 되었던 것이다.

그렇다면 그에게 '도' 는 무엇이었을까?

"나는 죽을죄를 지은 사람으로서 제 몸조차 돌보지 못하면서, 어느 겨를에 옛사람의 학문을 배우랴! 우선 죄를 뉘우치고 몸을 반성함으로써 만에 하나라도 타고난 본성에 이른다면, 아마도 평소의 뜻을 저버리지 않을 것이니, 어찌 그 경계가 절실하지 않으랴!"

—기준, 「육십명서」

'타고난 본성에 이르는 것', 다시 말해 '타고난 본성을 온전하게 유지한 채 죽는 것', 이것이 바로 그가 평소부터 품고 있던 뜻이요, 평소부터 추구했던 '도' 라 할 것이다. 물론 '타고난 본성을 회복하는 것'은 그뿐만 아니라, 당시의 성리학자들이 보편적으로 추구했던 '도'이기도 했다. 그 역시 투철한 성리학자였으니, 그것은 곤궁에 처한 현실을 자위하기 위한 관념적이고 상투적인 수사에 그치지 않고, 그가 죽는 순간까지 추구했던 삶의 궁극적인 목적이었다고도 할 것이다.

'타고난 본성에 이르기' 위해, 그가 선택한 방법은 '몸을 철저하게 반성하는 것'이었다. 몸을 반성한다 함은, 타고난 본성에 어긋난 것을 살펴서 제자리로 돌려놓는 것을 이른다. 잘못을 고쳐 본디의 선한 상태를 회복하는 것이다. 그에게서 그것은 사물을 관찰하여 자기의 몸과 마음을 성찰하는, '관물찰기觀物察己'로 구체화되었다.

"군자는 치지致知할 때, 풀 한 포기 먼지 한 톨 같은 미세한 것도 그 이치를 궁구하여 한 마음의 본체를 밝히고, 만 가지 일의 작용에 통달하지 않으면 안 된다. 하물며 사물이 긴요하고, 몸에 절실한 것임에랴! 그 가운데 날마다 늘 접하여 잠시도 멀리할 수 없는 것은, 먼저 강구해야 할 것이다. 저것(사물의 이치)을 밝게 알기만 하면 이것(내 마음의 이치)을 깨닫게 되리니, 그렇게 하여 바로잡아 경계하는 뜻을 의탁하는 것 또한 관물찰기의 도이다." —기준, 「명물기」

「육십명」은 바로 이 '관물찰기'의 소산이었다. '명銘'이란 '새긴다'는 뜻이니, 일상으로 접하는 모든 것들에서 어떤 의미를 깨닫고 그 깨달음을 마음에 새기는 글이다. 마음에 새기는 '명심銘心'의 '명'이나, 자리 곁에 새겨 두는 '좌우명座右銘'의 '명'이 다 같은 뜻이다.

옛사람들은 종종 이런 형식의 글을 짓곤 하였다. 그 의도는 개별 사물들에 내재되어 있는 철학적·윤리적 의미를 궁리하여 자기를 성찰하는 매개로 삼기 위함이었다.

"옛사람은 귀로 음악을 들을 때나, 눈으로 예禮를 볼 때나, 전후 좌우로 기거 동작을 할 때에도, 소반이며 사발이며 안석이며 지팡이에 명을 새기고 경계의 말을 새겨서, 움직일 때나 쉴 때나 항상 마음을 기르는 바가 있었다."　　　　　　　　　–「근사록」「존양存養」

우리는 아침에 눈을 떠서 저녁에 잠자리에 들 때까지, 일상에서 수없이 많은 사물들과 접하게 된다. 그리고 우리가 날마다 접하는 일상의 사물들은, 제각각 그것만의 고유한 특성을 가지고 있다. 모양도 다르고, 크기도 다르고, 기능도 다르고, 용도도 다르다. 비록 모양과 크기와 기능과 용도가 같을지라도, 사용하는 사람에 따라 사용하는 장소에 따라 다양한 의미로 다가오기도 한다. 그럼에도 우리는 그것을 깨닫지 못한 채 무심하게 보아 넘기는 경우가 허다하다. 반복되는 일상에 젖어 사느라, 익숙한 사물을 그저 익숙하게 바라보기만 할 뿐, 낯설게 바라보지 못한 탓이다.

'명'이란 형식의 글은, 친숙한 사물을 낯설게 바라보는 작업이다. 무심코 지나치는 일상의 사물을 면밀히 관찰하여 언어로 묘사함으로써, 그 대상에 깃든 새로운 이미지를 끌어내고, 거기에 새로운 의미를 부여하는 작업이다. 그 과정에서 우리는 새로운 '앎'을 터득하기도 한다. 인류가 발견한 위대한 진리도 일상의 관찰에서 터득한 것들이 참 많다.

그렇다고 그러한 진리들이 단지 우연으로만 터득되는 것은 아니다. 예리하게 사물을 꿰뚫어볼 줄 아는 통찰력과 치열하고 깊이 있는 사유가 반드시 전제되어 있어야 한다. 오랜 사유와 관찰을 거칠 때라야, 비로소 우리는 그 과정에서 새로운 '앎'을 터득할 수 있으며, 그럼으로써 세상의 삼라만상은 나에게 의미 있는 그 무엇이 되고 나의 스승이 될 수 있다.

옛사람들의 이러한 뜻을 계승하여, 유배지의 기준은 일상으로 늘 대하는 모든 사물들을 세심하게 관찰함으로서, 그 속에 내재되어 있는 비의秘意들을 캐내기 시작하였다. 그리고 거기에 스스로를 비춤으로써 자기 성찰의 거울로 삼았다. 그 결과 그에게서 일상의 사물들은 생활에 없어서는 안 될 삶의 동반자인 동시에, 그 자신을 올바른 길로 인도해 주는 스승이 되었다.

그것은 모두 예순 가지이다. '울타리, 울타리 나무, 울타리 구멍, 집, 부엌, 방, 온돌, 선반, 마루, 섬돌, 지게문, 바라지창, 벽, 창문, 서가書架, 문, 길, 평상, 삿자리, 처마, 굴뚝, 뜰, 텃밭, 다리, 측간, 항아리, 가마솥, 세발솥, 화로, 물병, 대야, 목욕통, 사발, 술잔, 숟가락, 젓가락, 서안書案, 궤안几案, 갓, 허리띠, 옷, 이불, 베개, 자리, 수건, 상자, 붓, 벼루, 먹, 부채, 칼, 송곳, 주머니, 빗, 칫솔, 등잔걸이, 불어리, 지팡이, 신발, 빗자루.'

또한 마음으로 잊지 않으려고 각각의 사물에는 이름도 함께 붙였다. 이름을 붙임으로써, 이제까지 하나의 몸짓에 지나지 않았던 일상의 사물들은, 그에게 의미 있는 그 무엇으로 다가오게 된다.

더 나아가 죽음의 그림자가 짙게 드리워져 있던 당시의 그에게, 「육십명」은 평정심을 유지하도록 이끌어 주는 경계와 지침이 되기도 하였다.

"죽을 사람이라 남은 생이 얼마 되지 않으니, 몸 밖의 일은 다시는 조금도 마음에 두지 않겠다고 나 스스로 생각하였다. 다만 죄를 징계하지도 못하고, 마음을 새롭게 하지도 못하고서, 하루아침에 홀연히 죽어 버리면, 끝내 구천에서도 한을 품게 될 것이다. 그러니 어찌 애통하지 않으랴! 이 때문에 감정이 솟구쳐 스스로 분발함으로써, 옛 폐단을 버리고 새로운 것에 나아가기를 구하는 것이니, 큰 환난을 겪는 가운데 마음이 실마리를 잃어서, 스스로 지탱하지 못하는 자에게 바로 이 말(「육십명」)이 경계가 될 것이다." ─「명후」

사람은 환난을 당하거나 곤경에 처하면 평정심을 잃어 초조해지거나 불안해지기 십상이다. 게다가 사람이 겪게 되는 환난과 곤경 가운데 죽음보다 더한 게 어디 있겠는가! 그런 죽음을 앞에 두고서도, 그는 삶을 마치는 그날까지 옛 허물을 고치고 스스로 새로워지는 데 힘쓰고자 다짐하였다. 그에게 진짜 두려운 건 죽음 자체보다는, 자기를 반성하지 못한 채 지난 허물을 그대로 안고 삶을 마감하는 것이기 때문이었다.

자기반성의 방법으로 그가 택한 것은 일상의 사물을 관찰하는 것이었다. 일상으로 늘 대하는 사물에 자기를 비춰 봄으로써, 안으로는 마음을 기르고 밖으로는 행동을 단속하는 경계로 삼았으니, 그것이 곧 「육십명」으로 구체화되었다.

「육십명」을 완성하고, 마지막으로 후기에 해당하는 「명후」를 지은 몇 달 뒤, 송사련宋祀連의 무고 사건, 이른바 신사무옥辛巳誣獄이 일어나 기준의 죄가 다시 논의되었고, 끝내는 그를 교살絞殺하라는 왕명이 내려졌다. 그리고 중종 16년(1521) 10월 28일에 그 형이 집행되었으니, 국가 권력에 의한 무참한 폭력으로 장래가 촉망되었던 한 젊은 선비의 목숨이 형장의 이슬로 사라지고야 말았다. 이때 그의 나이 서른이었다. 훗날 관작이 회복되고, 이조판서에 추증되었으며, '문민文愍'이란 시호가 내려졌다.